歷代小說話

十四

黄霖 編著

鳳凰出版社

説部流别

劉永濟 撰

載於《學衡》一九二五年四月第八期。作者劉永濟（一八八七——一九六六），湖南新寧人，字弘度，别號誦帚，晚號知秋翁，室名誦帚庵。歷任東北大學、武漢大學、浙江大學、湖南大學教授。一九四〇年後重返武漢大學教授古代文學至終，曾任武漢大學文學院長、代理校長。著有《文學論》、《文心雕龍校釋》、《詞論》、《十四朝文學要略》等。《説部流别》經稍稍修改後由『商務印書館函授學校國文科』印出單行本，未注出版年月，易名爲《小説概論講義》。實此文非鄰於論而近乎史，約萬餘言，分『緒論第一』與『流别第二』兩部分。『流别第二』中又按時序分『兩漢六朝雜記小説』、『唐代短篇小説』、『宋元以來章回小説』三節。

用文言撰成，語頗雅致，雖乏新意，然亦時見警語。總體認識『稗官小説固亦同夫太師風謡』，『顧其始創，原資笑謔，必辭諧於俗耳，而義洽夫庸情』，其創作多『出自群賢，成之異代』，『倘必指名一人，適足貽譏通士』。個别之處，也將古代小説與希臘神話、荷馬史詩略作比較。作者治學重心在唐前文學，故論小説也詳於漢魏而略於宋元以降，且對明清小説總體評價不高，即使《水滸》、《紅樓》，一陽一陰，『一則忠憤不平之鳴也，一則情天恨海之史也，至其包舉之大，組織之巧，體物之工，言情之妙，倘所謂并駕齊軌，異曲同工』，但也認爲它們『競爲侈麗之詞，没其諷諭之義，使覽之者勸百而諷一』，『其餘諸作，皆説部之輿臺，稗官之僕隸，不足以升大雅之堂者也』。

緒論第一

稽小説之緣起，亦初民文學之支流也。創體之早，諒同謡諺，是以遠古傳述，失所從來，神人雜糅，語多奇怪。列禦寇、莊周之所記，《山海經》、《鴻烈》之所稱，雖半由寓言，實多資遺説。

《列子·湯問》篇：天地亦物也。物有不足，故昔者女媧氏煉五色石以補其闕，斷鰲之足，以立四極。其後共工氏與顓頊爭爲帝，怒而觸不周之山，折天柱，絶地維，故天傾西北，日月星辰就焉。地不滿東南，故百川水潦歸焉。

江浦之間生麽蟲，其名曰焦螟，群飛而集於蚊睫，弗相觸也，棲宿去來，蚊弗覺也。離朱子羽方晝拭眥，揚眉而望之，弗見其形，觥俞師曠方夜擿耳俯首而聽之，弗聞其聲，唯黄帝與容成子居空峒之上，同齋三月，心死形廢，徐以神視，塊然見之，若嵩山之阿，徐以氣聽，砰然聞之，若雷霆之聲。

《莊子·逍遥游》：《齊諧》者，志怪者也。諧之言曰：鵬之徙於南冥也，水擊三千里，摶扶摇而上者九萬里，去以六月息者也。

藐姑射之山有神人居焉，肌膚若冰雪，綽約若處子，不食五谷，吸風飲露，乘雲氣，御飛龍而游乎四海之外。《天地篇》：黄帝游乎赤水之北，登乎昆侖之丘而南望。還歸，遺其玄珠，使知索之而不得，使離朱索之而不得，使吃詬索之而不得也，乃使象罔，象罔得之。黄帝曰：『異哉，象罔乃可以得之乎！』

《山海經·海内西經》：海内昆侖之墟，在西北，帝之下都，昆侖之墟，方八百里，高萬仞，上有木禾，長五尋，大五圍，面有九井，以玉爲檻，面有九門。門有開明獸守之，百神之所在，在八隅之岩，赤水之際，非仁羿莫能上岡之岩。

《西山經》：玉山是西王母所居也。西王母其狀如人，豹尾虎齒而善嘯，蓬髮戴勝，是司天之厲及五殘。

《大荒西經》：西海之南，流沙之濱，赤水之後，黑水之前，有大山名曰昆侖之丘。有神人面虎身，有文有尾，皆白處之。其下有弱水之淵環之，其外有炎火之山。投物輒然，有人戴勝，虎齒有豹尾，六處名曰西王母。

《淮南鴻烈·原道訓》：昔者馮夷大丙之御也，乘雲車，入雲霓，游微霧，騖怳忽，歷遠彌高以極往，經霜雪而無迹，照日光而無景，扶摇抮抱羊角而上，經紀山川，蹈騰昆侖，排閶闔，淪天門。

昔共工之力，觸不周之山，使地東南傾，與高辛争爲帝，遂潛於淵，宗族殘滅，繼嗣絶祀。

《墜形訓》：禹乃以息土填洪水以爲名山，掘昆侖虚以下地，中有增城九重，其高萬一千里百一十四步二尺六寸。上有木禾，其修五尋。珠樹、玉樹、琁樹、不死樹在其西，沙棠琅玕在其東，絳樹在其南，碧樹、瑶樹在其北。旁有四百四十門，門間四里，里間九純，純丈五尺，旁有九井，玉横維其西北之隅，北門開以内不周之風，傾宫旋室，縣圃凉風樊桐，在昆侖閶闔之中，是其疏圃。疏圃之池，浸之黄水。黄水三周復其原，是謂丹水，飲之不死。

《覽冥訓》：武王伐紂，渡於孟津，陽侯之波逆流而擊，疾風晦冥，人馬不相見，於是武王左操黄鉞，右秉白旄，瞋目而撝之曰：『余任天下，誰敢害吾意。』於是風濟而波罷。

而屈原《天問》亦雜陳神怪，莫知所自。大氏往古異迹，圖畫祠堂，有如是者，故三閭憤懑，呵而問之。

王逸《天問章句》：天問者，屈原之所作也。屈原放逐，彷徨山澤，見楚有先王廟，及公卿祠堂，圖畫天地、山川、神靈，琦瑋僪佹，及古賢聖，怪物行事，因書其壁呵而問之，以泄憤懑，舒瀉愁思。

《四庫書目提要》子部小說家類一：屈原《天問》，雜陳神怪，多莫知所出，意即小說家言。

王應麟《困學紀聞》：《山海經》記諸異物飛走之類，多云東向，或曰東首，疑本因圖畫而述之。古有此學，如《九歌》、《天問》，皆其類也。

其間所稱顧菟燭龍、增城縣圃諸事，以擬希臘神話，豈必減其恢奇。

屈原《天問》：夜光何德，死則又育？厥利維何，而顧菟在腹？　日安不到，燭龍何照？羲和之未揚，若華何光。增城九圍，其尻安在？增城九重，其高幾里？

希臘神話有福島 Isles of the Blest、日神 Apollo 之說，其事亦至爲恢奇。

而故俗相傳，盤古開天，七日造人之説。持比《舊約·創世》，亦頗同其譎誕。

《太平御覽》卷二引徐整《三五歷紀》：天地渾沌如鷄子，盤古生其中，萬八千歲。天地開闢，陽清爲天，陰濁爲地。盤古在其中，一日九變，神於天，聖於地。天日高一丈，地日厚一丈，盤古日長一丈，如此萬八千歲。

任昉《述異記》：盤古，天地萬物之祖也。其死也，頭爲五岳，目爲日月，脂膏爲江海，毛髮爲草木。先儒説：盤古泣爲江河，氣爲風，聲爲雷，目瞳爲電，喜爲晴，怒爲陰。秦漢間俗説：盤古頭爲五岳，腹爲中岳，右臂爲南岳，左臂爲北岳，足爲西岳。吴楚間傳説：盤古，夫妻陰陽之始也。

《太平御覽》卷三十引董勛《問禮俗》：正月一日爲鷄，二日爲狗，三日爲猪，四日爲羊，五日爲牛，六日爲馬，七日爲人。

又引《談藪》：北齊高祖七日升高宴群臣，問曰：『何故名人日？』魏收對以董勛正月一日爲鷄，七日爲人。注曰：按一説云：天地初開，以一日作鷄，七日作人也。

《舊約·創世記》第一章第一至五節：太初之時，上帝創造天地，地乃虚曠，淵際晦冥，上帝之神煦育乎水面。上帝曰：宜有光，即有光。上帝視光爲善，遂判光暗。謂光爲晝，謂暗爲夜，有夕有朝，是乃首日。

第二十六節：上帝曰：宜造人，其像象我儕，以治海魚飛鳥六畜昆蟲，亦以治理乎地。

第三十一節：上帝視所造者盡善，有夕有朝，是乃六日。

蓋時當草昧，民智未開，耳目所接，迅雷烈風，深山大澤，奇禽異獸，惡蛇巨魚，皆生疑畏。疑畏莫釋，幻想旋生，是以神話多出前古。又或哲人間生，聰明睿智，功在衆庶，名傳胤嗣，於是頌其勛迹，殆比天人。神農善稼，遂有嘗草酸咸，遇毒不死之説。大禹治水，即來黄龍負舟，河精授圖之異。女媧之煉石補天，黄帝之指南破霧，莫非頌揚先烈，尊崇英雄之意使之然也。

《淮南·修務訓》：古者民茹草飲水，採樹木之實，食蠃蚌之肉，時多疹病毒傷之害，於是神農乃始教民播種五穀，相土地之宜，燥濕肥墝高下，嘗百草之滋味，泉之甘苦，令民知所避就。當此之時，一日而遇七十毒。

《吕氏春秋》：禹南濟乎江，黄龍負舟，舟中之人恐懼，禹仰而笑曰：受命於天，竭力以濟生人。受命天也，奈何憂於龍焉？龍弭耳低尾而逃。

《水經注》：禹理洪水，觀於河，見白面長人，魚身，出曰：吾河精也。授禹圖而還於淵。

《淮南·覽冥訓》：往古之時，四極廢，九州裂，天不兼覆，地不周載，火爁炎而不滅，水浩洋而不息，猛獸食顓民，鷙鳥攫老弱，於是女媧煉五色石以補蒼天，斷鼇足以立四極，殺黑龍以濟冀州，積蘆灰以止淫水。

《古今注》：蚩尤爲大霧，軍士昏迷，軒轅作指南以示四方。

至於洪水滔天，下民昏墊，故老傳聞，尤多異迹。即今世俗，新稻登場，輒先飼狗，尋其本事，諒出洪荒。他如澤國土俗，多水神之奇聞，黄河流域，有龍王之傳説。以今例古，知古代類此者必多。是又環境使然，未必便稱典要。惟是古人簡陋，或多口傳，後世文勝，乃形楮墨，亦如古詩耳受，今著簡編，循其軌涂，殆無二轍。但大雅君子，病其不經，博學儒生，卑其細碎，遂乃以小目之。是以志怪僅見於《南華》，野語見斥於《孟子》，不足以媲美雅言，頻煩聖慮，致令炎皞佚事，寂焉寡聞。而好奇之士，每爲扼腕，然而考《漢志》一言可採，亦等芻蕘之論，如淳王者欲知風俗，故立稗官之説，則稗官小説，固亦同夫太師風謠矣。

《漢書·藝文志》：小説家者，蓋出於稗官，街談巷語道聽途説者之所造也。孔子曰：『雖小道，必有可觀者焉，致遠恐泥，是以君子弗爲也，然亦弗滅也。閭里小知之所及，亦使綴而不忘，如或一言可採，此亦芻蕘狂夫之議也。』　如淳曰：細米爲稗。街談巷説，其細碎之言也。王者欲知閭巷風俗，故立稗官，使稱説之。

是以古今作者，每以此體爲諷諫之鼓弦，糾彈之繩墨，遂令滕薛小邦，揖讓齊楚，回首往日之簡陋，與歌行雅樂之視民謡土鼓，又何以異？故知小説之於謡諺，實同氣而分形，雖立體若有後先，而致用無分小大也。孔子曰：『雖小道，必有可觀者焉。』言托體雖微，而稱旨則大，豈必詩書禮樂之文，然後可稱載道之器哉。

流別第二

（一）兩漢六朝雜記小説

小説之流別，蓋有難言者矣。上古神話，大氐志怪之言。《漢志》所稱十五家千三百八十篇。班固自注，亦指爲『迂誕淺薄，後世依托爲之』。其書非出前古，斷可知矣。

《漢書·藝文志》：小説十五家，千三百八十篇。

《伊尹説》二十七篇，其語淺薄，似依托也。

《鬻子説》十九篇，後世所加。

《周考》七十六篇，考周事也。

《青史子》五十七篇，古史官記事也。

《師曠》六篇，見《春秋》，其言淺薄，本與此同，似因托之。

《務成子》十一篇，稱堯問，非古語。

《宋子》十八篇，孫卿道宋子，其言黄老意。

《天乙》三篇，天乙謂湯，其言非殷時，皆依托也。

《黄帝説》四篇，迂誕依托。

《封禪方説》十八篇，武帝時。

《待詔臣饒心術》二十五篇，武帝時。師古曰：劉向《别録》云：饒，齊人也，不知其姓，武帝時待詔，作書名曰《心術》也。

《待詔臣安成未央術》一篇。應劭曰：道家也，好養生事，爲未央之術。

《臣壽周紀》七篇，項國圉人，宣帝時。

《虞初周説》九百四十三篇，河南人，武帝時以方士侍郎，號黄車使者。（錢大昭《漢書辨疑》曰：『蹝，閩本作號。李善注《文選·西京賦》引曰：『以方士侍郎，乘馬，衣黄衣，號黄車使者，今本注有脱落。』）黄車使者，應劭曰：其説以《周書》爲本。師古曰：《史記》云：虞初，洛陽人，即張衡《西京賦》『小説九百，本自虞初者也』。

晁氏《郡齋讀書志》謂古來小説，不過志夢卜，紀譎怪，記談諧。近時作者，始及人之善惡，甚者肆喜怒之私，變是非之實。紀氏《四庫全書提要》亦稱古之小説，約分三派：一曰叙述雜事，二曰記録異聞，三曰綴輯瑣語。唐宋而後，作者彌繁，中間誣謾失真，妖妄熒聽者，固爲不少，然寓勸戒，廣見聞，資考證者，亦錯出其中。總二氏之所論，則志怪之書，流爲野乘齊諧之語，蜕爲瑣聞，其間神人分途之迹，虚實遞嬗之象，蓋有可探尋者焉。其所裁别，雖非賅備，而此體草創，斯爲初型。今即四庫著録之目觀之，惟《山經》、《穆傳》出自漢前。然二書所紀，亦未盡荒誕，或亦後世廣見聞、資考證之類乎？列《山經》於地志，冠《穆傳》於雜史，庶幾允當。

《四庫全書總目提要》：《山海經》十八卷，晋郭璞注。舊稱伯益所作。列子稱大禹行而見之，伯益知而名之，夷堅聞而志之，似指此書。王充《論衡·别通》篇曰：禹主行水，益主記異物，海外山表，無所不至，以所見聞作《山海經》。然觀其書載夏後啓、周文王，及秦漢長沙、象郡、余暨、下雋諸地名，斷不作於三代以上，殆周秦間人所述，而後來好異者又附益之歟。諸家并以爲地理書之冠，亦爲未允。核定名實，則小説之最古者爾。

《穆天子傳》六卷，晋郭璞注。案《束皙傳》云：太康二年：汲縣人不準盗發魏襄王墓，得竹書《穆天子傳》五篇，異雜書十九篇。周食田法，《周書》論楚事，周穆王美人盛姬事，此書所紀雖多誇言寡實。然所謂西王母者，不過西方一國君。所謂縣圃者，不過飛鳥百獸之所飲食，爲大荒之圃澤，無所謂神仙怪異之事。所謂河宗氏，亦僅國名，無所謂魚龍變見之説。較《山海經》、《淮南子》猶爲近實，舊皆入起居注類，今退置於小説家。

兩漢近古，流風未絶，故《神異經》、《十洲記》，依托神仙恍惚之説，則閬風縣圃之遺意也。《漢武故事》、《内傳》、《洞冥》，虚構天人感通之迹，則華胥崆峒之故事也。雖作者姓名，未足徵信，而時俗沿襲，豈盡相懸。東方稱滑稽之雄，漢武有神仙之志，好事者爲之因緣附著，不亦宜乎。

《四庫全書總目提要》：《神異經》一卷，舊本題漢東方朔撰。今考《漢書·朔本傳》，歷叙朔所撰述，言凡劉向所録朔書，俱是世所傳，他事皆非。其贊又言後世好事者因取奇書怪語，附著之朔云云。則朔書多出附會，在班固時已然。此書既劉向《七略》所不載，則其爲依托更無疑義。

《海内十洲記》一卷，舊本題漢東方朔撰。十洲者，祖洲、瀛洲、懸洲、炎洲、長洲、元洲、流洲、鳳鱗洲、聚窟洲也。又後附以滄海島、方丈洲、扶桑、蓬邱、昆侖五條。其言或稱臣朔，似對君之詞；或稱武帝，又似追記之文；又盛稱武帝不能盡朔之術，故不得長生；則似道家誇大之語，大抵恍惚支離，不可究詰。考劉向所録朔書無此名，蓋六朝詞人所依托。

《漢武故事》一卷，舊本題漢班固撰。然史不云有此書。《隋志》著録傳記類中，亦不云固作。晁公武《讀書志》引張柬之《洞冥記跋》，謂出於王儉。唐初去齊梁未遠，當有所考也。

《武帝内傳》一卷，舊本題漢班固撰。《隋志》著録二卷，不注撰人。《宋志》亦注曰：不知作者。殆後人因漢武故事，僞題班固，遂并此書歸之歟？

《漢武洞冥記》四卷，舊本題後漢郭憲撰。《隋志》止一卷，《唐志》始作四卷。晁公武引憲自序，謂漢武明雋特異之主，東方朔因滑稽浮誕以匡諫，洞心於道教，使冥迹之奥，昭然顯著，故曰洞冥。此書所載皆怪誕不根之談，未必真出憲手。又詞句縟艷，亦迥異東京，或六朝人依托爲之。

又其詞條豐蔚，情事艷異，雖無益於經典，而有功於文章，是以後之文人，轉相采摭，獵其英華，以資故實，亦猶荷馬史詩多本諸希臘神話也。

徐陵《玉臺新咏序》曰：雖復投壺玉女，爲觀盡於百驍。《神異經·東荒經》曰：東荒山中有大石室，東王公居焉。長一丈，頭髮皓白，人形，鳥面而虎尾，載一黑熊左右顧望，恒與一玉女投壺，每投千二百矯。設有入不出者，天爲之嚁噓；矯出而脱誤不接者，天爲之笑。

又李白《梁甫吟》亦引用此事。白詩曰：我欲攀龍見明主，雷公砰訇震天鼓。帝旁投壺多玉女，三時大笑開電光。倏爍晦冥起風雨，閶闔九門不可通，以額控關閽者怒。

鮑照《舞鶴賦》曰：朝戲於芝田，夕飲乎瑶池。李善引《十洲記》：曰鐘山在北海之中，地仙家數千萬，耕田種芝草，課計頃畝也。

潘岳《西征賦》曰：長傲賓於柏谷，妻睹貌而獻餐。李善引《漢武故事》曰：帝即位爲微行，嘗至柏谷，夜投亭長宿。亭長不納，乃宿逆旅。逆旅翁要少年十餘人，皆持弓矢刀劍，令主人嫗出遇客。婦謂其翁曰：吾觀此丈夫，非常人也，且有備，不可圖也。天寒，嫗酌酒多與其夫。夫醉，嫗自縛其夫。諸少年皆走。嫗出謝客，殺鷄作食。平旦，上去還宫，乃召逆旅夫妻見之，賜嫗金千斤，擢其夫爲羽林郎。

李商隱《茂陵詩》曰：玉桃偷得憐方朔，金屋修成貯阿嬌。古本《漢武内傳》有朱鳥窗事，今見於《博物志》曰：七月七日夜七刻，王母降於九華殿。王母索七桃，以五枚與帝，母食二枚。惟母與帝對坐，其後者皆不得進。時東方朔竊從殿南廂朱鳥牖中窺母。母顧之謂帝曰：此窺牖小兒嘗三來竊我桃。又《漢武故事》曰：東郡送一短人，長五寸，衣冠具足。上疑其精，召東方朔至。朔呼短人曰：巨靈，阿母還來否？短人不對，因指謂上。王母種桃，三千年一結子。此兒不良，已三過偷之，失王母意，故被謫來此。上大驚，始知非世中人也。

上官儀《咏雪應詔詩》曰：花明棲鳳閣，珠散影娥池。《洞冥記》曰：帝於望鵠臺西，起俯月臺，臺下穿池廣千尺，登臺以眺，月影入池中，使仙人乘舟弄月影，因名影娥池。

荷馬Homer，希臘詩人也，著有《史詩》(Eple)二篇，一曰《伊里亞》(Ilad)，一曰《奥德西》

（Odyssey）。詩之資料，悉取於古希臘神話與古英雄之遺事。

迨夫魏晉代興，齊梁踵武，玄風大扇，佛法西來，長生久視之道既張，因果報應之説復盛，談諧苟洽，資料更多。其前則有秦王嘉之《拾遺》，晉干寶之《搜神》，陶潛之《後記》，其後則有宋劉敬叔之撰《異苑》，梁吴均之《續齊諧》，隋顔之推之志《還冤》，或祖述舊聞，或網羅異迹，或撰集出一手，或補綴於後人，莫不領異標新，摛華掞藻，固已窮幽明之駭怪，極意象之荒唐矣。嗣有作者，曷以遠過。

《四庫全書提要》：《拾遺記》十卷，秦王嘉撰。《搜神記》二十卷，舊本題晉干寶撰，《搜神後記》十卷，舊本題陶潛撰。按此二書，皆出依托。《異苑》十卷，宋劉敬叔撰。《續齊諧記》一卷，梁吴均撰。《還冤志》三卷，隋顔之推撰。此書多述冤報之事。

至於張華之《博物》，任昉之《述異》，言更破碎，書尤雜糅，則説部之瑣聞，藝林之枝葉也。比方吟咏之事，其詩餘詞之儔匹乎。

《四庫全書提要》：《博物志》十卷，舊本題張華撰。實則原本散佚，今本乃後人採綴而成。《述異記》二卷，舊本題梁任昉撰，亦如前書，出於後人裒合。

綜考紀氏所録，三派之中，惟紀録雜事，易於淆混。良以述軍國大政，則有類於掌故之書，記詞章細故，又鄰於評文之作。晁《志》所謂及人之善惡而變亂是非，紀録所謂誣謾失真，妖妄熒聽者，此類固已開其端緒矣。然而敘述逸聞，語多名雋，繪影只言，傳神片楮，則劉義慶之《世説新語》尚矣。採摭繁富，取材不窮，則葛洪之《西京雜記》次之。而劉孝標之注《世説》，典贍精核，多存佚書，名章妙句，珠璣紛漱，與裴注《國志》，酈箋《水經》，鼎峙而三，允爲傑構。

《四庫全書提要》：紀録雜事之書，小説與雜史最易相淆，諸家著録，亦往往牽混。今以述朝政軍國者入雜史，其參以里巷閒談詞章細故者，則均隷此門。《世説新語》，古俱著録於小説，其明例矣。

又《西京雜記》六卷，舊本題晋葛洪撰。庾信作詩用《西京雜記》事，旋自追改曰：此吴均語，恐不足用，故或以吴均依托。《世説新語》三卷，宋臨川王劉義慶撰，梁劉孝標注。本名《世説新書》，不知何人改爲《新語》，相沿已久，不能復正矣。所記分三十八門，上起後漢，下迄東晋，皆軼事瑣語，足爲談助。孝標所注，特爲典贍，其糾正義慶之紕繆，尤爲精核。所引諸書，今已佚其十之九，惟賴是注以傳。

但史部與説部，理本殊科。傳信與傳奇，事原兩致。而於時史氏，智不及此，喜採異聞，多傳鄙事，故知幾《史通》，詆其蕪穢。是則史家之無識，非説部之可譏也。若以記功書過之法，繩彼憑虚無是之言，則淵明之《桃源》，嗣宗之《大人》將亦登諸地志，實之邑乘乎。是知撫掌之言，固無傷於詭越，解頤之語，又何責其不經哉。

劉知幾《史通》：王隱何法盛之徒，所撰《晋史》，乃專訪州閭細事，委巷瑣言，聚而編之，目爲鬼神傳録，其事非要，其言不經，異乎三史之所書，五經之所載也。自魏晋已降，著述多門，語林笑林，世説俗説，皆喜載調謔小辯，嗤鄙異聞，雖爲有識所譏，頗爲無知所説。而斯風一扇，國史多同，至如王思狂躁，起驅蠅而踐筆，畢卓沉湎，左持螯而右杯，劉邕榜吏以膳痂，齡石戲舅而傷贅，其事蕪穢，其辭猥雜，而歷代正史，持爲雅言，苟使讀之者爲之解頤，聞之者爲之撫掌，固異乎記功書過，彰善癉惡者也。

又有《神仙》、《高士》之傳，《秘辛》伶元所記，語或神奇，事尤縟麗。徒以一則格於體制，列之他門；一則病其贋鼎，屏諸存目。以言著録之審，考訂之嚴，有足多者，然《世説》有方正德行之門，《班志》載依托附會之作，援彼例此，又何説乎。

《四庫全書》史部傳記類：《高士傳》三卷，晋皇甫謐撰。又子部道家《神仙傳》十卷，晋葛洪撰。又小説家類存目《漢雜事秘辛》一卷，不著撰人名氏。《飛燕外傳》一卷，舊本題漢伶元撰。

至於裴注《三國》，酈注《水經》，劉注《世説》，其間徵引别傳地志之文，亦多非常可喜之事，獨惜古籍散亡，莫由尋討，攬八九之稗説，此其大凡矣。

（二）唐代短篇小説

小説非史也，而與風俗同其盛衰；非詩也，而與吟咏等其正變。是以時當草昧，言亦樸野，世尚玄談，語多幽邈。生逢喪亂，則放情志於寰中；運際迍邅，則寄感慨於物外。執筆者於焉托其遥情，覽文者由之發其深省。此小道之所以可觀而稗官之所以稱説也。然則言之無罪，聞之足戒，豈獨諷諭之篇，而宣鬱導滯，體物緣情，何必詩賦之士，故覽説林之述作者，亦可以觀國運之隆污矣。有唐一代，文治修明，大雅才人，出其緒餘，作爲小説，亦足冠冕一時，弁髦百代。容齋洪氏嘆其可與詩律同稱一代之奇，蓋非誇飾也。

洪邁《容齋隨筆》：唐人小説，不可不熟。小小情事，凄惋欲絶，洵有神遇而不自知者，與詩律可稱一代之奇。

惟是著作既富，流别遂繁，歲月已遥，真贋難辨。今《四庫》所著録，皆紀氏所謂寓勸戒，廣見聞，資考證者也。其餘各篇，或目爲猥鄙，棄而弗取；或嫌其依托，屏爲僞作。是乃著録之義例宜然，非所以語於欣賞也。至於引史官之記載，證説部之牴牾，與援説部之異聞，入史官之實録，其爲謬誤，亦正相同。此叔祥孝轅之考訂《秘辛》，所以見譏於士龍也。且文家發端引興，往往迷離其詞，不獨小説爲然也。故陳王懷疚，而仲宣進牘，仲文出守，而桓公興嘆，雖事或乖迕，何傷雅馴。

沈士龍《雜事秘辛跋》：自古以文字類寫娟麗，未有若《秘辛》之摇人心目也。且自如瑩燕處，度發解衣，以至幽鳴可聽，其間兩人周旋光景，雖去今千百餘年，猶歷歷如眼見而耳聞之也。至其造語，若拊不留手，築脂刻玉，胸乳菽髮，火齊欲吐之類，咸此嫗率爾口創，有後來含毫所不敢望者，何得横索異同，相與疑之？叔祥（姚士粦）、孝轅（胡震亨）證據博矣，然非所以語於文章之妙也。

顧炎武《日知録》：古人爲賦多假設之辭，序述往事以爲點綴，不必一一符同也。子虚、亡是公、烏有先生之文，已肇始於相如矣。後之作者，實祖此意。謝莊《月賦》、陳王《初喪》、應劉《端憂》、《多暇》。又曰：抽毫進牘，以命仲宣。按王粲以建安二十一年從征吴，二十二年春道病卒。徐陳應劉，一時俱逝，亦是歲也。至明帝太和六年，植封陳王，豈可掎摭史傳，以議此賦之不合哉？庾信《枯樹賦》，既言殷仲文出爲東陽太守，乃復有桓大司馬，亦同此例。

今兹所論，不取此義，核其體制，略分四門：一曰紀佚事。紀佚事者，拾史外之遺聞，叙一事之端委，鋪陳施設，事偉而文豐者也。屬此門者，曰《海山記》、《迷樓記》、《開河記》、《梅妃傳》、《長恨歌傳》、《太真外傳》、《東城老父傳》、《高力士傳》也。

《唐代叢書》：《迷樓記》、《海山記》、《開河記》，韓偓撰。《梅妃傳》，曹鄴撰。《長恨歌傳》，陳鴻撰。《楊太真外傳》，樂史撰。《東城老父傳》，陳鴻撰。《高力士傳》，郭湜撰。

二曰寫義俠。寫義俠者，模繪英傑，發抒鬱伊，祖馬遷《游俠》而加恢詭者也。屬此門者，曰《虬髯客傳》、《紅綫傳》、《劉無雙傳》、《劍俠傳》是也。

《唐代叢書》：《虬髯客傳》，張説撰。《紅綫傳》，楊巨源撰。《劉無雙傳》，薛調撰。《劍俠傳》，段成式撰。

三曰記艷異。記艷異者，兒女會合之私，死生聚散之苦，綺合綉組，情文凄芬者也。屬此門者，曰《會真記》、《霍小玉傳》、《李娃傳》、《章台柳傳》、《杜秋娘傳》是也。

《唐代叢書》：《會真記》，元稹撰。《霍小玉傳》，蔣防撰。《李娃傳》，白行簡撰。《章台柳傳》，許堯佐撰。《杜秋傳》，杜牧之撰。

四曰傳神異。傳神異者，踵六代之餘習，宗二氏之寓言，挈有以入無，翻空而出幻者也。屬此門者，曰《南柯記》、《枕中記》、《柳毅傳》、《步非煙傳》、《離魂記》、《杜子春傳》、《李林甫傳》是也。

《唐代叢書》：《南柯記》，李公佐撰。《枕中記》，李泌撰。《柳毅傳》，李朝威撰。《步非姻傳》，皇甫枚撰。《離魂記》，陳元祐撰。《杜子春傳》，鄭還古撰。《李林甫傳》，亡名氏撰。

凡此諸作，或以志奢淫而示儆戒，或以悼荒樂而寄凄惋，或以明天命而戒覬覦，或以見至情之終當耦合，或以嫉險惡之必有後殃，或以傷榮枯之無常，或以悲生死之一瞬，或敷布而似賦，或微婉而如此，或詭譎而善謔，或慷慨而可風，可謂極文心之愉樂，恣筆陣之縱橫者矣。而後世酒畔之所歌，燈前之所舞，類多取此短篇，播之弦索。《西厢記》出於《會真》，《長生殿》本諸《長恨》，以及伯龍之《紅綃》，伯起之《紅拂》，臨川之《邯鄲》、《南柯》、《紫釵》，其祖述源流，尤甚彰較，唐賢風韻，抑何淵永哉。

明沈寧《太和正音譜》云：《西厢記》傳奇，元進士王實甫撰，世又有稱其出關漢卿者。而陶宗儀《輟耕録》又云：金章宗時有董解元所編之《西厢記》，其事蓋取諸元稹之《會真記》。《長生殿》傳奇，清洪昉本《長恨歌》而作，間亦雜取《開天傳信録》、《明皇雜事》等書。而《絮閣》一折，則出於《梅妃傳》也。《紅綃記》院本，明梁伯龍作，其事則出《劍俠傳》中《昆侖奴傳》。《紅拂記傳奇》明張伯起作，其事則本之《虬髯客傳》。湯臨川譜《玉茗堂四夢》，其《邯鄲夢》則《枕中記》也，《南柯夢》則《南柯記》也，《紫釵記》則《霍小玉傳》也。

至於四庫所録，亦多美談。而宋元以來，作者尤夥。惟是廣見聞者，則疑侵史職；資考證者又孱入雜家，雖爲薦紳所樂稱，實非稗官之正統矣。

（三）宋元以來章回小説

劉彦和曰：『文辭之有諧讔，譬九流之有小説。』又曰：『諧者，皆也。辭淺會俗，皆笑悦也。讔者，隱也。遁辭以隱意，譎譬以指事也。』然則小説之爲體，又有同夫《滑稽》者矣。後世之平話、彈詞、章回小説，其斯義之所孳乳乎。顧其始創，原資笑謔，必辭諧於俗耳，而義洽夫庸情。是以歷世至今，遂多湮没。考之郎瑛所述，則亦優俳之流亞，所以悦皇情而樂豫暇者耳。及夫風尚漸成，賢才間作，奇篇巨制，稍稍流傳，明清以來，爛然備矣。其佳者，雕繪性情，鐫鏤物理，駸駸乎奪詞人之彩筆，合賦家之文心矣。其次者，亦依附史傳，洋洋萬言，可以顛倒顓蒙，左右啼笑，雖托體未尊，而爲用至溥，固不必擷屈艷、採班香，始爲能手也。

郎瑛《七修類稿》：小説起宋仁宗。蓋時太平盛久，國家閒暇，日欲進一奇怪之事以娛之，故小説得勝頭回之後，即云『話説趙宋某年』。閭閻淘真之本之起，亦曰『太祖太宗真宗帝，四帝仁宗有道君』。國初瞿存齋過汴之詩，有『陌頭盲女無愁恨，能撥琵琶説趙家』。皆指宋也。若夫近時蘇刻幾十家小説者，乃文章家之一體，詩話傳記之流也，又非如此之小説。

嘗考此體初創，厥有多門，故古杭夢游，有説話四家之目。《武林舊事》，標諸色伎藝之名，而陶真説評，則類盲女之彈詞。詩話詞話，復異士夫之談藝。大抵文雜韻散，事分唱説，遇韻文則撥弦以吟唱，逢散句則歇指而道説，蓋以宣聽衆之勞倦，壯説者之聲情，亦合樂而歌之遺意也。遥想當日，中瓦街頭，酒闌月上，此輩登場，裙屐嬉游，當稱極盛。所以國變之後，詞人騷客，感舊夢華，而情傷無已也。

耐得翁《古杭夢游録》：説話有四家：一曰小説，謂之銀字兒，如煙粉、靈怪、傳奇。説公案，皆是搏拳、提刀、趕棒，及發迹變態之事。説鐵騎兒，謂士馬金鼓之事。説經，謂演説佛書。説參，謂參禪。説史，謂説前代興廢戰爭之事。

周密《武林舊事》：『諸色伎藝』條，有演史，喬萬卷以下二十三人。説經、諢經，長嘯和尚以下十七人。小説，蔡和以下五十二人。説諢話，蠻張四郎一人。

蔣一葵《堯山堂外紀》：杭州瞽女唱古今小説評話，謂之陶真。

羅振玉《唐三藏取經詩話跋》：此書與《五代平話》、《京本小説》，及《宣和遺事》，體例略同。三卷之書，共分十七節，亦後世小説分章回之祖。其稱詩話，非唐宋士夫所謂詩話，以其中有詩有話，故得此名。其有詞有話者，則謂之詞話。《也是園書目》有《宋人詞話》十六種，《宣和遺事》其一也。詞話之名非遵王所能杜撰，必此十六種中有題詞話者。此有詩無詞，故名詩話，皆《夢粱録》、《都城紀勝》所謂説話之一種也。按繆荃孫跋《京本通俗小説》，謂宋人詞話標題詞字乃評字之訛，非也。

惟是優俳敷衍，取辦一時，其所作爲，定鮮佳妙，加以年世悠邈，著録不詳，大典所收，又皆淪散，今世流傳，遂如星鳳，是以黄蕘翁之刻《宣和遺事》，曹君直之刻《五代平話》，久爲一世奇珍。而近人繆荃孫重刊《京本通俗小説》七種，羅振玉影印《三藏取經詩話》三卷。於兩家之外，别獲秘文，益爲難得矣。而叶德輝拾繆氏棄置之《海陵穢史》，重付手民，則又嗜痂之奇癖，好古之深情，兼而有之者矣。

《四庫全書提要》雜史類存目『平播始末』條附注：《永樂大典》有平話一門，所收至夥，皆優人以前代軼事敷衍成文而口説之。

繆荃孫《京本通俗小説跋》：余避難滬上，索居無俚，聞親串妝奩中有舊鈔本書，類乎平話，假而得之，雜庋於《天雨花》、《鳳雙飛》之中，搜得四册，破爛磨滅，的是影元人寫本。尚有《定州三怪》一回，破碎太甚；《金主亮荒淫》兩卷，過於穢褻，未敢傳摹。按此兩卷，叶氏觀古堂有刻本，題曰《海陵王穢史》。

王國維《唐三藏取經詩話跋》：宋槧《大唐三藏取經詩話》三卷，日本高山寺舊藏。今在三浦將軍許。書中載玄奘取經皆出猴行者之力，即《西遊演義》所本。

至於結構之密，排比之繁，求之兩京，雖少概見，然而今世所傳，大部演義，大都脱胎此時，增華後代，故元老《夢華》叙汴京雜伎，已見説三分之名。《東坡志林》，載當年故事，亦有聽三國之語。而施耐庵潤色舊文，以成《水滸》，見於《莊岳委談》。則田叔禾《西湖游覽》，稱書出宋人，亦未可輕加詆毁。至其遠紹《宣和遺事》，旁搜元人雜劇之迹，更昭然可睹矣。殆猶《周易》、《國風》、《山經》、《爾雅》，出自群賢，成之異代之類乎。倘必指名一人，適足貽譏通士。若夫當今宏碩，好窮探幽賾，以比附虚無，則又纚空作縷，方矜巧技，而認指爲月，已失神機者矣。

南宋孟元老《東京夢華録》『京瓦伎藝』條，有講史、小説、説評話、説三分、五代史等名。按：三分，即《三國志》也。

《東坡志林》：王彭嘗云：涂巷中小兒薄劣，其家所厭苦，輒與錢令聚坐聽説古話。至説三國事，聞劉玄德敗，顰蹙有出涕者。聞曹操敗，即喜唱快。以是知君子小人之口，百世不斬。

胡應麟《莊岳委談》：余偶閲一小説序，稱施某嘗入市肆，紬閲故書，於敝楮中得張叔夜禽賊招語一通，備悉其一百八人所由起，因潤飾成此編。

周亮工《書影》：《水滸傳》相傳爲洪武初，越人羅貫中作。又傳爲元人施耐庵作。田叔禾《西湖游覽》又云此書出宋人筆。

《水滸傳》中所寫花石綱、生辰綱、閻婆惜各案，皆與《宣和遺事》相同，但文有繁簡耳。如吴用智取生辰綱一回，《宣和遺事》所記頗簡，其文曰：是年正是宣和二年五月，有北京留守梁師寶，將十萬貫金珠珍寶奇巧匹段，差縣尉馬安國一行人，擔奔至京師，趕六月初一日爲蔡太師上壽。其馬縣尉一行人，行到五花營堤上田地裏，見路旁垂楊掩映，修竹蕭森，未免在彼歇涼片時。撞着有八個大漢，擔得一對酒桶，也來堤上歇涼。靠歇了，馬縣尉問那漢：『你酒是賣的？』那漢道：『我酒味清香滑辣，最能解暑蕩涼，官人試買些飲？』馬縣尉方爲飢渴疲困，買了兩瓶，令一行人都吃些個。未吃酒時，萬事俱休；纔吃酒後，便覺眼花頭暈，看見天在下，地在上，都麻倒了，不省人事。籠内金珠寶貝匹段等物，盡被大漢劫去了。又如宋江怒殺閻婆惜一回，《宣和遺事》之文尤簡。其文曰：晁蓋感激宋江的恩義，使劉唐帶金釵去酬謝他。宋江把金釵交給娼妓閻婆惜收了。不料被閻婆惜得知來歷，那婦人本與吴偉往來，現在不避宋江。宋江怒起，殺了他們，題反詩在壁上，出門跑了。

元人雜劇喜編梁山泊故事，今見於臧晉叔《元曲選》者，有高文秀之《黑旋風雙獻功》，康進之之《梁山泊黑旋風負荆》，李文蔚之《同樂院燕青博魚》，李致遠之《都孔目風雨還牢末》，無名氏之《争報恩三虎下山》。其餘各家所撰，據近人胡適所考，僅知其名者尚有十四種。見胡著《水滸傳考證》。

然而討源者固視南北兩宋爲濫觴，而觀瀾者終嘆元明以來爲壯闊。論此體於元明以後，其名川三百，支川三千之會乎。但秋水時至，而潢潦亦盈，四瀆同尊，而江河自大，是以汎舉衆作，可取尚多，而細紬群篇，洽心實少。《三國志》則史而少文，《西遊記》則虚而多幻，《儒林外史》則雜而無章，《東周列國》則枯而乏韻。前之兩書，猶瑕瑜互彰；後之二作，則碔砆亂玉。至於《金瓶梅》之猥褻，《鏡花緣》之俗陋，《品花寶鑒》之淫亂，《七俠五義》、《兒女英雄傳》之平庸，又無論矣。其餘諸作，皆説部之輿臺，稗官之僕隸，不足以升大雅之堂者也。具浮天浴日之觀，抱涵虚納深之量者，其惟《水滸》、《紅樓》乎。《紅樓》毗於陰，故文多繾綣；《水滸》麗於陽，故詞尚激昂。一則忠憤不平之鳴也，一則情天恨海之史也。至其包舉之大，組織之巧，體物之工，言情之妙，倘所謂并駕齊軌，異曲同工者歟。然而競爲侈麗之詞，没其諷諭之義，使覽之者勸百而諷一，則亦同夫賦家之失矣。及夫近代，譯著盛行，説部之書，汗牛充棟。大抵重文者傷質，務質者害文，嗜故者意浮，喜新者詞拙，儻亦時會未至，莫由勉强者乎。繼稗官之絶統，紀説部之新元，不足責彼前賢，要當俟諸來哲。

劉永濟

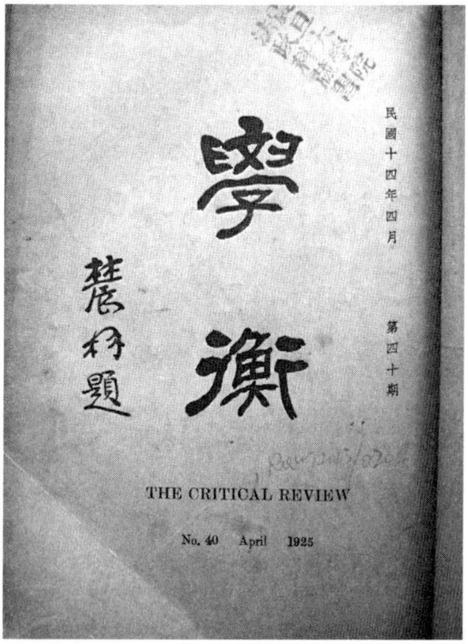

醫者必熟湯歌之訣。百中之經。辯士必熟左國戰策之辭令。狄讀先尼 Demosthenes（西紀元前四世紀雅典辯士）西塞羅 Marcus Tullius Cicero（西紀元前一世紀羅馬辯士）之遺音。然則學文尤貴所先。近世譸張其流。滋弊。噬哂蕭選桐城之緒。遐棄三代兩漢之書。咸自以擅其創作。盲騎瞽驅而入池矣。雖復語以寧誦。坐致淵契。其孰能聽之哉。

贊曰。成章既列。昭告于誦。恬如雨霽。朗則霆動。宮商克諧。得失自訟。闢其豁然。衆妙攸從。

說部流別

劉弘度

緒論第一

稽小說之緣起、亦初民文學之支流也。創體之蚤、諒同謠諺。是以遠古傳述、失所從來、神人雜糅。語多奇怪。列禦寇、莊周之所記、山海經、鴻烈之所稱、雖半由寓言、實多資遺說。

莊子逍遙遊曰、齊諧者志怪者也。諧之言曰、鵬之徙於南冥也、水擊三千里、摶扶搖而上者九萬里、去以六月息者也。

而屈原天問、亦雜陳神怪、莫知所自。大氐往古異迹、圖畫祠堂、有於如是者。故三閭憤懣、呵而問之。

王逸天問章句曰、天問者、屈原之所作也、屈原放逐、彷徨山澤、見有楚先王廟、及公卿祠堂、圖畫天地、山川、神靈、琦瑋僪佹、及古賢聖、怪物行事、因書其壁呵而問之、以渫憤懣舒瀉愁思。

四庫書目提要子部小說家類一曰、屈原天問、雜陳神怪、多莫知所出、意即小說家言。

說林珍聞

金智周等　撰

載於《新月》一九二五年第一卷第四期、一九二六年第二卷第一、二期。作者金智周，見一九二二年許廑父等《小説日報小説話》提要。他寫的幾篇軼事，提供了如許廑父的豪義，徐念慈的主持小説林社的工作，曾樸的不滿續作等有價值的信息。南冠（不詳其人）所寫林紓精於拳術，及『深悔武術之雖足以自衛，實足以禍人』，也可知林紓的罕爲人知的一面。鄭逸梅所摘録的『雋語』中施濟群説，辨《鑽報》『擬求高古』，是針對『自新文學盛行以後，國學漸銷』的局面而『願力挽狂瀾也』，俞天憤（見一九二二年《小説日報小説話》提要）所抄示的『嚶鳴小志』中程瞻廬（見一九一九年《〈小説月報〉篇名雜綴》提要）説：『早年頗有志於詩古文詞，中經家變，不得不就硯田中求速成之術，優筆俳墨，討生活於稗官之中，境實迫之，非素志也』，都有一定的文學史價值。至於鄭逸梅所記的有關程小青的軼事，更是豐富多彩。

許廑父

當今名小説家中，欲求如吴趼人先生之豪放者，只許廑父先生耳。先生當創設競社時，慕名而入社者甚夥，日必擠滿一屋，以親聆先生謦咳爲榮。一日，有少年親自來交束脩於先生。交畢，先生睹其暮色蒼淡，眉間隱含憂怨狀，異之，乃問曰：『弟面目枯憔，身瘦如許，何耶？』少年唯唯。堅詢之，乃慘然曰：『某幼失怙恃，長居人籬下。近患隱疾，無□以醫。念人生不學，無以爲生，故忍痛出鉅息致束脩。』言已，涕泗滂沱。先生意良不忍，歎曰：『余雖賴此爲食，奚可收受厥金？』乃還其金，并加洋拾元，與之。少年拜受而去。適某印刷公司主人來取印書定洋，先生大窘，暗忖所備之洋，已俾少年矣，奈何？遂質其新置之衣以償。其豪義若此。詢足以爲薄俗勵矣。

徐念慈

念慈先生，蘇照文縣人，别署東海覺我。時前清末季，新文學尚未流入中國。先生每見帖括而歎曰：『非吾所學也。』後乃投身教育界，提倡歐學，不遺餘力。與常熟丁祖蔭、曾孟樸爲好友。後主教育會長，建學校，自執教鞭。翌年，曾公孟樸創辦《小説林》社，乃召先生赴申，總持社務，日益發達。當時名人，如陳鴻壁、黄摩西、周桂生、奚若、子才等，皆招之入社，各撰名著。至今尚有稱之者。尤奇者，賞識李涵秋氏一事。初，涵秋在漢口，聞念慈徵集名著，乃以《雙花記》一書，寄之。先生見而歎爲佳作。即復函稱許，并附稿洋陸拾元。可見先生識見高明矣。後以舊疾復發，回家休養，不意錯投猛劑，竟致不起。哀哉！初，先生擬集著《遼天一劫記》之國耻小説，以儆國人，不料竟不能如志而去。

（一九二五年第一卷第四期）

來鴻雋語

鄭逸梅

予匯友朋之函劄爲《來鴻集》。曾一再摘雋語，刊諸半月，燈下無事，又録成若干則，以奇吾友釋雲。俾爲《新月》補白焉。

陳蓮痕書：塗抹生涯，直如雞肋。一時又不能擺脱，大是人生苦事耳。

趙苕狂書：鄭記老牌貨，小弟已告缺久矣。（爲《紅玫瑰》索稿而言。）

程瞻廬書：惠我《梅瓣集》，逐日咀嚼幾瓣，沁入肺腑，正不亞蘇子美細嚼梅花讀《漢書》也。《慧心粲齒集》何日出版？尚思一飽眼福，無厭之求，既得隴又望蜀矣。

吴雙熱書：阿雙廬是該死。隔了不知若干時，忽然猛憶吾兄有屬，屬題《慧心粲齒集》，當時懶不理會，今日方纔屬草，可是荒謬極了，尚希惠存是幸。

施濟群書：《鑽報》文字，擬求高古，蓋自新文學盛行以後，國學漸銷，大有黄鐘毁棄，瓦釜雷鳴之象。弟有慨於是，故願力挽狂瀾也。

張舍我書：近來著作時間甚少，精神亦不充足，故未能多事於筆硯間也。

朱松廬書：佳稿不易徵集，辱在舊交。乞助一臂。

顧醉庚書：引企文采，彌切拳拳。

胡亞光書：兄之《痛苦山邱圖》，迄今未償此債，實無顔筆譚。當告一奮勇，磨墨伸紙一揮以贖前愆也。

張慶霖書：邇來蘇滬間文場有無新花樣，乞示一二。弟傭書而活，寸進毫無，殊不足慰我故人。

歐東穀書：秋鴿羽落，述及弟函，不覺漸感交集。

袁纘之書：弟六月中即來費城。費城爲美國獨立史上之發祥地，頗多古跡，聊可徜徉以消磨時日耳。

徐卓呆書：弟擬在虎丘風景較佳遊覽便利之處，卜一牛眠地。

唐忍庵書：今年多病，絶意著作，偶然勉强，輒不自愜。

錢釋雲書：諸君子時賜大稿，聚於尺幅中，猶諸對晤一室，快何如之？

陶報癖書：走瀟湘後學，忝附神交，從兹魚雁頻傳，得以飽聆教益，實大幸事。

吴聞天書：近讀大著，覺補王雅諱，非公莫屬。

屠守拙書：數句謡諑竟成真，樂土何方可辟秦。寄語故人休注念，阿元無恙客春申（守拙名曾元）。故鄉情狀最關心，苦恨郵程梗阻深。倘荷安音常報我，直教一字抵千金（指今秋浙孫戰事）。

華吟水書：弟行蹤已定，不序滕王，而賦西子矣。（按：吟水本擬至南昌，今則供職於杭之商務書館。）

尤半狂書：兄處有秘片，如世之所謂模特兒者乎？願假一閲。

趙眠雲書：昨宵幾乎醉倒市樓，今晨宿醒尚未解也。

蔣吟秋書：頃讀《世界小報》，兄《致民哀書》，有逃禪之想。民哀亦願同志，合弟則三人矣。茫茫塵世，擾擾中原，安得鐘磬鐃鈸蒲團經卷耶。

周夢生書：機械式之生活，毫無趣味，進一步想，覺處處不足，天地雖寬，竟乏容身地點。有時百脈憤張，真欲擊碎唾壺，退一步想，處處有餘。斗室雖窄，亦覺天曠地闊，心平氣和，静觀萬物，皆有自得之貌。遊神虛渺，可以坐忘。無他，心理爲之耳。

（一九二五年第一卷第四期）

嚶鳴小志

俞天憤

志氣不屈境，詩書無建樹。落落寡交游，不合時宜肚。

此余十年前感懷句也。近數稔，藉俳辭俚句之披露，轉得與海內諸作家以筆墨相見，始願不及此也。偶檢一歲中良友惠札，摘其雋話，録之以便尋繹，隨手抄成，不復循其先後也。

嚴獨鶴：如有聚精會神之作，而不以字數敷衍者，以篇計算亦可。

尤半狂：日刊如可就緒，欲請惠我珠璣，時至當再奉達。

趙摯一：去秋敝邑被兵，乃荷蒞臨賑濟，熱心慈善，澤惠災黎，感荷靡源矣。

徐卓呆：松樹菌，係友人託購，既未上市，可不必矣。

周鳴岡：此次徵求，海內名家，悉行搜集，實爲小説界空前盛舉。

趙眠雲：孫來奉退，地方尚安。以後如何，猶難預測。鄙見終覺危險，然亦不思避難，即避亦無安樂土也。

又：大局又多謡言，小民苦矣，夫復何言？

又：蒙邀看楓，連日適有酬酢。出月初，或來虞一飽眼福。
程小青：邇來文興若何？重九有暇，能再來一遊否？
又：暢叙兩日，佳機難再，彌可紀念。
又：招遊虞山，至欣至感，時局若是，恐難如願。
尤半狂：江浙大定，吾民得暫苟安，真幸事也。
趙苕狂：前途意圖楷油，以尊示示之，竟無一切實答覆，請作罷論。惟弟此舉，未免太多事矣，乞原宥。
范煙橋：月餅得安然狂啖，不可謂非大幸。天平楓葉將紅，盍來一遊乎？
程瞻廬：弟早年頗有志於詩古文詞，中經家變，不得不就硯田中求速成之術，優筆俳墨，討生活於稗官之中，境實迫之，非素志也。

（一九二五年第一卷第四期）

曾孟樸

金智周

孟樸先生，常熟人，别署東亞病夫，因感慨中國之弱，而署此名也，此名在《小説林》出版時所署。時在光緒三十二三年，適中國最受外侮之時也。先生在前清末季，曾著《孽海花》説部，中以名妓賽金花爲緯，傳誦一時。先生爲宦二十餘年，目睹宦海怪狀，退而爲此，所以繪聲繪色也如是。《小說林》刊時，以《孽海花》三集續刊，讀者歡迎。後以事忙而輟，爲憾也。《小說林》社爲先生所發起，聘徐念慈先生總持社務，發行小説二百餘種，一時稱盛焉。後大聲書局觀《孽海花》銷路之廣，即聘清陸士諤先生續撰四集，雖事實不同，然書中承上接下。先生見而怒曰：『余撰之書，人奚能續撰？非特書中人事全非，前後不接，有違余作此書之本旨，吾必有以責之，以保全名譽也。』後爲友人勸阻止。今先生方得意游宦金陵，爲簡任職，久不彈此調矣。

（一九二六年第二卷第一期）

記偵探小説家程小青軼事

鄭逸梅

在下和小青忝屬同社，又時常晤見，知道他的事兒較詳，特地把有趣味的記些出來，以應《新月》。

程小青很喜歡國粹畫，花卉咧、山水咧、人物咧、翎毛咧，收羅得不少，且都是小册頁，把那裝嵌影片的硬紙夾兒夾着，著述之餘，隨意展玩，很足以怡情適性。他的夫人王含章女士，近從顧仲華學畫，已楚楚可觀了。

小青收羅的畫，逐頁請人題詩，陳小蝶、范煙橋、黄若玄題的最多。又引動了他的興趣，翻着詩韻，也吟起詩來。他是素不擅尖叉的，但做幾首絶詩，很有王漁洋的風味，可見他的天才爲不可及哩。

小青很擅長英吉利文字，他曾把自己的《霍桑探案》迻譯英文，由某西女士介紹，寄刊倫敦某雜志去。想今後小青的聲譽，大可和柯南道爾媲美呢。

小青擔任吴語科教授，那吴語科是授西人以吾華言語文字的，所以他有好幾個外國高足，能寫華文，能解唐宋人的詩詞。

小青有電影癖，樂群社和青年會，他是常去看電影的。他也能著電影劇本，曾爲海上某公司著成若干幕，奈中有謀殺等案情，格於禁例，不能於銀幕上演映。其時，適《快活林》撰長篇説稿的不肖生抱病，《玉玦金環録》中斷，獨鶴寫快信給小青，請他趕撰一短長篇承乏，他就把那劇本略事增損，逐日披露在《快活林》，篇名爲《新婚劫》，計二萬言，兹有某書賈謀爲刊行單本哩。

小青的偵探小説，主腦爲霍桑，助手爲包朗。趙芝岩和小青過從甚密，又事事合作，所以吾們都承認他爲包朗。如今芝岩寄旅滬濱，小青很有寂居失侣之感呢。

小青很有些歐化習慣，西人以十三爲不祥，他從前爲《偵探世界》撰《毛獅子》恰爲十三回，他覺得了，趕忙把他改成十二回結束。

小青很喜歡在深林古堞間閒步搆思，好得他掌教在葑谿天賜莊，地很幽僻相宜哩。

小青信教心很篤，生平足不涉花叢，辦事又很有毅力，待人接物，十分誠懇，是小説界中難得的人才和人格。

小青的處女作，是投寄《小説月報》的惲鐵樵，鐵樵很賞識他的，約他晤譚，并勸他治稗官必先治經史，所以小青於舊學很有根底，飲水思源，倒要歸功於鐵樵先生之一言呢。

小青有一天在庭中曝著衣箱，他忽地幻想着：這個箱裏倘裝著一屍，那是多麼可怖啊。他因此構成空中樓閣，撰《箱屍》一書，如今這書已風行社會了。

小青某夜獨行坰野，覺風聲呼呼於耳畔，有如鬼魅作祟，行愈快，那聲也愈響。但他心中并不恐慄，反站定了脚，把頭上所戴的通艸帽兒摘下，仔細瞧察，竟被他發覺了，原來那帽兒的側面有兩個小孔，風適緊貫其中，所以有此怪響。這事很可以證明古人説的『妖由人興』這句話不錯呢。

（一九二六年第二卷第一期）

林琴南軼事

南　冠

林琴南先生一生事，寒翠《林書叢論》卷端記之詳矣（見本志二卷一號）。以我所聞，琴南拳術甚精，且得少林正傳。當彼始在京師大學堂任教師時，有一校役，不知因何事忤琴南，琴南大怒，駢兩指猛點其額，校役大聲叫痛，立倒地暈去。良久始甦，如是懨懨若病者數月，而額上指痕宛然，終不漫滅。琴南因此自知拳術惹禍，自是更不習拳術，對人亦絶對不更提技擊事。蓋深悔武術之雖足以自衛，實足以禍人也。此事係琴南弟子毛君所新語我者，殆可信也。

（一九二六年第二卷第二期）

▲蔣吟秋書　頃讀世界小報兄致民哀書。有遁跡之想。民哀亦饒同志。合弟則三人矣。茫茫塵世。擾擾中原。安得覓[illegible]縱容耶。

▲周瘦生書　機械式之生活。乏甚趣味。進一步想。覺處處不足。天地雖寬。曾乏容身地點。有時直欲憤發。眞欲粉碎乾坤。退一步想。處處有餘。斗室雖窄。亦覺天廣地闊。心平氣和。靜觀萬物。皆有自得之娛。游神虛靜。可以坐忘。無他。心理爲之耳。

小說家軼事（金鋼鑽）

□許廑父

當今名小說家中。欲求如吳研人先生之豪放者。只許廑父先生耳。先生當創設菱社時。慕名而入社者甚夥。日必授講一屆。以親炙先生謦欬爲榮。一日。有少年。親自來交束修于先生。受畢。先生睹其目色青澁。眉間隱含憂愁狀。異之。遂問曰。弟面目枯黯。身瘦如許何耶。少年嘆聲。堅詢之。乃愴然曰。某幼失怙恃。長居人籬下。近患肺疾。無以醫。念人生不學。無以爲生。故忍痛出錢乞致束修。言已。涕泪滂沱。先生意良不忍。曠日。

諧屑

楓隱 撰

載於《新月》一九二五年第一卷第四期。朱楓隱，字紓漁，江蘇吴縣人，星社社員，著述散見於《禮拜六》、《聯益之友》、《遊戲新報》、《紅雜志》等，多諧談、歌謡之類通俗文字。本文用詼諧的筆墨編談了程小青、錢釋雲、程瞻廬、周瘦鵑、佘大雄等一些相關的有趣話頭，以資閒談。

本雜志是小青和釋雲二人所編。小青二字，活像是個女子的名字；釋雲二字，活像是個和尚的名字。可惜小青非真女子，釋雲非真和尚。不然，却是一個女子和一個和尚合編了一部雜志，豈不很有趣麼？

蘇州有二位小説家，都姓程，都和敝居相近。一個就是小青，小青又名青心。小青、青心合之都成一情字，其人似富於情的。一個是瞻廬，瞻廬文章，都很滑稽，似乎是一個滑頭。其實這二位程先生，都很規矩，都很道學，竟與宋朝河南二程夫子相髣髴，和他的命名文筆大不相同，豈非奇事。

瘦鵑所編的雜志，叫做《半月》；小青所編的雜志，叫做《新月》。他二人本是好友，所編的雜志，又都喜把月兒命名，大約前身都説月中仙子下降。《新月》是方新的月，《半月》是已圓的月。月兒到了圓了，就要缺，所以《半月》的名字，似乎不如《新月》。我以爲不然。因爲月兒這東西，由新而圓，由圓而缺，由缺而復新，是循環不斷的。照這樣説起來，這兩部雜志，大約也是萬古常新的，分什麼高下呢？

近人嘗作《小説點將録》，把《水滸》一百八人，分配現代小説家，很有趣味。我現在也想了幾個，寫在下面：施濟群自號老衲，家中却有妻有妾，可叫花和尚；余大雄，人都稱他爲脚編輯，可叫做神行太保；程小青，長身玉立，大名又有一個青字，可叫做一丈青；程瞻廬去年患黃疸病時，面目都黃，可叫做黃面佛。

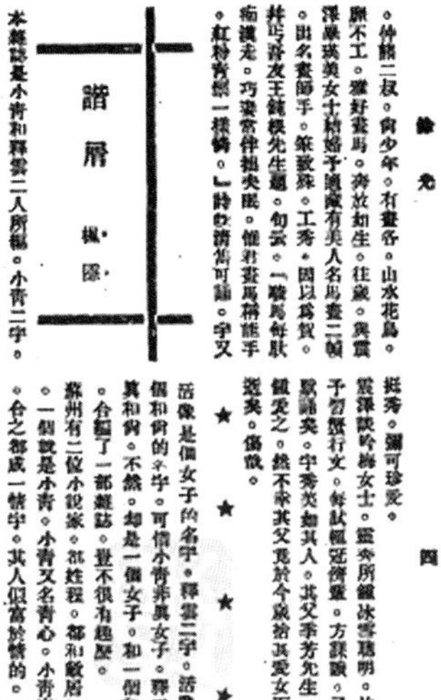
餘光　　四

。仲舒二叔。負少年。有畫名。山水花鳥。無不工。雅好畫馬。奔放如生。往歲。與雲澤畢瑛美女士結婚予適畝有美人名馬畫二幀。出名畫師手。筆致殊。工秀。因以爲賀。并乞吾友王鈍根先生題。句云。「駿馬每肽病擴走。巧妻常伴拙夫眠。惟君畫馬稱能手。紅粉青娥一樣憐。」詩亦清雋可誦。字又挺秀。彌可珍愛。

雲澤談吟梅女士。雲妻所錦冰雪聰明。比從予習駢行文。每試輒冠儕輩。方謀觀。已能駁歸矣。字秀炎如其人。其父季芳先生。絕鍾愛之。然不幸其父竟於今歲捨其愛女而長逝矣。傷哉。

★　★　★　★

諧屑　楓隱

本雜誌是小青和釋雲二人所編。小青二字。活像是個女子的名字。釋雲二字。活像是個和尚的名字。可惜小青非真女子。釋雲非真和尚。不然。卻是一個女子。和一個和尚。合編了一部雜誌。豈不很有趣麼。

蘇州有二位小說家。都姓程。都和敝居相近。一個就是小青。小青又名青心。小青青心。合之都成一情字。其人似富於情的。一個

小說家與編劇家

鈍之撰

載於《新月》一九二五年第一卷第四期。作者鈍子，不詳。本文介紹了美國編劇家威廉姆氏的觀點，認爲小説家未必盡能編劇，要當成一個好的編劇家，必須要具備六種條件。

美國著名編劇家威廉姆氏，近發表一文於《電影雜志》，略述小説家與編劇家之關係。威氏前本係文學家，故所談極爲中肯，兹節譯之派下，爲吾國小説家編劇之借鏡也。

威氏曰：隨何事業，初非擇人而學，編劇亦猶是，惟須先具相當之學識耳。如余初係作小説度日，雜志、報章均有作品披露，聲名尚不惡。但小說家之於影戲界，初無若何之關係，而與編劇尤爲二事。多數小說家以爲能應雜志、報刊之需求，即能移其材於編劇，然編劇決非若是之易也。惟非謂小說家不能成爲編劇者，不特小說家，無論何人均可致力於編劇，最要之道，即在先知電影之形耳。後余欲從事編劇，即赴花萊塢影戲公司實習，終日研究關於影戲之一切要素，未敢或懈。如是者一年，稍有心得，被任爲副導演，一乃自思有否影戲知識。即攝製一片，均憑一己之金錢與腦力，成績尚不惡，是覺余覺某類影片，可得社會之歡迎。即將舊作小說，着手編製劇本，但君須知小說非盡可編爲電影劇本，故或能得一般報章、雜志之歡迎，未必能成良好之影片。當先知此篇小說，是否有攝製影片之可能，然後將情節慢慢删改布置，何處須加穿插，何處乃全劇之最高點，須極力描寫，務便幕幕緊凑，不使觀衆煩，并將布置式樣、攝製地點、劇中人之身份、煩演員之支配，說明之措辭等等，均一一加以詳細說明。經屢次之塗改，使成一完善之分幕劇本，然供獻之於攝片者，當能得彼等之同意而收受也。總之，作小說與編劇，絕然爲二。編劇須有影戲專職，非可貿

電影世界　八

□小說家與編劇家　（鏡之）

美國著名編劇家亞歷姆氏，近發表一文于電影雜誌，略述小說家與編劇家之關係。亞氏前本係文學家，故所談極爲中肯，茲節譯之於下，爲吾國小說家編劇之借鏡也。

亞氏曰：隨何事業，初非擇人而學，編劇亦然是，惟須先具相當之學識耳。如余初係作小說度日，雜誌報章均有作品披露，聲名尚不惡，但小說家之于影戲界，初無若何之關係，而與編劇尤爲二事。多數小說家以爲能應雜誌報章之需求，即能移其材于編劇，然編劇決非若是之易也。惟非謂小說家不能成爲編劇者，不特小說家，無論何人均可致力于編劇，最要之道，即在先知電影之形耳。後余欲從事編劇，即赴花萊塢影戲公司實習，終日研究關于影戲之一切要素，未敢或懈。如是者一年，稍有心得，被任爲副導演，一乃自思有否影戲知識，即攝製一片，均憑一己之金錢與腦力，成績尚不惡，是覺余覺某類影片，可得社會之歡迎，即將舊作小說，着手編製劇本，但君須知小說非盡可編爲電影劇本，故或能得一般報章雜誌之歡迎，未必能成良好之影片。當先知此篇小說，是否有攝製影片之可能，然後將情節慢慢删改佈置，何處須加穿插，何處乃全劇之最高點，須極力描寫，務使幕幕緊凑，不使觀衆煩。並將佈置式樣攝製地點，劇中人之身份煩演員之支配，說明之措

然從事，君欲編劇，至少須具六種資格：一、須知戲劇之構；二、須知分幕之法；三、能剪片；四、能知説明之措辭；五、須曾作導演演員，或其他有影戲經驗之職；六、須熟悉社會風俗等情形。此即小説家非盡能編劇之原因也。

小説家之我觀

余人未　撰

連載於《紫蘭畫報》一九二五年第二、四、六號。《紫蘭畫報》，一九二五年九月在上海創刊，每五日出一張，多載照片、圖畫，也發小品、小説等文章。余人未，不詳。本文分三篇對李定夷、徐枕亞、包天笑三人作了評價。論李定夷時，注意其出身常州，能『擷前哲之華，振采負聲，有自來矣』。評徐枕亞小説，能針對時論，指出其《玉梨魂》等『以纏綿湘吹，繼騷雅之音，非藉風月新吟，鬥競病之韻者也』，頗爲中肯。而論定包天笑爲『近代書報界之泰斗』，也非過譽。

邇世小説家群起，多於過江之鯽，實𧁾之，咸不若前輩之確有擅長小説天才也。以余所觀之數知名者，評之如下，間或挂一漏萬，尚希閲者原宥。

李定夷先生

定夷，常州人。常州夙爲文才淵藪，玉局乞居，流風未沫。定盦著作，高材各篇，先生以夷姤之質，擷前哲之華，振采負聲，有自來矣。頻年囊筆海上，騁其清綺才情，發爲錦繡文字。千篇芍藥，直空北部之胭脂；百幅葡萄，竟洗南朝之金粉。花箋乍擘，高文已播於寰中；麝墨纔乾，麗製競傳於吴下。温邢俯首，袁伏比肩，洵所謂江東獨步，海内無雙者也。曩與余友往哉君，同主筆政於滬上某書局，連珠合璧，名齊崔珏之鴛鴦；繡虎雕龍，才壓魏收之蛺蝶。是以某書局之出版物風行海内，可操左券矣。

（一九二五年第二號《紫蘭畫報》）

徐枕亞先生

枕亞先生，文峰巨嶽，筆海洪濤，著作等身，嘯歌傲世。馬卿倦客，長門多買賦之金；何武諸生，人海有稱詩之舉。譜孤鸞之曲，玉梨離魂；悲錦瑟之年，銀箏咽淚。蓋以纏綿湘吹，繼騷雅之音，非藉風月新吟，鬥競病之韻者也。鄙人耳飫聲華，心儀泰斗，爰爲揚鑣，以供世好。

（一九二五年第四號《紫蘭畫報》）

包天笑先生

先生□吾國文學鉅子，才思雕華，含潘度陸，在滬主《時報》務近念稔。所撰時評小說，詩詞歌曲，皆精妙新奇，一時無兩。雞林聲價，卓著已久。故海上各書報館，不吝重金，争相延聘。向任中華小說大觀總編輯，兼充文明書局編輯長，及時報館總主筆，代表輿論，爲社會所信仰。洵近代書報界之泰斗也。

（一九二五年第六號《紫蘭畫報》）

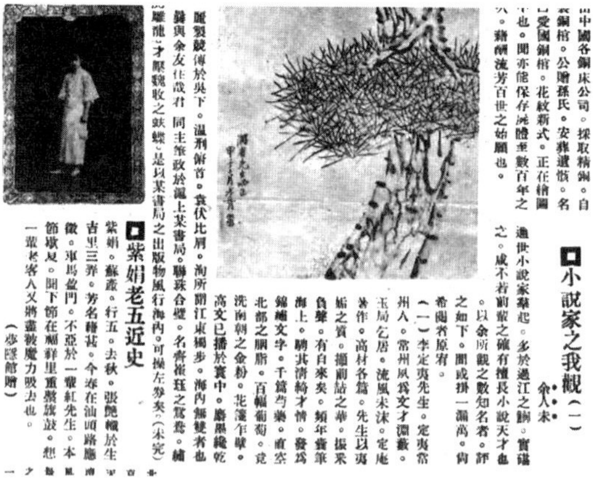
…中國各銅床公司。採取精銅。自…製銅棺。公贈孫氏。安葬遺骸。名…愛國銅棺。花紋新式。正在精圖…也。聞亦能保存屍體垂數百年之…。藉酬流芳百世之始願也。

□小說家之我觀（一）

余人未

邇世小說家蠭起。多於過江之鯽。實繁之。咸不若前輩之確有擅長小說天才也。以余所觀之數知名者。評之如下。聞或掛一漏萬。尚希閱者原宥。

（一）李定夷先生。定夷常州人。常州夙爲文才淵藪。玉局乞居。流風未沫。定庵著作。高材各篇。先生以夷婚之質。擷前喆之華。振采負聲。有自來矣。頻年賣筆海上。騁其清綺才情。發爲錦繡文字。千篇芍藥。直空北部之胭脂。百幅葡萄。竟洗南朝之金粉。花箋乍肆。高文已播於寰中。磨墨纔乾麗製競傳於與下。溫荊俯首。袁伏比肩。洵所謂江東獨步。海內無雙者也又與余友任哉君 同主筆政於滬上某書局。聯珠合璧。名齊崔珏之鴛鴦。繡…雕龍。才壓魏收之蛺蝶。是以某書局之出版物風行海內。可操左券矣。（未完）

□紫娟老五近史

紫娟。蘇產。行五。去秋。張艷幟於生吉里三弄。芳名藉甚。今春在汕頭路應徵。車馬盈門。不亞於一幟紅先生。本節歇夏。聞下節在福祥里重整旗鼓。想一輩老客又將盡被魔力吸去也。

（夢隱館贈）

稗苑談屑

顧明道 撰

載於《半月》一九二五年五月二十二日第四卷第十一號。作者顧明道，見一九二三年《小説雜談》提要。本篇多一些創作經驗之談，如『然描寫須有忠實工夫，而用筆須含文學意味。過多則蔓，過少則枯』云云即是，也批評了當時的一些小説家與小説流派，如對應時小説、黑幕小説、滑稽小説等都有較好的看法。

作小説最忌直寫，所謂文如看山，不喜平也。情節不奇，固不足以吸引觀者。然描寫須有忠實工夫，而用筆須含文學意味。過多則蔓，過少則枯。故爲短篇小説與長篇小説異，自有其難處也。

小説中語句有含哲理而兼教訓者，如《紅礁畫槳録》、《情網》、《迦茵小傳》等，吾最愛讀之。近人爲小説，都從描寫黑幕著力，自以爲能盡寫實之能事，而不知其文亦覺滿紙齷齪矣。

應時小説亦難作，以爲範圍所限也。苟能借題發揮，已是佳著。

突梯滑稽之作，非有慧心粲齒者不辦。近今作者前有吴雙熱，今有程瞻廬、徐卓呆，均爲滑稽能手。惟徐作近東洋色彩，及戲劇式。《紅玫瑰》雜志中某君擬以櫻花，殊合。

小説之爲物，必貴先有觸機，始能言皆有物。若勉强爲之，味同嚼蠟。是以名家之作，不盡可讀。近讀《半月》五號中有《上學記》一篇，作者素不聞名，而文筆婉麗，文情細膩，讀之自媿弗如。瘦鵑所譽，的非虚語。所謂『文章本天成，妙手偶得之』也。

去年小報風行一時，余家每日有一小束之報紙遞到。索稿之信亦絡繹不絶，殊無以應之。然而曇花泡影，類皆短命早夭。其實本根不茂，安能求其實之遂哉！故屢有人欲余代辦小報，而屢却之，蓋不耐其麻煩也。

姚民哀所著之黨會秘史，如《山東響馬傳》、《鹽梟殘殺記》，皆不易作，非有經驗及翔實之紀聞不能道。不知民哀何從得此大好資料也。

小説世界中之《野人記》，共有十集。今續續譯出，人謂其大賣野人頭。此篇人皆喜閲之，余屢遇人談及《野人記》者。然續編不脱以前窠臼，久則取厭，枝枝節節而爲之，幾如《施公案》、《濟公活佛》等類之書矣。余以謂至波士頓死，琴痕與太山復合結婚止，則恰到好處，何必畫蛇添足乎？

顧明道

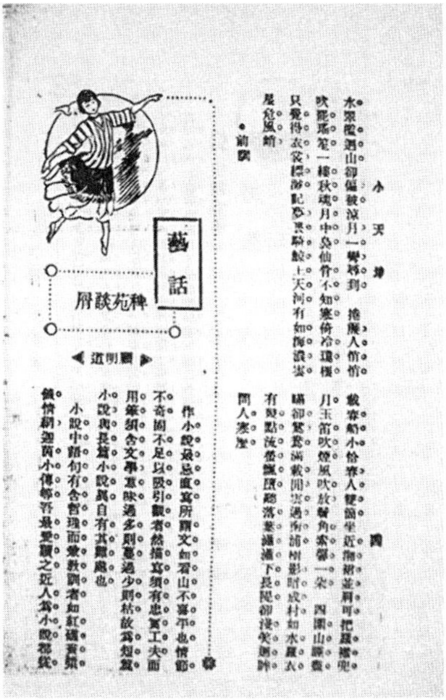

藝話

稗苑談屑

顧明道

作小說最忌直寫，所謂文如看山不喜平也。情節不奇固不足以吸引讀者，然描寫須有忠實工夫，而用筆須含文學意味，過多則甚，過少則枯，故爲短篇小說與長篇小說亦自有其難處也。

小說中語句有含哲理而兼教訓者，如紅礁畫槳錄、情網、迦茵小傳等，吾最愛讀之。近人爲小說都然

小說話

馮笑卿　撰

本文兩則，分别發表於《申報·自由談·小説特刊》一九二五年五月二十四日與三十一日。前一則題作『小説談』，因性質相同，又唯見兩則，故合而爲一。此小説話雖只兩則，却頗有特點，即能借用古代劉勰、袁枚論詩的警句來論小説，在使人感到頗爲貼切之餘，也從一個角度反映了不同文體的藝術特點具有相通之處。

作小説必須志高旨潔，方能爲小説明星。劉勰云：『意翻空而易奇，言徵實而難巧。』斯言也，作小説之要訣也。

袁枚云：『近體詩易學而難工，古體詩難學而易工。』余謂言情小説易學而難工，社會小説難學而易工。

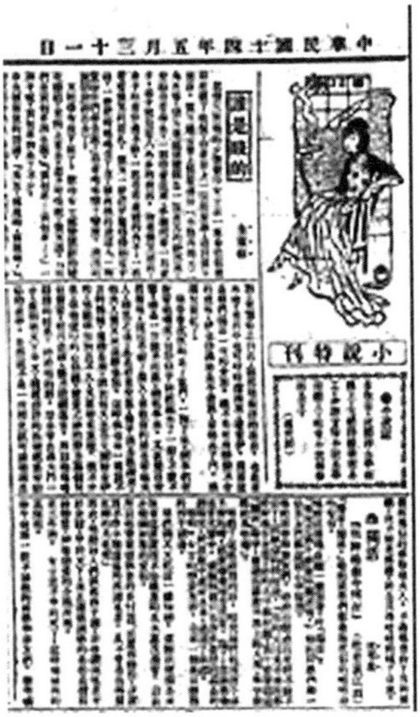
中華民國十四年五月三十一日

小說特刊

小說特刊

●小說談

作小說必須志高旨深。方能爲小說明星。劉勰云。意翻空而易奇。言徵實而難巧。斯言也。作小說之要訣也。（濤笑卿）

小說特刊

●小說話

袁枚云。近體詩易學而難工。古體詩難學而易工。余謂言情小說易學而難工。社會小說難學而易工。（濤笑卿）

小説界的十二金釵

可憐蟲　撰

載於《申報·自由談·小説特刊》一九二五年五月二十四日。作者可憐蟲，待考。本文點出了當時小説界中男性有近於女性的别署者十二名，計有葉小鳳、包釧影、程小青、姚靈鳳、顧梅倩、江紅蕉、張碧梧、嚴黛紅、趙憶鳳、周瘦鵑、王紅綃、鄭逸梅。這當爲男性作家『女性情結』的一個表徵。

近世小説家，有許多近於女性的別署，大有撲朔迷離、雌雄莫辨之概，現在寫十二位在下面：

叶小鳳　小鳳二字，何等艷麗，冒失的人，一定當是一位二八女郎咧。雖然，他的爲人，却是和這香艷的芳名不稱。據我友王錦南説，有一次，他到民國日報館裏去訪他，却見他老先生正赤着膊，趿了一雙破鞋子，左手執一柄芭蕉扇，右手握着挺長的旱煙袋，褲腰一直散到肚臍以下，活像是田舍農。……列位想想，這樣一個人的風度，豈非與小鳳二字不相稱麽？哈哈。

包釧影　就是《海上蜃樓》的作者，也許還有人不曉得誰何，當是一位新進作家，其實這位先生，乃是小説界的前輩，吴門天笑生啊。四五十歲的人，還署這樣嬌艷的芳名，真是老子婆娑，興復不淺。他的文字又寫得十分嫵媚，倘寫信簽名時，也簽着『釧影』，人家真個要當作出於女郎之手咧。

程小青　《老妖傳》裏的白娘子小青，差不多婦孺皆知，如今竟發現了真的男性小青，豈不有趣。有一天，我接到小青一封信，正在拆閱，其時適有一鄰婦在旁，問道：『這是誰的信？』我隨口答道：『是小青寄來的。』鄰婦詫異道：『小青會寄信給你麽？』我倒怔了一怔，問道：『你難道也曉得有一個小青。』鄰婦道：『白娘子小青，誰不曉得？』我方始明白，不禁失笑起來。

姚靈鳳　便是姚民哀。民哀的別署，多得無計其數，什麽鄉下人咧，天亶咧，半塘咧，足有二十幾個。惟有『靈鳳』二字，有些像女性，并且有些像一個漂泊風塵的妓女。

顧梅倩　便是顧明道。從前高劍華女士主任的《眉語雜志》裏，常有署名『梅倩女史』的，就是顧先生。

江紅蕉　紅蕉，一名美人蕉，那麽，就唤他一聲江美人，也未爲不可。

張碧梧　民國二三年間的《自由談》上，常有張碧梧女士的詞章，現在又有了男性張碧梧，姓名都同，弄不清的人，還當着就是從前《自由談》上的張碧梧女士咧。

嚴黛紅　便是嚴蓀芙。又黑又紅，在十二金釵中，恐怕最丑陋了。呵呵。

趙憶鳳　便是趙苕狂。不曉得他憶的那只鳳，現在可還在上海啊，倒要問問他。

周瘦鵑　不但名似巾幗，而且他的爲人，也很富於女性，從前曾化裝女子攝影，題者甚多，并有『文艷親王』的艷譽。

王紅綃　便是王天恨。這名字陰性到極點，不曉得的人，一定當是女子的。

鄭逸梅　怎麽把逸梅也列進金釵裏面呢？因爲我曾見一女學生的名刺，也唤做逸梅的原故。又因爲我想來想去，只有十一位，只好請他凑足十二金釵之數。

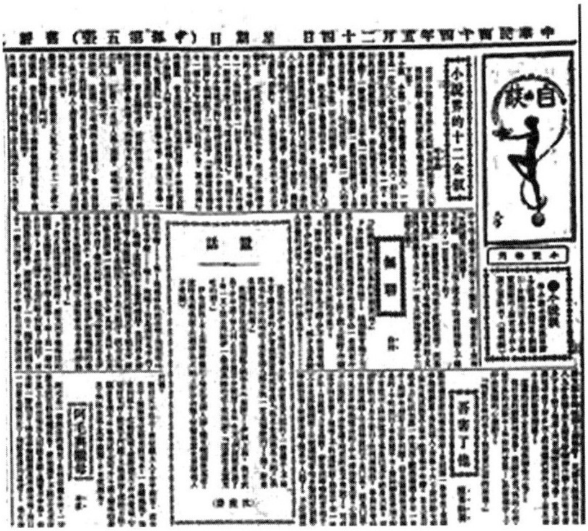
自由談
小說界的十二金釵

讀《石頭記》雜説

劉家銘　撰

載於《申報·自由談·小説特刊》一九二五年五月三十一日。作者劉家銘，生平情況不詳。本文對當時盛行的索隱研究不以爲然，斥爲『勉强附會』。作者認爲：『此書雖未必一無所因，惟讀者亦不必强索以證實其事。賞其文，會其意可也。』强調從文學欣賞的角度上來讀《紅樓夢》。在觀點上，他辨『情與淫之别』，認爲『《石頭記》者，天下第一言情之作也』；指出『作者精神，全注意於黛玉』，而『寶玉不過一好色之浪子，實不解愛情爲何物』。這對於寶玉的看法，與一九二二年聰强在《紅樓夢雜評》中所持的觀點相同。同時，本文提到了當時『坊間新出』的八十回鈔本『原本《紅樓夢》』。

《石頭記》筆法完密，有起有伏，有提有補，無一閒筆，無一漏筆，前後皆有呼應。讀之於作文之道，亦思過半矣。

《石頭記》於家庭社會情形，描摹盡致。故言情小説而實兼家庭社會小説也。讀之於世故人情，當知不少。

或謂《石頭記》爲誨淫，大謬。是不知情與淫之别也。舊小説之下乘無論也，即高如《西廂記》等，亦不免於苟合。此則近於誨淫也。《石頭記》中凡值寶玉、黛玉相逢，每有一片纏綿悱惻，不忍辜負之苦心，而終不及於亂。《詩》之好色不淫，發乎情止乎禮義，寶黛二人有焉。故情與淫判若霄壤。《石頭記》者，天下第一言情之作也。

《石頭記》一書，《郎潛紀聞》謂記清相明珠家事，和者頗多。《醒吾叢談》則謂記清初諸大事，勉强附會，余極不取。此書雖未必一無所因，惟讀者亦不必强索以證實其事。賞其文，會其意可也。

黛玉孤高自賞，正如空谷幽蘭。吾友謂是書作者精神，全注意於黛玉。譬如黛玉，花也；紫鵑，護花幡也；寶玉，水也；賈母，瓶也；岫煙、寶琴、湘雲、元春、探春、惜春、香菱、平兒諸人，蜂蝶也；寶釵、襲人，淫雨狂風也；鳳姐，剪也。無根無葉，本難久延，況復雨妬風摧。正欲開時，陡然爲剪所傷，命根斷矣。然顰卿之意，甘使雨妬風摧，陡然一剪，必不可飄泊糞土。各種續《紅樓夢》，皆糞土也。旨哉言乎！可爲顰卿知己。

沈陽平康名校書玉婷婷之言曰：『世人讀《石頭記》一書，咸稱寶玉爲多情種子，吾獨絶對的不表同情。蓋寶玉不過一好色之浪子，實不解愛情爲何物。若使真知愛情，則絶不肯於黛玉以外，更濫用其情於寶釵、晴雯諸人。』其言誠獨具雙眼，然而持論太苛矣。又曰：『迨寶玉既娶寶釵，而黛玉殉焉。其鍾情於寶玉者，固不可謂不厚。然使我身處黛玉之地位，斷不肯犧牲生命殉此無味之愛情。是薄幸之罪，寶玉固不容辭。』此未免平康口吻。蓋黛玉之殉，正以見其用情之專也。又曰：『再爲寶、黛二人進一步想，設使當世能自由結婚，則一雙玉人兒，已早成完全美滿之眷屬矣。嗚呼，日之癡男癡女，死於情者，無一非結婚不自由耳。』

六十二回中，寶玉對黛玉説探春所幹之事，黛玉道：『要這樣纔好。我們家裏也太花費了。我雖不管事，心裏每常閒了，替算着出的多、進的少。如今若不省儉，致後手不接。』又六十三回中，怡紅院開夜宴。黛玉笑向李紈、探春、寶釵等道：『你們日日説人夜飲聚賭，今兒我們自己也如此，以後怎麽説人？』觀此，孰謂顰卿無經濟哉！惟不欲多言以自矜耳，其過人遠矣。

《石頭記》一書，語妙天下。吾友謂事迹本屬平淡無奇，如令俗手爲之，不知要作幾許丑惡態，作者偏能細摹入骨，寫照如生。筆力心思，無出其右。其他小説之庸惡陋劣者，非事不足述，實筆不能述也。如《石頭記》者，其事本無可述，而一經妙手摹寫，盡態極妍，令人愈看愈愛。旨哉，言乎！然不善觀者，仍是味同嚼蠟。誤會者且以爲誨淫矣。故《石頭記》一書，未許人人讀也。

二十四回之後，據張船山詩集所載，係他手所續。此説之確否，姑不深考。以余意而論，後二十四回殊無接續痕迹，且前後呼應，必不可少也。坊間新出有清初鈔本原本《紅樓夢》者。其字句之間確與向所流行者不同，且較妥帖。然止八十回而無結束，則即使原本，亦非完全矣。

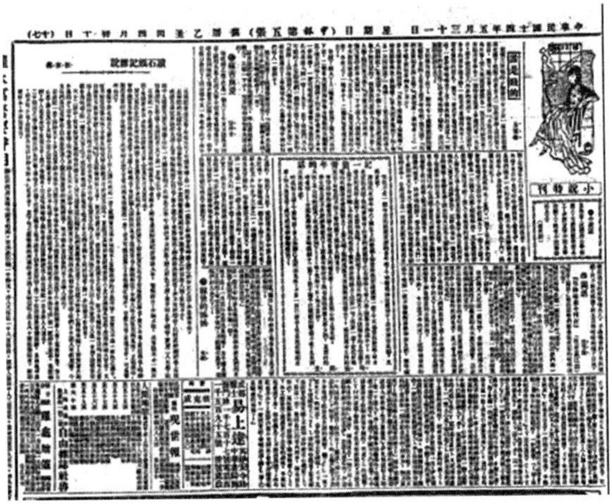

偵探小説雜談

金智周　撰

載於《雪霞》一九二五年五月第五期。《雪霞》，江蘇吴江楓紅社出版物，月刊，内容以小説爲主，兼載筆記、詩詞、聯語及小品雜著。金智周，見一九二二年許廑父等《〈小説日報〉小説話》提要。作者指出，當時偵探小説盛行，《福爾摩斯探案》爲人人所好，『可推獨步』，但也『尚有小疵』，時見矛盾不周之處。書坊見有利可圖，即往往打出『最新』的幌子，仿造出一些冒牌的作品，因而一面希望讀者選擇福氏的真品閲讀，另一面奉勸書坊不要炮制『冒作』。應該説這也是反映了當時社會的一種值得注意的現象。

余最喜閲偵探小説，而尤喜閲《福爾摩斯探案》，這是人人心裏所同的了。考福氏偵探，内容曲折，波詭雲涌，較其餘偵探小説自當可推獨步。其中有幾篇，以波氏爲監本，余早在雜談中説過了（刊於某報，余已忘記）。而且其中有幾篇有矛盾的地方，如弑父案中，初言殺父的人持槍打獵，後又言他一介一蟲不忍殺。吾友某君，曾於書上特記一筆道：然則持獵槍何爲哉一句，亦可發噱。雖然千慮必有一失，吾不以此而苛責道爾氏之下筆前後不關心。不過吾發此言，是説福氏偵探，尚有小疵，何况大餘偵探小説呢？現觀書坊中迭出某某探案，莫不上冠『最新』二個字，以引動閲者耳目□□。實則撰者道爾氏近以研究靈魂爲職志，若偶有所撰，亦不過一二篇而已，何來這許多最新探案呢？在書賈一方面，不過藉福氏爲借資，就是譯了别種探案，亦冠以福氏及華生爲幌子咧。平心言之，福氏實爲偵探小説之上乘，故閲者亦取福氏而購之。今若是冒作，實有損福氏之名譽呀。

乙丑年四月初四日 （雪霞月刊） 三

是當頭的棒喝嗎？醒！醒！醒！快快醒！從今後痛改前非。一心求學。外班莊賭友。再也不來了。花街柳巷。也再不走了。十二年後。上海工商學界。歡迎留美文學博士。張漢良歸國。國旗飄飄。軍樂悠揚。車水馬龍。熱鬧得不亦樂乎。

■將至都門柬海上各吟友　史蕙山

世塵年來未盡删。又懸征旆唱陽關。讀書始信貧非病。多事方知福是閒。此去豈因求富貴。遠遊原爲愛湖山。一言先與諸君約。薊燕香肚傳我還。

■題高天棲澄湖課餘圖　梅子澤

課餘巢意畫相圖。老樹千章水一灣。水天清淨寂寂。也因雨足悄偷閒。澄湖如鏡面平凡。鏡裏羣君認故吾。此際者教會冠共。便成風濤詠歸圖。

■偵探小說雜談　金智周

余最喜閱偵探小說。而尤喜閱福爾摩斯探案。這是人人心裏。所同的了。考福氏偵探。內容曲折。波詭雲譎。較其餘偵探小說。自當可推獨步。其中有幾篇。以彼氏爲鑑本。余早在雜談中。說過了。(刊某報。余已忘記)而且其中有幾篇有矛盾的地方。如狀父死中。初言殺父的人。持槍打獵。後又言他一介一蟲。不忍殺。吾友某君。竹於書上特記一筆道。然則持獵槍。何爲哉。句。亦可發一噱。雖然上慮必有一失。吾不以此而估言福爾氏之下筆前後不關心。不過吾發此言。是說福氏偵探。尚有小疵。何況大僞偵探小說呢。現觀書坊中遂出某某[illegible]。莫不上冠最新二字。以引[illegible]閱者耳目。實則仍舊演爾氏。近以研究靈魂爲職志。若偶有所撰。亦不過一二篇而已。何來許多最新探案呢。在書賈一方面。不過爲福氏爲信賞。欲共譯了別種探案。亦冠以福氏及華生之模子啊。平心言之。福氏實爲偵探小說之上乘。故閱者亦取福氏而購之。今若是冒作。實有損福氏之名譽呀。

■一頁殘缺的滑稽日記　江上梅叟

一月初七。星期五。天氣很冷。早上七點鐘起身。洗過了臉。要想赴無人的約。怎奈窗外的雪花。象大石塊似的擲下來。如着那如獅吼般的西風。吹得振天價響。我因為怕冷幽得出門的緣故。就爽了他的約

吳江楓紅社出版物之一（雪霞增刊） 一

雪霞增刊

鶴鳴題

吳江陳一農篆刻

石章每字一元。牙章倍值。金銀牛角△紙摺。點品。文索。惡石均不應。印邊大過小或字多者均另議。潤資先惠。十日取件。外埠△郵票加用（三分以內爲限）。篆印存根。郵六分即寄一冊。空函不答。△收件處。[illegible]吳江西南弄徐通年君。常熟寺前二號劉嘯虹君。來件郵寄免失

心漢閣書例

堂幅[illegible]尺[illegible]兩四尺[illegible]五尺[illegible]六尺六[illegible]六尺以外每尺加[illegible]
[illegible]

贈送白雪小說集

[illegible]

本刊啓事

本刊現擬[illegible]各埠分館[illegible]有願[illegible]承辦者請[illegible]本刊分發行所聲明自何期起至何期止每期需報若干份（至少十份）即合每份照另售八折計算[illegible]該報費寄交本刊分發行所當即照滙照辦理

小說話

朱璈 撰

載於《半月》一九二五年六月二十一日第四卷第十三號。作者朱璈，曾作偵探小説《楊芷芳探案》。本文兩則，一談作者欣賞《儒林外史》的楔子與尾聲與佩服甘露僧；二論名家當正確對待批評意見。

《儒林外史》裏描寫得最感慨而最有精彩的，倒是楔子和五十九回的尾聲，可見得珊網之外，另有奇才。那追薦的名儒裏，我只佩服甘露僧，熱腸俠道，比知書識字的名士，反高出萬倍呢。

『德高謗至，道修毁來。』古今來如出一轍，像名著的《水滸》、《紅樓夢》，至今一輩另具別眼的文豪，尚且吹毛求疵，自矜衆醉獨醒，何况現在的名著呢？ 所以我說的文豪，如有人對於你的著作，無端慢（按：原本作「慢」，疑爲「謾」）罵，如真有可取的，不妨作諍友看待； 如僅以意氣用事，直可視之爲『喪心病狂』，切不可也相對做『潑婦罵街』呀。

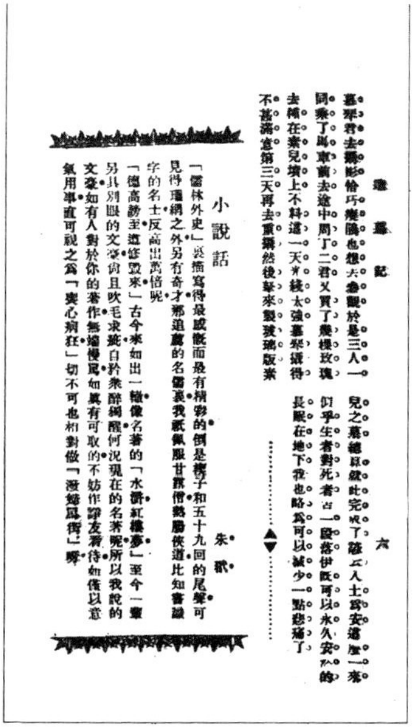

遣墓記　六

墓。翠君去掃。彬恰巧瘦鵑也想去參觀。於是三人一同。乘了馬車前去。途中周丁二君又買了幾棵玫瑰去種在墓兒墳上。不料這一天有幾太強。墓翠攝得不甚滿意。第三天再去重攝。然後拿來製玻璃版來兒之墓。總算就此完成了。盛氏人士爲安遣屋一來。似乎生者對死者占一段落。伊既可以永久安眠的長眠在地下。我也略爲可以減少一點悲痛了。

小說話　朱猷

「儒林外史」裏描寫得最感慨而最有精彩的，倒是楔子和五十九回的尾聲，可見得羅網之外另有奇才，那道麼的名儒裏我祇佩服甘露僧，蕭雲仙俠道比知書識字的名士反高出萬倍呢。「德高謗至道修毁來」古今來如出一轍，像名著的「水滸」「紅樓夢」至今一輩另具別眼的文豪，尚且吹毛求疵，自矜衆醉獨醒，何况現在的名著呢，所以我說的文豪，如有人對於你的著作，無端慢罵，如眞有可取的，不妨作諍友看待，如僅以意氣用事，直可視之爲「喪心病狂」，切不可也相對做「潑婦罵街」呀。

文壇點將録

莽書生　撰

連載於《金剛鑽》報一九二五年七月三十日至一九二五年十一月二十四日，共二十九輯。作者莽書生，即陸澹庵，見《〈金鋼鑽〉報小説話》提要。據本文引言稱，《紅雜志》於一九二二年八月創刊起連載大膽書生的《小説點將録》，僅寫了近今小説名家七十餘人，就『戛焉中止』，作者深以爲憾，就據《水滸》石碣文所列一百零八將，『補成全璧』。其體例悉依前書，惟寫及對象已超出『小説』界，故改名曰『文壇點將録』。其中有的小説家所點的將名、讚語與前作相同，如陳冷血仍被點成『天機星智多星吴用』，包天笑仍被點成『大刀關勝』，但也有不少變易者，如林琴南就從第一位『呼保義宋江』的位置上被拉下了來，而將第一把交椅給了孫玉聲。再如王鈍根，原排爲『入雲龍公孫勝』，而現被另點爲『天雄星豹子頭林冲』，所有的讚語也都重寫了。這裏反映了兩位評者儘管都是站在『舊派』的立場上的，但還是有不同的認識。不過，他們對於新文學家顯然是採取排斥的態度。前者《小説點將録》就根本不點新文學家，而後者《文壇點將録》也只點了一個茅盾，且是特地將他放在一個對立面的位置上，將他點爲『地獸星紫髯伯皇甫端』，并下了這樣的讚語：『勾角磔格，蠻夷之語，犬羊之屬，君與爲侶。』還加了幾句按語：『雁冰善蟹行文，編《小説月報》，提倡新文學，新文學家大多主張非孝主義，乃禽獸之屬也。』這已不是文學批評，而是謾罵了。

一

前年濟公所輯之《紅雜志》中，有大膽書生者，曾作《小説點將録》，以文士比英雄，并加贊語，生面别開，藝林稱賞，惜所點只七十餘人，戛焉中止，未得窺全豹，誠憾事也。長夏多暇，赤日如火，蟄居斗室，不敢越雷池一步，浮瓜沉李之餘，且惟讀《水滸傳》消遣，至七十回石碣一章，偶動文興，戲爲大膽書生補成全璧，易其名曰《文壇點將録》，示範圍之較廣也。有已作古人者，略爲竄易，續貂之誚，知所難免，間有不妥處，祈讀者進而教之，幸孰甚焉！

（排列先後，悉照石碣，大膽書生點過而確當者，仍録原文以清眉目，非剿襲也。）

天魁星呼保義宋江　孫玉聲

贊曰：周甲年華，等身著作，領袖群英，捨公莫屬。（孫先生年逾六旬，著作等身，歷任大小報主筆十餘處，洵小説界資格最老者也，推爲領袖，誰曰不宜？）

天罡星玉麒麟盧俊義　曾孟樸

贊曰：孽海回頭，富貴莫愁。（曾先生以《孽海花》一書得名，富貴莫愁者，蓋先生即因此書而入仕途也。）

（一九二五年七月三十日《金剛鑽》）

二

天機星智多星吴用　陳冷血

贊曰：好爲凉語，善運巧思，先是學究（陳先生先爲學校教師），後作軍師（迭任報館總編輯），曰智多星，庶幾近之。

天閒星入雲龍公孫勝　不肖生

贊曰：公孫先生法力高，不肖先生拳術妙。《江湖奇俠》筆底傳，六丁六甲憑呼召。（不肖生之精通拳術，猶入雲龍之善使法術，不肖生近作《江湖奇俠傳》一書，所記多鬼神之事，以之相擬，尤爲允當。）

天勇星大刀關勝　包天笑

贊曰：躍馬橫刀，仰天大笑，獨當一面，其志不小。

天雄星豹子頭林冲　王鈍根

贊曰：禁軍教頭，有刀削鐵。蓼兒窪中，壯士失節。（鈍根編《申報》、《新申報》等附張，資格極老，後曾爲鐵賈走京師，鬩折閱頗巨，近爲某公司編某某報，則猶之林教頭入蓼兒窪也。）

（一九二五年八月三日《金剛鑽》）

三

天猛星霹靂火秦明　何海鳴

贊曰：碗箸紛飛鬧學堂，性急如火怒欲狂。（何先生自言兒時在學校中大鬧飯碗風潮，夜走瓦礫場，當年鬥老張，將軍雖敗威名揚。）

天威星雙鞭呼延灼　陳蝶仙

贊曰：舞雙鞭者號大將，舞雙翅者號蝶仙，蝶似人兮人似蝶，能征貫戰，是曰無敵。（蝶仙爲無敵牌牙粉廠主人。）

天英星小李廣花榮　王西神

贊曰：清風馳譽，智勇兼具，百發百中，神乎其技。

天貴星小旋風柴進　袁寒雲

贊曰：皇皇華胄，翩翩公子，幽閣延賓，從之者如歸市。（從之者如歸市，其中常有古董掮客及『通』字輩人物也。）

（一九二五年八月六日《金剛鑽》）

四

天富星撲天雕李應　李浩然

贊曰：健翮凌空，氣壯心雄（浩然之氣），一莊之主（《新聞報》之總主筆），坐鎮雍容。

天滿星美髯公朱同（按，「同」一般《水滸傳》本作「仝」） **楊塵因**

贊曰：美髯公，氣概雄，一場春夢，寥落新華宮。（塵因有楊胡子之雅號，故推爲美髯公，著有《新華春夢記》。）

天孤星花和尚魯智深　施濟群

贊曰：飲酒食肉，是花和尚。（濟群有濟公活佛之號，明明一和尚也，然飲酒食肉，則非純粹之和尚矣。）

天傷星行者武松　嚴獨鶴

贊曰：快活林中，惟君稱雄。（《新聞報》之《快活林》係獨鶴創辦，迄今已十餘年矣。）

天立星雙槍將董平　周瘦鵑

贊曰：一手作，一手譯，雙管齊下比雙槍，兒女英雄俱本色。（董平好近女色，瘦鵑亦以言情小說見長。）

（一九二五年八月九日《金剛鑽》）

五

天捷星没羽箭張青　程瞻廬

贊曰：滑稽小品，層出不窮，是没羽箭，别具神勇。（瞻廬以滑稽小品見勝，常翻花樣，層出不窮，可謂别具神通者矣。）

天暗星青面獸楊志　步林屋

贊曰：林屋筆楊志刀，未逢牛二，先遇索超。（林屋筆鋒極犀利，不亞於楊志之寶刀，且常戴藍色眼鏡，亦可謂之青面。先遇索超者，林屋嘗與澹庵作一度之筆戰也。）

天佑星金槍手徐寧　徐卓呆

贊曰：練武勤，馳名久。（卓呆於十數年前曾爲體操教師，又編有體操教科書多種。）滑稽玩世，自號天狗。（卓呆著作，以滑稽者爲多，曾在某報署名天狗。）擅作新劇，專做小丑。（卓呆演新劇丑角，飾《紅樓夢》之劉老老處處能引人絶倒。）家中風琴，不脛而走。（大約時遷盜去。）不知所云，傳評不朽。

天空星急先鋒索超　陸澹庵

贊曰：猛且勇，急先鋒，一枝秃筆逞威風。（澹庵性躁急，因捧緑牡丹，曾與人筆戰甚酣。）

（一九二五年八月十二日《金剛鑽》）

六

天速星神行太保戴宗　余大雄

贊曰：大雄自號，曰脚編輯，擬以神行，可稱雙絶，款洽各路頭領，算來不少功績。

天異星赤髮鬼劉唐　張丹翁

贊曰：赤髮彼名，丹翁我字，醉卧靈官，跳舞江沚，赤條條地，不堪逼視，如火如荼，於思於思，是韋馱的降魔杵，是通紅的老頭子。

天殺星黑旋風李逵　叶楚傖

贊曰：亦粗鹵，亦窈窕，使酒善戰，本領不小。更有利器，一枝勁鳥。（楚傖善飲，爲文如大刀闊斧，殊有黑旋風粗豪之氣，間爲香艷小品，則又如李鐵牛別饒嫵媚。本報前嘗載其以鳥撞門事，更與黑大哥之處處説鳥，互相吻合。）

天微星九紋龍史進　朱大可

贊曰：名師多，武藝好，一身白肉九龍繞。幾時遇着花和尚，不致嘴裏淡出鳥。（大可嘗從鄭太夷、曾農髯、朱古微諸前輩游，得益甚巨，猶史大郎之得從王教頭習技也。王進眼裏看史大郎銀盤也似一個面皮，足見大郎乃一翩翩美少年，與大可身分尤合。又史進在赤松林助花和尚殺邱小乙，同入瓦官寺大嚼，故云不致淡出鳥來也。）

（一九二五年八月十五日《金剛鑽》）

七

天究星没遮攔穆弘　馬二先生

贊曰：口也没遮攔，筆也没遮攔，時而奔放疑是馬，時而和鳴則似鸞。（馬二先生每值賓朋宴會時，最健談，滔滔不絶，口若懸河，下筆爲文，亦不亞於辭鋒，洵可當没（遮）攔之雅號也。）

天退星插翅虎雷横　馮小隱

贊曰：插翅虎，白秀英，梨園大大有名聲。靴鞋問題難解决，虎虎生氣筆縱横。（馮小隱捧白牡丹甚力，曾因靴鞋問題及裝蹺問題與海内評劇家筆戰甚久。）

天壽星混江龍李俊　胡寄塵

贊曰：大江滚滚風濤急，新潮舊潮相混合，識時務者，是曰俊傑。（寄塵著有《大江集》。）

（一九二五年八月十八日《金剛鑽》）

八

天劍星立地太歲阮小二　嚴畹滋

贊曰：立地與天齊，學貫中西。美德最堪羡，君子謙謙。（畹滋爲獨鶴介弟，别署天倅，中西文俱佳，待人謙而有禮，有古君子風。）

天平星船火兒張横　徐耻痕

贊曰：騷壇蹙蹙難馳騁，提筆四顧天地窄，同是天涯淪落人，潯陽江頭夜送客。（耻痕入文場未久，受抑於書賈，浩然有乘桴浮海之志，近爲江通輪帳席，潯陽江上，送往迎來，居然爲船火兒矣。）

天罪星短命二郎阮小五　嚴諤聲

贊曰：小政客，真奢遮，鬢邊常戴一枝花，諤諤聲名四遠誇。（諤聲素有小政客之徵號，曾得四等嘉禾章，可謂小説界之奢遮者矣。《水滸傳》吴學究説三阮撞籌一節，初見小五時，小五鬢邊插石榴花一株，而諤聲頸際常有癬花，鮮紅照眼，與阮小五之榴花足相媲美。）

（一九二五年八月二十一日《金剛鑽》）

九

天損星浪裏白條張順　汪優游

贊曰：汪洋大海，匹練横空。浮波逐浪，氣壯心雄。優游舞榭，異曲同工。羅星塔下，感慨無窮。（優游曾入海軍服務多年，著有《羅星塔下》小説一篇，刊天笑所輯《星期》雜志中，唱新舊劇俱能叫座，故謂異曲同工也。）

天敗星活閻羅阮小七　趙苕狂

贊曰：神目如電，作作有芒。臺空鳳去，腸斷高唐。閨房多樂事，共進一壺觴。一張鳥口没遮攔，不是詩狂是酒狂。（苕狂善飲，醉後二目狰獰，宛然是一活閻羅。鳳去臺空事，見《紅雜志》濟群所著《文壇趣話》，苕狂夫人亦善飲，二人常共盡一壺，閨房之樂，樂有甚於畫眉者矣，同人皆艷羨之。苕狂心直口快，凡事爲其所知，未幾遍傳遐邇，速於置郵，與阮小七之爽直恰合。）

天牢星病關索楊雄　畢倚虹

贊曰：翩翩少年，跌宕人間，江郎彩筆，萬户争傳，嗚嗚摩托走洋場，屁股編輯闊矣哉！（倚虹年少翩翩，姿容甚美，所著《人間地獄》小説，及近輯之《上海畫報》，俱風行海内。傳聞畢新購一摩托卡，按報界中人，除四大金剛外，屁股編輯之坐摩托卡者，當推畢爲第一人矣。）

（一九二五年八月二十七日《金剛鑽》）

十

天彗星拼命三郎石秀　徐枕亞

贊曰：才大心細意氣昂，登山入海兩三郎。拼命情場争一死，今朝又入駙馬堂。（枕亞别署東海三郎，與梁山好漢之拼命三郎，一山一海，相映成趣。枕亞浮沉情場幾二十年，客歲，賦悼亡後，意趣蕭索，幾以身殉。近聞有人贅爲狀元駙馬之説，他日必又有一部言情小説以餉讀者。）

天暴星兩頭蛇解珍　程小青

贊曰：蛇有兩頭，精神抖擻，脚迹手印，刻意窮搜，艱苦備嘗，不愧健兒好身手。（小青擅長偵探小説，心極精細，蛇有兩頭，必具四目，其精細當不亞於偵探之無孔不入也。）

天哭星雙尾蝎解寶　吴雙熱

贊曰：彼雙尾，我雙熱，一片哀情，猶未語聲先嗚咽。（雙熱著有《蘭娘哀史》、《孽緣鏡》哀情小説多種，俱能賺人眼淚，大約是天哭星下凡。）

天巧星浪子燕青　程小蝶

贊曰：馳名無敵，勇冠其儔，良弓良冶，克紹箕裘。詩文雙絶，樂擅箜篌，靈瓏心性，體態風流。（小蝶翩翩風貌，一往情深，爲文喜古貌，詩則香艷者居多，聰明絶頂，殆天巧星轉世也。）

（一九二五年八月三十日《金剛鑽》）

十一

地魁星神機軍師朱武　談善吾

贊曰：神機鬼籥，早著才名。軍事先生，八卦高明。（老談早年曾著神怪小説《夢游地府》及《逐日演義》等，頗負時譽，其人又善謀劃，因以神機軍師稱之。）

地煞星鎮三山黄信　劉豁公

贊曰：有懷投筆，破浪乘風。偉人拆白，説界驚雄。藝林立幟，萬丈奇虹。三山五嶽，豁然貫通。（豁公出身軍界，功成不居，退入小説界，曾著《拆白偉人傳》，頗得讀者稱賞。近與張光宇、鄭子褒諸君合辦《三日畫報》，銷數奇旺，豁公身兼三役，故謂鎮三山也。）

地勇星病尉遲孫立　孫東吴

贊曰：卓哉老孫，聲名久著，報界耆宿，文壇馳譽。（孫東吴先生在報界中資格頗老，現任新申報館總編輯。）

（一九二五年九月六日《金剛鑽》）

十二

地傑星醜郡馬宣贊　范煙橋

贊曰：醜郡馬，武藝高，一聲喝斷霸陵橋。（煙橋在文壇之資格頗老，爲文如大刀闊斧，有張翼德一聲喝斷霸陵橋之概。）

地雄（按，『雄』原文作『勇』，據《水滸傳》改）**星井木犴郝思文　江紅蕉**

贊曰：風飄飄，雨瀟瀟，可憐江上美人蕉。秦明一擲狼牙棒，無復當時意氣驕。（紅蕉曩在世界書局編輯《家庭》雜志，因與該局同人意見不合，一年後即取消合同，從此淪落文場，駒伏轅下，無復三年前之風頭矣。宣贊郝思文皆大刀闊斧之裨將，煙橋與天笑最稱莫逆，紅蕉爲天笑之内弟，與關勝、郝思文之爲義兄弟，尤相吻合。）

地威星百勝將韓滔　陳小翠

贊曰：面如遠山浮翠，眼如秋水盈盈。千嬌百媚俏佳人，善戰將軍百勝。（小翠詩詞文字，俱能出人頭地，猶百勝將也。）

地英星天目將彭玘　周拜花

贊曰：上有天目，高瞻遠矚，拜倒石榴裙下，共説先生情篤。（拜花現爲蝶仙主帳席，蝶仙倚畀甚重。又拜花伉儷甚篤，每月必回餘杭拜花一次。）（韓滔、彭玘爲呼延灼裨將，小翠、拜花亦俱爲蝶仙得力人員。）

（一九二五年九月十二日《金剛鑽》）

十三

地奇星聖水將軍單廷圭　潁川秋水

贊曰：將軍風貌何清澈，秋水爲神玉爲骨。

地猛星神火將軍魏定國　鄭子褒

贊曰：星星之火，足以燎原。遲遲之行，死一嬋媛。（子褒性急，動輒恚怒，故喻之爲神火將軍。前有娶高玉仙之説，因事冗遲遲未能北上，乃噩耗傳來，美人玉殞，子褒一慟幾絶，自謂吾雖不殺伯仁，伯仁由我而死，因爲文哭之甚哀。）

地文星聖手書生蕭讓　天臺山農

贊曰：文苑蜚聲，詞林播譽，號曰聖手，多才多藝。

地正星鐵面孔目裴宣　陸律西

贊曰：案牘勞形，簿書鞅掌。（裴宣管案卷，律西亦在海關公署任文牘。）顧名思義，請任法長。

（律西二字，析言之，仿佛是西方法律大家，裴宣不啻梁山之司法總長也。）

（一九二五年九月十八日《金剛鑽》）

十四

地闊星摩雲金翅歐鵬　聞野鶴

贊曰：野鶴閒雲，修然意遠，來去自如，蜚聲藝苑。（野鶴爲古文甚佳，惟不常握管，也野鶴閒雲自況。）

地闔星火眼狻猊鄧飛　紅柳村人

贊曰：柳有眼，其色赤，村有人，善決拾。（紅柳村人爲本報健將，後有同名者，遂改今名，精於詩謎，做譯俱佳。）

地强星錦毛虎燕順　叶勁風

贊曰：雲從龍，風從虎，錦毛斑斕，文壇妖蟲。（勁風編《小説世界》，既爲舊派所擯絶，又爲新派所詆毁，進退狼狽，猶妖姬蕩婦，著歐化中裝，同一可厭也。）

地暗星錦豹子楊林　俞天憤

贊曰：精神抖擻，武藝高强，善作偵探，是其專長。（錦豹子常奉軍令打探軍情，天憤擅長偵探小説，以此相擬，殊爲切當。）

（一九二五年九月二十一日《金剛鑽》）

十五

地軸星轟天雷凌振　陳布雷

贊曰：布鼓雷門，伐鼓填填，轟然一聲，聲聞於天。（陳布雷《商報》總主筆也。）

地會星神算子蔣敬　蔣平君

贊曰：溷迹商場，如錐處囊。操奇計赢，獨具專長。（又平君在總商會及模範工廠辦事，如錐處囊中，一旦得脱穎而出，必能於文壇大出風頭也。）

地佑星小温侯吕方　健碧斑紅館主

贊曰：體態温柔，心性風流，一枝畫戟孰與儔，説是當年吕温侯。（健碧斑紅館主，本報之健將也，風流瀟灑，女友甚多，詳見濟公所著《小説家之種種》。）

地佐星賽仁貴郭盛　徐行素

贊曰：畫戟白袍，大將風度。躍馬東征，醜虜悚怖。戰士云亡，中原耗斁。發聵警聾，我行我素。（行素佑孫玉聲編《大世界報》有年，其人剛直氣盛，人有小過，輒面斥之。平素對於倭虜，切齒痛恨，恒流露於言語文字間，他日我國倘與東鄰開釁，行素或竟投筆從戎，則必成現代之薛仁貴也。）

（一九二五年九月二十四日《金剛鑽》）

十六

地靈星神醫安道全　惲鐵樵

贊曰：以文會友，以醫濟世，知度其神，高明之至。

地獸星紫髯伯皇甫端　沈雁冰

贊曰：勾角磔格，蠻夷之語。犬羊之屬，君與爲侶。（雁冰善蟹行文，編《小説月報》，提倡新文學，新文學家大多主張非孝主義，乃禽獸之屬也。）

地微星矮脚虎王英　姚民哀

贊曰：矮脚虎，偏能幹，四字定評，短小精悍。（民哀身材短小而多才智，著作甚夥，擬以矮脚虎，殊虎虎有生氣也。）

地彗星一丈青扈三娘　朱瘦菊

贊曰：碩人頎頎，精武藝，美豐儀，一場春夢，撲朔迷離。（瘦菊自署爲海上説夢人，著社會小説《歇浦潮》及《新歇浦潮》一百回，膾炙人口。其人身長而善修飾，亭亭玉立，仿佛一丈青也。因戲以女將擬之，當此尊重女權之時代，瘦菊當不以爲忤也。）

（一九二五年九月二十七日《金剛鑽》）

十七

地暴星喪門神鮑旭　李定夷

贊曰：急急似喪家之犬，忙忙如漏網之魚。只因所友匪人，只得暫離鄉閭。（定夷在十年前，文壇之大將也，因爲友所累，棄家北上，至今息影都門，一生名譽，掃地以盡，惜哉惜哉！）

地然星混世魔王樊瑞　嚴芙蓀

贊曰：魔術專家，人間游戲。進號曰王，無窮玄秘。（芙蓀擅魔術，故錫以嘉號曰魔王，魔王而能混世，亦可謂神通廣大矣。）

地猖星毛頭星孔明　許廑父

贊曰：人間何事苦奔忙，雲雨巫山枉斷腸。桃李三千遥從日，先生快樂盡無疆。（廑父終日奔忙，僕僕於花叢酒館煙榻之間，前年招收遥從弟子，門墻桃李，一時甚盛，袁頭滚滚，飛入先生囊橐中，樂哉樂哉！）

地狂星獨火星孔亮　沈禹鐘

贊曰：文章千古事，得失寸心知，倚馬才華具三絶，林文鄭字與朱詩。（首二語爲禹鐘之口頭禪，禹鐘學林琴南文、鄭太夷字、朱古薇詩，俱有似處。禹鐘又極易怒，故點之爲獨火星。）

（一九二五年九月三十日《金剛鑽》）

十八

地微（按，『微』字今本《水滸傳》多作『飛』字）**星八臂哪吒項充　張恂子**

贊曰：其頭有三，其臂有八。熟讀律例，自然察察。（《海報》編輯張恂子文筆頗佳，而又熟讀律書，聞有爲律師之説，點之爲八臂哪吒者，言其運用法律，能變化無窮也。）

地走星飛天大聖李衮　張冥飛

贊曰：蒼冥千里，一鴻獨飛，大哉聖人，醫道精微。（冥飛二字，似含有鴻飛冥冥之意，故擬之爲地走星。）

地巧星玉臂匠金大堅　朱其石

贊曰：毛錐何足論，鐵筆久馳名，邃於金石，是曰多能。（其石爲大可介弟，善刻圖章。）

地明星鐵笛仙馬麟　顧明道

贊曰：明星晢晢，行道蹩蹩，桓伊三弄，穿雲裂石。（明道蘇州星社之明星也，跛一足，不良於行，著小説甚多，善擫笛。）

（一九二五年十月三日《金剛鑽》）

十八①

地進星出洞蛟童威　張乙廬

贊曰：健兒逐逐，先生僕僕。筆掃千軍，騰蛟起陸。（乙字草寫，仿佛出洞之蛟，昂頭吐氣。乙廬爲寧波陸軍第四營軍醫，十萬健兒，奉命調遣，乙廬乃亦僕僕風塵中。去秋江山之戰，乙廬脱險歸來，爲本報撰稿甚多，筆墨古茂，頗得讀者贊賞。）

地退星翻江蜃童猛　張舍我

贊曰：出語驚人，頭角嶷嶷，翻江倒海，捨我其誰。（舍我自言十四歲即爲報館訪員。）

---

① 此序碼有誤，當爲『十九』，而又重『十八』，故全文實共二十九則而非二十八則。

地滿星玉旛杆孟康　張碧梧

贊曰：頎而長，白且皙，梧梧碧樹，亭亭玉立。（碧梧身長面白。）

地逐星通臂猿侯健　柴小梵

贊曰：通臂猿，一何健，細針密縷，功夫不淺。（小梵國學頗深，其所著《詹簃詩話》，刊於濟公所編之《新聲》雜志中，評章精確，殊有細針密縷之致。）

（一九二五年十月六日《金剛鑽》）

十九

地周星跳澗虎陳達　陳達哉

贊曰：虎能跳澗，本領不小。同名同姓，天然湊巧。（陳達與陳達哉，不過一字之差，可謂巧合，達哉身材瘦小，而舉動活潑，蓋確爲善豁虎跳者也。又聞彼夫婦間愛情極篤，故達哉每逢星期六輒回家跳澗一次云。）（濟公按，達哉回家之後，恐不止跳澗一次也。）

地隱星白花蛇楊春　張静廬

贊曰：萬物静觀，皆有所得，白花之蛇，不傷一物。（静廬每赴宴會，默坐一隅，寡言笑，有時偶作諧語，頗能博人傾噱，絶不促狹傷人。）

地異星白面郎君鄭天壽　張秋蟲

贊曰：蟲以秋鳴，其聲唧唧。明星莅止，我心匪石。耳光松脆，愛君面白。（秋蟲面貌白皙，風度翩翩，時與諸明星游，曾爲張凌雲擊俏耳光數下，大約愛其面白之故。）

地理星九尾龜陶宗旺　張春帆

贊曰：《九尾龜》，最奇幻，龜名空自擔，文章真不壞，相提并論，請君休怪。（春帆著有《九尾龜》小説，膾炙人口。）

（一九二五年十月九日《金剛鑽》）

二十

地俊星鐵扇子宋清　任矜蘋

贊曰：膾炙人口，管理筵席，食指既動，皆大歡悦。

地樂星鐵叫子樂和　鄭正秋

贊曰：鐵板銅琶，慷慨悲歌，自號藥風，意尤足多。

地捷星花項虎龔旺　鄭逸梅

贊曰：虎項有花，點點如梅，文壇補白，煞費心裁。

地速星中箭虎丁得孫　戚飯牛

贊曰：寧戚飯牛，扣角而歌，五花把門，萬象包羅。（飯牛善吳歌，九腔十八調，無所不能。）（龔旺、丁得孫爲張清裨將，能飛槍飛叉，逸梅、飯牛一以補白專長，一以善歌著稱，亦文壇中止別成一派者也。）

（一九二五年十月十三日《金剛鑽》）

二十一

地鎮星小遮攔穆春　王薇子

贊曰：屁詩妙文，笑倒老嫗，馳騁文場，遮攔不住。（薇子曾在本報作《狂浪堂詩話》，猶白樂天詩老嫗都解，而詼諧百出，則老太婆必致笑死幾個也。）

地稽星操刀鬼曹正　屠守拙

贊曰：游刃有餘，操刀善割，批郤導窾，大巧若拙。

地魔星雲裏金剛宋萬　趙眠雲

贊曰：高卧草堂春睡足，白雲深處是家鄉，丈六金身堅不壞，昂頭天外一金剛。

地妖星摸着天杜遷　李常覺

贊曰：至高者天，雲胡可摸，排開閶闔，上窮碧落。

（一九二五年十月十五日《金剛鑽》）

二十二

地幽星病大蟲薛永　朱楓隱

贊曰：大蟲出谷，抖擻生風。大蟲生病，鶴馬相同。山林隱逸，霜冷楓紅。超以象外，得其環中。（楓隱文筆頗健，近因多病身弱，著作較少，其時頗有超以象外，得其環中之致。）

地伏星金眼彪施恩　顧佛影

贊曰：佛有慧眼，金光閃爍。舞影婆娑，詞壇騰達。（佛影者，濟公活佛之影也，故點之爲施恩。佛影善詩詞，近在百合電影公司任職，舞影云云，蓋即指此。）

地僻星打虎將李忠　姚賡夔

贊曰：猛虎負隅，莫之敢攖。攘臂下車，馮婦復生。（傳聞賡夔在蘇打詩謎大出風頭，故點之爲打虎將。又賡夔婉孌若處子，苕狂赴蘇一見之後，爲之雀躍三百，幾發色情狂病。馮婦之名，亦似女性，因復以相擬。）

地空星小霸王周通　周劍雲

贊曰：劍氣凌雲，不平則鳴。喑嗚叱咤，頗具威名。（劍雲性豪爽，才氣發皇，頗有霸王喑嗚叱咤之概。）

（一九二五年十月二十一日《金剛鑽》）

二十三

地孤星金錢豹湯隆　鄧鈍鐵

贊曰：金錢出入，握算持籌，文章游戲，笑倒名流。爐火純青熔鈍鐵，百煉鋼成繞指柔。（鈍鐵爲文滑稽可喜，司某交易所金錢出納，命名鈍鐵，與湯隆之爲鐵工，尤爲巧合。）

地全星鬼臉兒杜興　范菊高

贊曰：鬼臉狰獰，鬼聲啾啾，登高賞菊，酒滿金甌。（菊高曾爲滑稽偵探小説，頗有神出鬼没之妙，首二句，言其有畫鬼之筆也。）

地短星出雲龍鄒淵　胡寧人

贊曰：油然興雲，沛然布雨，有人點睛，破壁飛舞。（寧人爲本報健將，作下香艷文字，確有破壁飛舞之妙。）

地角星獨角龍鄒潤（按，『潤』原文作『閏』，據《水滸傳》改）　**胡瑚公**

贊曰：獨角龍，與偏濃，綺情艷思胸頭壅。窗前佳麗三千過，中有一人字阿儂。龍涎點滴下，龍眼復惺忪。吁嗟乎！何時得行雲布雨，何時得情話喁喁？（瑚公亦本報健將，曾作《窗前》一稿，刊之本報，中有一姝，頗屬意之。近久無稿至，大約以撰稿時間，都付之喁喁情話中矣。）

（一九二五年十月二十四日《金剛鑽》）

二十四

地囚星旱地忽律朱貴　**吴聽雨**

贊曰：天隕珠玉，不如郊原雨足；小樓夜聽，深巷杏花聲熟；朱貴水亭施箭，赤佬也爲嘆服。（聽雨研求小學甚深，爲文喜好子史，别屬延憙。曾與丹翁作一度之筆戰，丹翁知難而退。近因某報亦有署名聽雨者，故蓋署聽公。）

地藏星笑面虎朱富　**吴哀吾**

贊曰：熟讀韻書，舒捲自如，山人折腰，不僅佽睢。（哀吾精韻學，時與海内文豪論聲母陰陽之别，最近助金剛杵與林星山人討論『佽睢』二字甚詳。然山人之佩服哀吾，當不僅在此『佽睢』二字也。）

地平星鐵臂膊蔡福　吴微雨

贊曰：鐵臂歟，鐵鞭歟？走馬章臺，平章風月。十年一覺揚州夢，留的青樓薄幸碣。（微雨頗熟悉花事，蓋亦得十年一夢之中。然而薄幸之名，想亦不亞於當年小杜也。）

地隕星一枝花蔡慶　吴農花

贊曰：藝苑奇葩，名流稱賞。（農花爲微雨之弟，《新聞報》、《快活林》刊其譯作最多，亦喜尋花問柳。聞其食肉之量，較乃兄爲尤甚云。）

（一九二五年十一月九日《金剛鑽》）

二十五

地奴星催命判官李立　李炎炎

贊曰：催命判官，生死立斷，漫游邊省，小宵鼠竄。（炎炎曾宦游滇粤川邊等十餘省，爲軍界重要分子，當時一言之下，可判人生死，故點之爲催命判官。）

地察星青眼龍李雲　黄轉陶

贊曰：身雖羸瘦，氣自虎虎。（轉陶身瘦弱，而所撰武俠筆記，殊虎虎有生氣，因擬爲青眼虎。）

地惡星没面目焦挺　苦海餘生

贊曰：苦海無邊，餘生有幾？何以慰情，盈門桃李。喪家遠走，面目盡矣。（苦海餘生創國文函授社於滬，社頗發達，後竟敗壞不可收拾，論者惜之，然彼竟無面目見江東父老矣。）

（一九二五年十一月十五日《金剛鑽》）

二十六

地醜星石將軍石勇　石徵鴻

贊曰：攜得佳人乘夜去，情場勇士賽飛鴻。（石徵鴻前執業家庭工業社，恂恂如處子，今春忽然失蹤，偵之，始知其與素心人宵遁矣。嗟乎，石君，竟能敝屣一切，而與情人同度甘美之歲月，洵情場勇士也。）

地數星小尉遲孫新　王定庵

贊曰：槍利鞭長，萬夫莫當。（定庵文字清俊，《紅雜志》及本報刊其作品最多，近撰《長鞭記》尤膾炙人口。）

地陰星母大蟲顧大嫂　顧肯夫

贊曰：大嫂大嫂，人盡可夫。一聲來噓，骨軟筋酥。（肯夫在新劇及影戲中嘗扮旦角，前周劍雲編《解放畫報》時，彼亦有作品刊入，則當然爲主張解放者矣。一日易弁而釵，昂藏若不佞，必在其面首之列。肯夫吴人也，幾聲來噓，我乃骨軟筋酥，而真如泥菩薩跌拉篤湯罐裏矣。）

（一九二五年十一月十八日《金剛鑽》）

二十七

地刑星菜園子張青　張枕緑

贊曰：菜根香，菜葉緑，尊書出色，蚯蚓屈曲，良晨之箋，風頭十足。

地壯星母夜叉孫二娘　陶鳳子

贊曰：嬉笑怒駡，萬象包羅。涓涓不塞，將成江河。（鳳子任事世界書局，在《紅玫瑰》中著詩的小説、滑稽小説、言情小説等，花樣甚多。其人婉孌若女性，有戀人曰娟娟，同事中戲謔，輒以涓涓塞否爲問，鳳子含笑不答。或曰，涓涓不塞，將成江河，鳳子安敢不塞哉？）

地劣星活閃婆王定六　王小逸

贊曰：紫電青霜，其光閃爍。逸與遄飛，韓莊一斫。作衆生相，得其秘鑰。描摹穢事，筆力不弱。（王小逸所作《衆生相》，頗爲讀者稱許，大約王君亦爲個中斫輪老手，不然描寫細微之事，抑何動人乃爾？）

（一九二五年十一月二十一日《金剛鑽》）

二十八

地健星險道神郁保四　小抖亂

贊曰：南京路上盯梢，盲人騎瞎馬。西歐館中叫局，夜半臨深池。（小抖亂爲學界偉人叶澄衷先生之孫，亦本報記者吴哀吾先生之高足也，自幼即抖亂異常，曾懷手槍入教室。一次，在大馬路駕汽車，開足馬力，釘某明星之梢，終爲所得。又夜半常在西歐旅館叫局，出手槍逼戰，妓女多憚而就之，是小抖亂，實險道神也。）

地耗星白日鼠白勝　鄭醒民

贊曰：吱吱唧唧，夜動晝息，無所專長，只有肉食。（鄭醒民日入而起，日出而息，日間無處可尋，夜則花天酒地，骨瘦如柴，身不盈握，而能食大菜十七客之多，人皆稱之爲怪物。）

地賊星鼓上蚤時遷　繆賊菌

贊曰：獨有先生，以賊爲號。身手輕佼，似鼓上蚤。（賊菌獨取『賊』字爲號，因戲點之爲鼓上蚤，當不以爲忤也。）

地狗星金毛犬段景住　貢少芹

贊曰：相君之面，賊頭狗腦，嗥匕狺狺，幾聲狗叫。（完）

（一九二五年十一月二十四日《金剛鑽》）

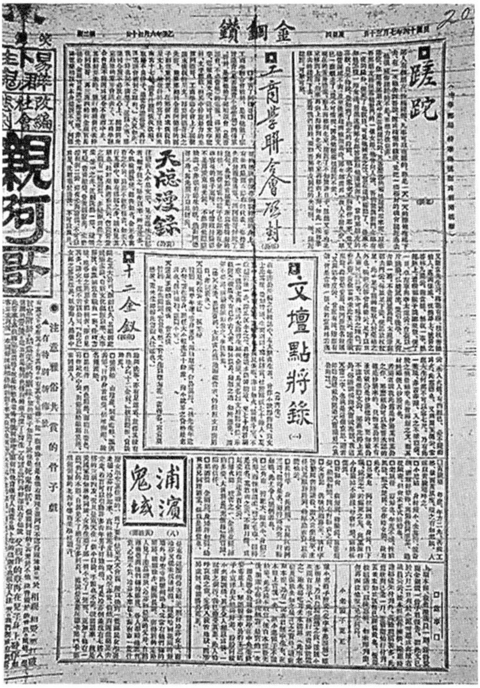
金鋼鑽

蹉跎

文壇點將錄（一）

十二金釵

浦濱鬼域

小說的讀法

塵夢　撰

載於《小説世界》一九二五年七月三十一日第十一卷第五期。作者塵夢，即胡寄塵，見一九一九年胡季人《小説管見》介紹。本文是專門討論讀者的接受問題。這在當時的小説話中是不多見的。他認爲，『同一篇小説，因爲各人讀小説之目的不同，就生出差别來』。接著，他概括了讀者閲讀小説有四種不同的目的：欣賞文藝、研究文藝、考察人情風俗與考察思潮。帶著四種不同的目的，會得出四種不同的結論，『所以一部小説的價值高低，是没有固定的，是跟著讀者而改變的』；『在我們評論小説的時候，也可以知道須先指定了是怎樣一個目的，而後可以下此批評』。

小說的讀法，這個問題，簡直是不成問題。凡是讀這本書的人，都是小說的讀者，難道還不知道小說的讀法麼？不是，不是，我所說的小說讀法，乃是同一篇小說，因爲各人讀小說之目的不同，就生出差别來。這叫做小說的讀法。這一層，恐怕有少數的讀者，不大明白，而這個問題和小說的關係也很深，所以我在這裏有説明的必要。

大概同是一種小說，讀者之目的却有四種。換一句説，就是同一篇小說，有四種讀法。那裏四種呢？就是：

第一種是：欣賞文藝。

第二種是：研究文藝。

第三種是：考察人情風俗。

第四種是：考察思潮。

怎樣講呢？待下文細細的説明白。

第一種，就是我們讀這篇小說，我們之目的專爲欣賞他的文藝，以外并没有甚麽。譬如讀《西厢記》，我們只覺得他做得好，我們一開了卷，便捨不得掩卷，只覺得他能安慰我們的心靈，這就叫做欣賞文藝。

第二種，就是我們讀這篇小說，我們之目的在於研究文藝。我們知道《西厢》是曲，讀完了《西厢》以後，我們就要自己想，曲和詞是怎樣的不同。我們知道《西厢》是北曲，讀完了以後，我們就要想，北曲和南曲怎樣的不同。再進一步，就要研究西厢的原（作）者是董解元，改作者是王實甫，董王二人的文筆和其他元曲名家馬致遠、關漢卿等有怎麽的不同處。這就叫做研究文藝。

第三種又不同了。我們讀這篇小説，并不是欣賞文藝，也不是研究文藝，就是要從這篇小説裏看出那個時代的人情風俗來，或是要從這篇小説裏看出一個地方的人情風俗來。譬如讀《儒林外史》，我們可以知道前清科舉時代讀書人的情形。譬如讀《老殘游記》，他寫山東地方的事情很多，我們可以知道山東地方人民的生活。在第一種和第二種讀小説的人，雖然也能够得到這些，但是并不注意，只有第三種讀小説的人，他專注意在這一點。

第四種也和第三種差不多，不過第三種讀者所考察的，是人情風俗，第四種讀者所考察的是思潮，就是要知道那個時候的人的思想是怎樣。書中所表現的思想，大概是作者個人的思想，譬如《水滸傳》的作者的思想，是含有一點革命的意味在裏面，因爲他生在被外族侵凌、積弱不振的南宋之後，所以有這種反抗的思潮。

以上四種的讀法，各不相同，真如古語所説的：『仁者見之謂之仁，智者見之謂之智。』因此，往往同是一部小説，在第一種讀者或第二種讀者眼光裏看起來没有價值的，一到了第三種讀者或第四種讀者的眼光裏就有很高的價值了。反轉來説，在第一種讀者或第二種讀者眼光裏看起來很有價值的，一到了第三種讀者或第四種讀者的眼光裏又没有價值了。

所以一部小説的價值高低，是没有固定的，是跟着讀者而改變的。

大概讀小說的人，是第一種居多數，第二種比較要少些，第三種和第四種就更少了。

第一種讀者和第二種讀者是純然讀小說，第三種讀者和第四種讀者，并不是讀小說。他不過將小說來供給他的考察罷了。他所得到的和文藝没有相干。

我們明白了這層意思，那麼在我們讀小說的時候，我們可以知道我們之目的是怎樣，不是『茫無目的』的瞎讀。在我們評論小說的時候，也可以知道須先指定了是怎樣一個目的，而後可以下此批評。

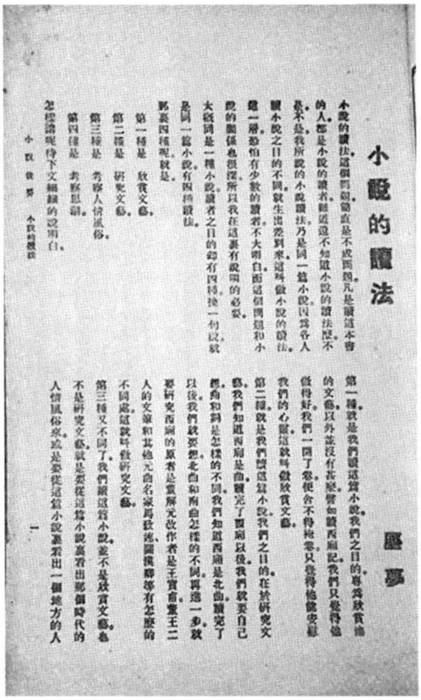

小說的讀法

墨夢

小說的讀法，這個問題簡直是不成問題。凡是讀這本書的人，都是小說的讀者，難道還不知道小說的讀法麽？不是，不是。我所說的小說讀法，乃是同一篇小說，因爲各人讀小說之目的不同，就生出差別來，這叫做小說的讀法。第一層，恐怕有少數的讀者，不大明白；而這個問題和小說的關係也很深，所以我在這裏有說明的必要。

大概同是一種小說讀者之目的，卻有四種，換一句說，就是同一篇小說有四種讀法。

那裏四種呢？就是：

第一種是　欣賞文藝。

第二種是　研究文藝。

第三種是　考察人情風俗。

第四種是　考察思想。

怎樣講呢？待下文細細的說明白。

第一種，就是我們讀這篇小說，我們之目的，專爲欣賞他的文藝，以外並沒有甚麽。譬如讀西廂記，我們只覺得他做得好，我們一開了卷，便捨不得掩卷，只覺得他能夠感動我們的心靈，這就叫做欣賞文藝。

第二種，就是我們讀這篇小說，我們之目的，在於研究文藝。我們知道西廂是曲，讀完了西廂以後，我們就要自己想一想，曲和詞是怎樣的不同；我們知道西廂是北曲，讀完了以後，我們就要想北曲和南曲怎樣的不同；再進一步，就要研究西廂的原著者是董解元，改作者是王實甫，董王二人的文章和其他元曲名家馬致遠、關漢卿等有怎麽的不同處，這就叫做研究文藝。

第三種又不同了。我們讀這篇小說，並不是欣賞文藝，也不是研究文藝，就是要從這篇小說裏看出那個時代的人情風俗來，或是要從這篇小說裏看出一個地方的人

小說世界　小說的讀法

1

小説話

虎嘯 撰

載於《半月》一九二五年第四卷第十九號。作者虎嘯，不詳。本文兩則，一講了小説的精神慰藉作用，另一説小説人物的影響力，因此，作小説者不可率爾操觚。在講小説人物的影響力時，説賈寶玉是『一不肖之紈絝公子』，李逵是『一殺人放火之强盜』。

友人李佛生亡矣。曩客并州時，冬雪初來，圍爐閒話，諸友約各言所欲，一時詼諧雜作，頗解人頤。佛生獨俯首無言，衆强嬲之，曰：『我實無所欲，但得無室家之累，職役之勞，雖坐犴狴中，得日讀小説，顧已足矣。」一時同人皆笑其狂。然年來奔走風塵，草草勞人，困憊欲死，回思佛生之言，何其哀痛而有味矣。

《紅樓》、《水滸》，風行一世，由來久矣。梁任公云：讀《紅樓》者莫不想作賈寶玉，讀《水滸》者莫不想作李逵。然俯首一思，賈寶玉何如人？一不肖之紈絝公子耳；李逵何如人？一殺人放火之强盜耳。而能令人崇拜若此，爲小説者，顧可率爾操觚耶？

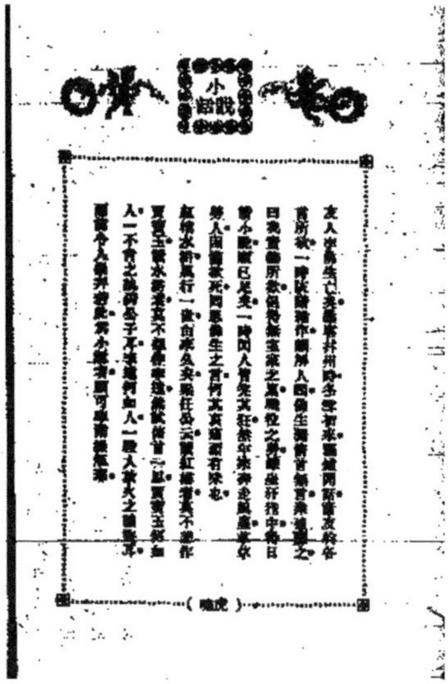

小說派別談

汪裕先　撰

載於《新世界》一九二五年十月二十日。作者汪裕先（一九〇八—一九三四），又名文翰，别號佐農，化名陳石卿等，上海南匯人。一九二六年於上海華商電氣公司工作時加入中國共産黨，從事革命武裝鬥爭，後被捕，就義於南京雨花臺。本文以小説題材的不同分爲『宗教』、『武俠』、『愛情』、『哀情』、『豔情』、『社會』、『偵探』、『奇異』等不同『派别』，并概括了每一派别的主要特點，有的還指出了它的代表作品。

宗教

宗教小説，多深含玄理，中混有宣傳與勸化性質，讀此等小説，宜具反觀之眼，方能仔細領悟也。

武俠

武俠小説，以尚武之筆力，寫諸紙上，其於危險處，每多奇峰突出，令人驚喜欲狂，中間寫忠臣孝子之事，收束多歸圓滿者。

愛情

愛情小説，寫男女之戀愛，其結束不外乎有情人終得成眷屬也。

哀情

作哀情者，現以徐枕亞君最工，其著作爲《玉梨魂》等，寫梨影之痛苦，一字一淚，價值殊深。周瘦鵑之短篇哀情，亦殊不弱。

豔情

豔情小説，亦寫豔聞韻事者，其讀之至香豔處，不啻置身嬌妻兒爲叢中，不覺神往也。

社會

社會小説中最佳者，涵秋著之《廣陵潮》，繪聲繪形，無過之者。作社會小説，必須經驗宏深，方能歷歷寫出社會情形也。

偵探

作偵探小説非易易者，以生花之筆，寫奇異之境遇，以深奥之腦力，爲玄深之偵探，其中奇峰疊起，洵非易也。

奇異

奇異小説以向愷然君之佳作甚多，寫湘貴等省異事，歷歷如覩。

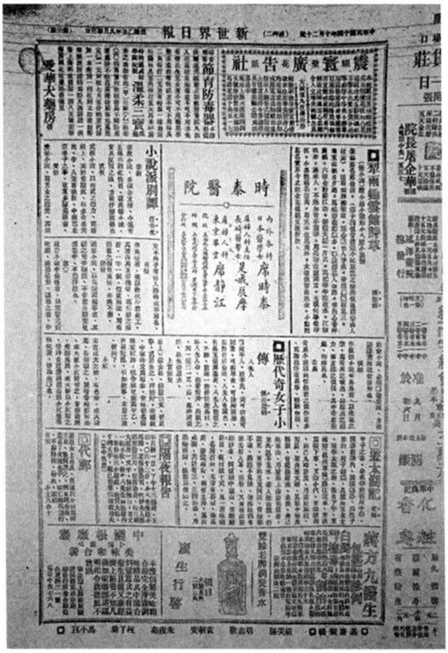
新世界日報

時春醫院

小説派別譚

歷代奇女子小傳

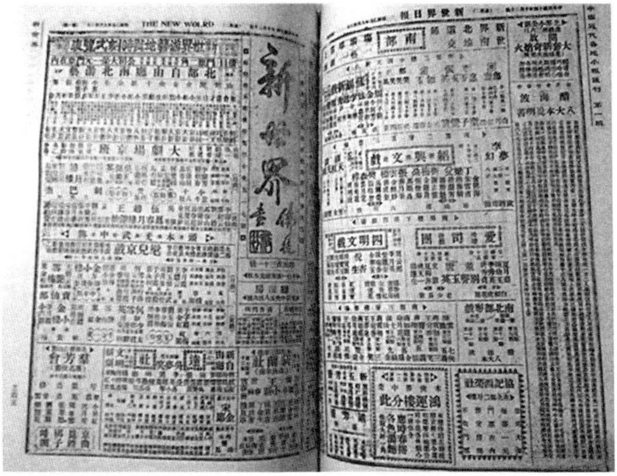
THE NEW WORLD

新世界

余之古今小說觀

漱石生　撰

連載於《新月》一九二五年十月二日、十一月一日第一、二期。《新月》，月刊，一九二五年十月於上海創刊，至一九二六年六月停刊，共出十期。由程小青、錢釋雲主編，以刊小説、雜作爲主，也以特刊或『小説談話會』的名義發表了一些小説話。漱石生，即孫玉聲（一八六三—一九三九），名家振，字玉聲，號海上漱石生，别署警夢癡仙、退醒廬主人等。上海人。二十九歲起主《新聞報》、《申報》、《輿論時事報》筆政十九年。後自辦《採風報》、《笑林報》、《新世界報》、《大世界報》、《繁華雜志》等。他酷愛戲曲，著有多種史料與理論文字。創作小説十餘種，以《海上繁華夢》最著。本文叙述了他閲讀與創作小説的經歷，特别是有關《海上繁華夢》的創作，談得較爲詳細。在大量閱讀與創作實踐的基礎上，他總結了小説創作的一些經驗，如對『結局』的重視、『筆法』的運用，以及刻畫人物要『令閲者開卷如見其人』，叙事『須驟視之若出人意外，細按之仍在人意中』等等，都是心得之談。最後對古今續書、筆記、傳奇、彈詞中的一些主要作品作了評價，也可資參考。

余自幼嗜小説，當十三四歲時，晚間每潛取《列國》、《三國》、《水滸》、《西遊記》諸書，倚枕閲之。下之如《封神榜》、《東西漢》、《隋唐》、《岳傳》、《楊家將》等，以及彈詞中之《來生福》、《再生緣》、《天雨花》、《安邦定國志》等，一編入手，亦殊娓娓不倦，至漏深猶未寐。蓋彼時知識薄弱，只知觀書中之事實若何，不能辨筆墨之高下也。逮夫丁年以後，改嗜《紅樓夢》、《鏡花緣》、《儒林外史》、《文章遊戲》、《今古奇觀》各書，而旁及《聊齋》、《閲微草堂》、《子不語》等諸家筆記，與夫『六才子』、《長生殿》、《牡丹亭》各傳奇。家藏既遍，則貸諸戚友，戚友處借觀又遍，欣悉小東門内天主堂街啓秀堂書坊，及滿庭芳街之小書攤，有各種説部出租，乃往賃之。啓秀堂頗多秘本，余乃得閲《唐代叢書》、《虞初新志》、《虞初續志》、《夷堅志》、《明季稗史》、《檮杌閒評》、《制藝叢話》、《金壺七墨》、《十二樓》、《拍案驚奇》、《醒世姻緣》等當時不易獲睹之本板巨書，不下二三百種。滿庭芳書攤，則多《隔簾花影》、《國色天香》、《覺後禪》、《牡丹换錦》、《杏花天》等種種禁書，亦不下數十種。而於是舊小説乃充溢腦筋，略知鑒別美惡矣。

余年弱冠，袖珍板及石印諸書，風行於時，啓秀堂凡新出版者，無一不備，余乃亦得無一不閱。巨帙如《野叟曝言》，短篇如《蜀碧》，滑稽如《何典》，筆記如《客窗閒話》、《螢窗異草》、《屑玉叢譚》等，亦俱得飽我目，又不下百數十種，不禁見獵心喜。歲庚寅，余年二十有六，乃操觚作《海上繁華夢》，然不敢自信，半年後復棄置之。時《三俠五義》、《小五義》等劍俠諸書，風行於世，爰先作《仙俠五花劍》（今名《飛仙劍俠大觀》），以覘時尚，越二年而《繁華夢》初集乃成。自是投身入小說界，忽忽三十餘載，幾於年有作品。第以古人著作而論，後世評騭，恒覺輒多不滿之詞，不才如余，貽譏大雅，必不能免。至下筆時，心殊惴惴也。

古人閉户著書，畢生每只一部，故取材精而筆法謹嚴。然名作如《三國》、《水滸》，結局尚犯枯澀之病。《鏡花緣》之以酒色財氣四陣爲結，尤屬令人興味索然。《紅樓夢》黛玉死後無書，《野叟曝言》文素臣得志後無書，以是足徵著書之難，難於結局。而余乃非常注意及此，每一書成，恒以若何結局爲慮。不知當代小説家亦同此心理否。

著章回小説，宜有伏筆、襯筆、反筆、逆筆及對照筆，不犯特犯等筆，余病未能，而有時每效之，師古法也。至於摹寫書中人物，究宜語有分寸，令閲者開卷如見其人。《三國》、《水滸》之顛撲不破者，以此叙事之處亦然，須驟視之若出人意外，細按之仍在人意中。庶不至蹈荒誕不經之弊。《野叟曝言》一書，詩兵醫算諸學，固非腹儉者所能妄道隻字，惜刻意炫奇，致多天壤間莫須有之事，成古今來不可得之人，爲閲者所詬病。今人犯此者，似亦不鮮。故下筆時極宜留意也。

（未完）

（一九二五年十月二日第一期《新月》）

記事平庸，用筆陋劣，布局散漫之舊小説，每至無可轉圜，無可接續之時，以神仙鬼魅爲救急法，是爲最下下乘。此實誤於《西遊》、《封神》二書，以爲彼能如是離奇怪誕，我豈不能偶一爲之。抑知《西遊》爲一部定性書，故處處出自寓言，并無事實，不妨隨意寫來，只求取譬曲當，所謂錘爐在手，自能機軸從心，古人已先我言之。《封神》絶無寓意，作者似欲與《西遊》對峙，故一寫禪宗，一言道教，顯然各樹一幟，但有識者僉謂其味同嚼蠟，不可與《西遊》等量齊觀。至《鋒劍春秋》之取法《封神》，尤爲絶無意識。其他偶爾仿效，益見鼯鼠技窮。今小説家幸俱除去此病，殊足以覘進步也。

後人續名家小説，每多疵累百出，如續《西廂》之不自量力，《後水滸》征四寇之背乎前書作者本旨，《後紅樓夢》、《紅樓復夢》等之筆墨平泛，了無意味，遠遜前書。《後西遊記》之名利色三圈，謂名圈愈跳愈高，與夫形容至火箝利害等處，意想固甚新穎，第亦瑕瑜互見，不能如前書之純任自然。惟《蕩寇志》一書，將水滸諸人剿滅盡净，本《綱鑒》『張叔夜討平之』一語，成此一部反水滸書，誠爲生面别開，落想高人一等。《紅樓夢補》截去前書後半，直接而下，獨能爲人所不敢爲，其膽識殊堪欽佩，即筆墨亦饒有興味，殊不可没耳。

舊小說中之短篇者，不外《今古奇觀》、《十二樓》各書，然篇幅雖短，起承轉合之處亦各自成章法，與筆記絶不相類。以筆記有筆記體裁，小說有小說繩墨，二者絶不相混也。乃觀近人所著短篇小說，往往類似筆記，惟字數略較筆記爲多，文言者尤易犯此，竊謂其失之毫釐，謬以千里。雖舊刻中有《龍圖公案》一書，通篇皆似筆記，閱者無不認爲小說，然此係另一爐竈之作，不可同日而語。敢以質諸當代之研究小說體裁者，其亦然我言乎！

作筆記余折衷《閱微草堂》，叙事祥確，運筆高超，其他如《兩般秋雨盦》、《魚磯漫鈔》等，亦多可誦之作。沈桐威之《諧鐸》，獨創一格，自是不凡。《聊齋》雖典贍風華，然侈談鬼狐，究不足法。《子不語》筆氣固出人頭地，亦惜其向壁虛構者多。不解今人所作筆記，何以每好仿效《聊齋》、《子不語》一類，捨眼前實事，作紙上空談，抑且墮入古人窠臼而不自拔。豈見仁見智，各有目光，故不可以强同歟？

傳奇之膾炙人口者，除《西厢》、《牡丹亭》、《長生殿》、《琵琶記》等舊本外，佳者甚鮮。然《桃溪雪》、《帝女花》等，命意措詞，俱殊不弱，《紅樓夢傳奇》亦哀感頑豔，兼而有之。若近日則詞曲一道，精研之人日鮮，以致出版無多，殊可慨也。

彈詞中之《來生福》，實爲首屈一指之作，《果報録》詞句亦殊熨帖，吴毓昌之《三笑》出自書場脚本，詼諧之處獨多。近人所撰之《九仙枕》、《鳳雙飛》，雖俱出自女史手筆，而《九仙枕》寫李鄴侯一生事實，取材正當，琢句雅馴，自較《鳳雙飛》過之。李東埜長於彈詞，所作亦頗堪誦，其他似可概諸自鄶以下。至昔之板七言，贊十字者，尤爲可鄙。乃亦流傳迄今，有人購閲，殆以明白淺顯之故。惟書中之贊十字句，大似今之京調，即板七言之問端詳，爲何因説分明等句，其語氣亦與京調酷似。縱不能謂京調即胎息於此，然彈詞本名盲詞，編此者昔爲瞽姬彈唱之本，以是遐邇風行。京調亦彈唱之一，則首先編曲之人，或採取之以爲藍本，竊謂其未可知也。

（一九二五年十一月一日第二期《新月》）

海上漱石生

談偵探小說

小青 撰

載於《新月》一九二五年十月二日第一卷第一期。小青，即《新月》主編程小青，見張舍我等一九二三年《偵探小説話》提要。本文主要論述了兩個問題：一個是偵探小説有没有文學價值？另一個是偵探小説的地位與前途。對於前一個問題，作者認爲偵探小説可以寫得有文學價值，如《福爾摩斯探案》，也可以寫得没有文學價值，如《聶卡脱探案》，關鍵在於作者如何寫。關於後一個問題，他指出儘管在西方受到高度的重視，但在中國由於『國人習於優遊自得之生活』，不願『費腦力』、『費思考』，所以自輸入二三十年以來，并未廣受歡迎，但他相信隨着科學教育的普及，『則偵探小説亦必隨之而興』，因而對『偵探小説之前途，仍抱有相當之樂觀也』。

偵探小説有文學價值乎？抑無文學價值乎？此語誠不易解答。蓋偵探小説本身是否屬於文學範圍，初無一定之鴻溝，要視其組織描寫而定。夫文學之條件，要不外乎語句之組織，局勢之構造，皆須有藝術手腕，而所述之情節，又須深切動神，能印入閲者之心坎。偵探小説之佳者，不但能適合上列之條件，而描寫既真，尤能吸引讀者之神志，自始至終，不使厭倦。甚或移神入書，若自承爲書中之主角，爲之構思設想。雖爲作者筆尖所欺，而猶手舞足蹈以欣賞之。若是則偵探小説果明明屬於文學範圍，初無疑義。反之，若摭拾一案，平鋪直寫，如新聞式之記載，或如報告之記録，或徒眩案情之驚駭，動作之離奇，而文體組織，既無條理藝術可言，則即不能以文學論矣。今試觀英國柯南道爾之《福爾摩斯探案》，已採入《韋氏大辭典》之《名人録》中，在歐美文壇亦早承認，固明明文學作品也。然美國之《聶卡脱探案》，人皆稱之爲『一角洋小説』(Dime Novel)，歡迎者皆中流以下人士，則又顯無文學價值矣。良以《福爾摩斯》諸作，結構描寫，皆合文學原理，且緯以科學倫理，有耐人尋味之價值。以視《聶卡脱》之一味叫囂跳動，絶無使人思索之餘地，自不可同日而語。觀乎此，則偵探小説之是否文學，不能一概而論，必以性質之精麤爲準，可無煩詞費矣。

或問偵探小説之地位若何？此亦一難答之問題。因在歐美社會，嗜偵探小説者十之六七，上自士夫（前美國威爾遜總統曾於白宫中藏偵探小説數千卷，即是最著之一人），下逮閨女，皆有同好。憶某西雜志曾舉行讀者投票，各述其最嗜何種性質之小説，結果言情居首，偵探第二，可知偵探小説在歐美社會之地位固甚高也。然反視我國自偵探小説輸入以來，亦已二三十年，而嗜好之人僅限於曾受學校教育之學生，及少數思想較新之人，去普遍之限度尚遠，此何故歟。則因中西社會之習性，有一根本之不同點，即西人富科學觀念，偵探小説既注重科學，偏於智的方面，歡迎者自多。而我國之科學，正當幼稚時代，自無怪結果之相反。予嘗聞諸人言，閲偵探小説須費腦力，故喜閲者不多。蓋我國人習於優遊自得之生活，處世接物，常守循乎自然之旨，以葆其天君，而不願多費思考。故於描寫逸樂風流之社會小説，嗜之不倦，偵探小説既注重科學思想，宜不適其胃欲矣。雖然，未來之我國，對於科學途徑，實有不得不趨之勢，苟科學教育一旦普遍，則偵探小説亦必隨之而興，可操左券。故我於偵探小説之前途，仍抱有相當之樂觀也。

乃非常注意及此每一書成恆以若何結局爲慮不知當代小說家亦同此心理否

箸章回小說宜有伏筆襯筆反筆逆筆及對照筆不犯特犯等筆余病未能而有時每效之師古法也至於摹寫書中人物究宜語有分寸令閱者開卷如見其人三國水滸之顛撲不破者以此敘事之處亦然須驟視之若出人意外細按之仍在人意中庶不至蹈荒誕不經之弊野叟曝言一書詩兵醫算諸學固非腹儉者所能妄道隻字惜刻意炫奇致多天壤間莫須有之事成古今來不可得之人爲閱者所詬病今人犯此者似亦不鮮故下筆時極宜留意也（未完）

談偵探小說

（小青）

偵探小說有文學價值乎抑無文學價值乎此語誠不易解答蓋偵探小說本身

小說家與良心

徐國楨　撰

載於《崇善月報》一九二五年十月第二十一期。《崇善月報》，一九二四年七月在上海創刊，到一九三六年十月停刊，由上海良心崇善會發行，初爲《崇善半月刊》，後改爲《崇善月報》，最後改成《崇善報》，提倡革心主義，表揚忠孝仁愛和平，先後編輯有胡篤周、趙介錚、許仲愷。徐國楨，江蘇吴江人，曾任世界書局編輯，在《申報》、《紫羅蘭》、《紅玫瑰》、《新上海》、《春秋》等報刊上發表了不少小説和雜著，出版過《臨流》、《禦日血戰大畫史》、《近百年外交失敗史》等小説與著作。一九四八年，在《宇宙》上發表《還珠樓主及其作品的研究》。本文認爲當時各色小説家如雨後春筍般的出現，其中不少爲了『取媚於社會』而『作出許多與淫詞豔曲不相上下的作品』，因而忍不住大聲疾呼作家要在惡劣的世風中，不要『違背了你自己的良心』，而要『做一個屹峙中流的砥柱』。

現在的小説家，多如雨後春筍，怒茁不已。這種是否是小説界的好現象，不在本題範圍以内，且莫談他。我現在要向一般已成名未成名的小説家，以及許多自以爲小説家，《五更調》、《小熱昏》式的小説家，進一番忠告。他們的聽與不聽，我不能勉强。我所以要做這一篇東西，也正如骨鯁在喉，不得不吐的意思啊。

小説感人之深，而足以潛移默化，這是公衆所承認的。惟其小説有如此偉大的功效，所以做小説的，當伸紙吮毫，將要落筆的時候，必須先私自打量一下：我這一篇稿子發表了以後，與世道人心有什麽抵觸没有？雖然不能使人家因讀了我這篇著作，而得到一些好處，總不要使人讀了之後，而留一些不正當不純潔的影像在腦海裏。要知道小説并非是做給一人看的，在你的筆下，很不經意地寫了下去，社會上要有幾許的人們受到你的影響。我第一件希望，就是請你們在落筆的先前，先仔細的想上一想。

現在的社會日漸趨於淫靡，有許多投機式的小説家，就迎合社會心理，做出許多與淫詞豔曲不相上下的作品以取媚於社會。種種使人看了發嘔的語調，幾乎要把人家的肉都要麻掉，還要自以爲怎樣的描寫細膩，怎樣的體貼入微，真的醜不可及。

世風的惡劣，每況愈下，再加以那些不要臉的肉麻小説家，在那裏推波助瀾，超着他向奢靡的道上跑。長此以往，不知要伊於胡底哩！

小説家呀，你總要以良心爲前提，不要爲了微微的聲名，薄薄的酬資，而就違背了你自己的良心。我更希望你做一個屹峙中流的砥柱，不要變成了一顆隨風倒頭的楊柳。

了一大堆。他聽了這樣情形。不覺搖頭嘆氣。這妖魔竟甘在洞中迷害我們青年同胞。怪不得進來的人。不肯出去了。心中憤惧不已。一路從花叢中找去。沒有多遠。現出一座很茂盛的花棚來。心中喜甚。我身體正疲乏得很。不免到那邊去休息一下子。打定主意。不一回。已到花棚的旁邊了。不知怎樣一來。嚇了他一跳。你道爲何。原來花棚底下和四邊隔地上。睡着無數的少年。個個都是面黃肌瘦。奄奄地只有一口氣。有許多的。簡直和死人一樣了。心中一感想。不覺眼眶中吊下幾點熱烈的淚來。哭道。不料我們最可愛的青年。昏迷在花洞裏。虛度大好的光陰。作孽呀。他能到這裏。便提高嗓子喊道。衆位兄弟呀。你們不要再昏迷不醒。妖魔已被我斡死了。請你們快些醒來罷。那衆人從沉沉的睡夢中。聽着他的話。已有十分之七點醒轉來。個個從地上爬了起來。同他開談。（未完）

（續）害人終自害（二）

丹陽老蟬來稿

昆了一夜，明天清早起來，短根戰和他妻子跑到一個狗頭軍師（混名叫做小二聰）家裏去，就將昨晚兒子說的話，從頭至尾，一五一十的告訴他，順便請他找找買主，做個中保。恰巧諸位狗頭軍師，因早年老子去世的時候，未曾替着好山安葬，正在心裏想買塊山，總算是短根夫妻倆要賣某處的田，就用喜色鼓，數算得不可開交。（蒔埋與蒔覺好幾次，據說這田做山葬抄，風水很好）。狗頭軍師就說道：你們既然是來託我買田，不如便宜些賣給我做片山，你要多少錢便可以買，況且我後好田和你兌換，倘再缺一少二，我來替你想點法子，怎樣？短根夫妻倆聽了說道；和你有甚麼計較，于是就答應了，賣給這狗頭軍師了！

小說家與良心

徐國楨

現在的小說家。多如雨後春筍。驚喜不已。這稱是否是小說界的好現象。不在本題範圍以內。且我說

徐國楨

《新月》小説談話會

胡寄塵等　撰

分别載於《新月》一九二五年十一月三十日第一卷第三、四、五期，由胡寄塵等多位作者寫成。胡寄塵，見一九一九年《小説管見》提要。他寫的《中國古代小説》簡略地勾勒了中國古代小説演變的歷史。當時儘管已出了張静廬、魯迅等幾部中國小説史，但胡寄塵這篇文章言簡意賅，有他自己的體會，後來他陸續出版了多種有關中國小説史的研究論著，較有價值。顧明道，見一九二三年《小説雜談》提要。他的《武俠小説談叢》在充分肯定武俠小説的價值的同時，點評了中外古今的一些武俠小説的作家與作品，可見他對武俠小説是作了一定的專門研究的。徐碧波（一八九八—一九九〇），原名廣炤，字芝房，筆名碧波、紅雨、歸燕等，别署五常等。曾自編《波光》、《橄欖》、《東海》等雜志。主要作品有《流水》、《青春之火》、《血淚鴛鴦》等。他還積極從事電影的編導、攝制與辦電影院等，有《夜明珠》、《倡門之子》、《五卅滬潮》等。他的《小説雜話》，對小説的素材、體裁、語言等問題談了自己的體會。認爲新派小説家『多半没有舊學根底，所以只好借着白話和標點作幌子，以自欺欺人』，攻擊『舊派』小説家爲『文丐』，是『太不自量』。然對於當時各類小説的流行比例的估計還是有一定的參考價值。朱瓞，見一九二三年《偵探小説話》提要。他對偵探小説頗爲關注。這篇《偵探小説話作法管見》主要談了偵探小説的結構、布局等問題，無多創意，然第一條將小説『立義盡善』，有『正大的宗旨』作爲産生『美感』、有『餘味』的基礎，值得注目。它并没有將小説的社會價值與藝術價值對立起來，而是强調了『善』纔是『美』的根本。説中人的《小説雜談》歷點了林紓後的『林氏宗派』數子，并對當時的一些小説家的藝術風格加以點評，特别給羅韋士、何諏、蘇曼殊三位作家以高度的評價。范煙橋的《小説與個性》，論述了『有個性之小説爲好小説，好小説必有個性』，并强調有個性的作家都有一個共同的特點，即『對於現社會有不滿之感想』。陶寒翠，蘇州星社社員，曾在《半月》、《新月》等雜志上發表不少小説，較著者有《民國豔史演義》、《人間快樂宫》、《荒山奇俠》等。其《説苑珠林》，散論林紓其人其書，實爲他爲《新月》所作《林書叢論》之概要。作者對林紓崇拜之極，説：『余於近代説部，專嗜林書，幼年抵今，私淑不渝。自先生之逝，輒興無書可讀之嘆。』此可見林譯小説在新文學的衝擊下，其影響尚在。環之《小説雜話》，反對新舊『兩派中人，互相醜詆』，也有見地。沈家驤之《佛頭著糞録》，别具隻眼，對《金瓶梅》、《品花寶鑒》、《野叟曝言》、《鏡花緣》、《天雨花》乃至郁達夫的《沉淪》等，都有不同於時人的見解。

中國的小説，多數的人以爲是始於宋仁宗時，其實這話是不對的。始於宋仁宗時的是白話小説，是演義小説，非一切小説。如《三國演義》、《水滸》一類的小説，是始於宋仁宗時。

然在此以前，唐代叢書所載的《柳毅傳》、《南柯記》、《太真外傳》等篇，不可説不是小説。不但如此，就是《漢魏叢書》中所載的《穆天子傳》、《漢武帝内傳》、《飛燕外傳》，也不可説不是小説。不但如此，就是《漢書·藝文志》中所載的《周考》、《周紀》、《虞初周説》等書目，也不可説不是小説。況《藝文志》明明説周秦時候有小説家，既有小説家，何以無小説？不過周秦時候小説家所做的小説，至今都已失傳罷了。

當時候的小説，現在所能看見的只有《燕丹子》一書，就是記荆軻刺秦始皇的故事。大概和《史記》、《戰國策》相同，不過多一點神怪的話。《燕丹子》，今《百子全書》中有的。此外《山海經》雖然説是夏禹做的，其實是後人假托的，不能説他比《燕丹子》更好。大約《燕丹子》一書，可以説是後世武俠小說的祖宗了。

周秦時其他的小說，現在都失傳了，不知道他們的内容是怎樣。大抵是記當時社會上的瑣事居多。當時人情質樸，所做的小說，當然是只記事實，不講文彩。然事實多半是真的，可以當社會史看，惟不免雜一些神怪的話罷了。

到了晉唐以後的小說，就大講文彩了。如《唐代叢書》中所載的《柳毅傳》、《虬髯客傳》，詞彩極好。這一派的到了宋朝，不大做唐人的小說了。雖然有做筆記的，但是不講詞彩，和唐晉人的筆記也不同。這時候獨產生長篇章回小說。最早的是《宣和遺事》，又有《京本通俗小説》，再後就是《三國演義》及《水滸》了。《三國》、《水滸》都是元人的作品，然發端於宋人，至元而盛。明清兩朝的人，相繼而起，於是演義小說的勢力就極大了。大約中國一切的小說可以分爲三個時代來講：

第一是周秦小說。包括周以前以至漢人的作品。

第二是晉唐小說。包括晉南北朝及唐人的作品。

第三是宋元小說。包括宋元人及明清人的白話小說。

我們要知道中國古代小說的情形時怎樣，須略翻一翻古代人的作品。現在將他大略說一說。

（一）周秦小說

要看這個時期的小說，除了《燕丹子》而外，恐怕是没有了。但是書目是有的。就是《漢書·藝文志》内所載的目録，現在録抄如下：

《伊尹説》二十七篇（原注：其語淺薄，似依托也）。

《鬻子説》十九篇（原注：後世所加）。

《周考》七十六篇（原注：考周事也）。

《青史子》五十七篇（原注：古史官記事也）。

《師曠》六篇（原注：見《春秋》，其言淺薄，本與此同，似因託也）。

《務成子》十一篇（原注：稱堯問非古語）。

《宋子》十八篇（按：即宋鈃，孟子作宋牼）。

《天乙》三篇（原注：天乙謂湯，其言非殷時，皆依托也）。

《黄帝説》四十篇（原注：迂誕依托）。

《封禪方説》十八篇（原注：武帝時。按：以下皆漢人所作）。

《待詔臣饒心術》二十五篇（原注：武帝時）。

《待詔臣安成未央術》一篇。

《臣壽周紀》七篇（原注：宣帝時）。

《虞初周説》九百四十三篇（原注：虞初，武帝時人）。

百家百三十九卷。

右共十五家一千三百八十篇（按：如今計算得一千三百九十篇），不過是只存了一個目録，書是完全没有了。

（二）晉唐小説

我們要看這一個時的小説，可往《漢魏叢書》和《唐代叢書》裏去找。《漢魏叢書》是包括漢魏晉南北人的小件作品，原不盡是小説，但小説居多數。《唐代叢書》也是這樣。二書如今都有石印本，但卷帙太多，購買不便，又非專講小説，不得已的辦法，看一看商務印行的舊小説，内甲乙兩集，對於這個時期的小説，也可以窺一斑了。甲集爲漢魏六朝，計二本。乙集是唐，計六本。現在揀其中最著名的的篇名，抄録如下：

《漢武帝内傳》，班固（按：係假托）。

《趙飛燕外傳》，伶玄。

《雜事秘辛》，無名氏。

《東方朔傳》，郭顯。

《西王母傳》，桓驎。

《荆楚歲時記》，宗懍。

《神僧傳》，法顯。

《神異經》，東方朔（按：係假托）。
《海内十洲記》，東方朔（按：係假托）。
《列仙傳》，劉向。
《列女傳》，同上。
《西京雜記》，劉歆。
《高士傳》，皇甫謐。
《列異傳》，張華。
《搜神記》，干寶。
《神仙傳》，葛洪。
《後搜神記》，陶淵明。
《齊諧記》，東陽無疑。
《續齊諧記》，吴均。
《述異記》，任昉。
《洛神傳》，孫揆。
《杜子春傳》，鄭懷古。
《李林甫外傳》，闕名。

《蚍蜉傳》，闕名。
《鄴侯傳》，闕名。
《聶隱娘傳》，闕名。
《迷樓記》，韓渥。
《海山記》，同上。
《開河記》，同上。
《虬髯客傳》，張説。
《紅綫傳》，楊巨源。
《揚州夢記》，于鄴。
《枕中記》，李泌。
《南柯記》，李公佐。
《柳毅傳》，李朝威。

以上不過照我個人的眼光看起來，以爲是頂重要的，其外次等的還極多，舉不勝舉了。

（三）宋元小説

這個時期裏著名的小説，一般讀小説的人都能知道，不必再説。

總之，周秦的小說，已不可見了。晉唐小說，和宋元小說，就成了兩大派。照時代說，晉唐小說已成爲過去的古物，但是研究小說的，仍不可不參考一下。晉唐小說在唐以後直到清末，還有人做，所以他們的成績，也很可觀。

我們現在要看這一派小說，我可將書目開列如下：

《漢魏叢書》，有石印本，中有一部份是小說。

《唐代叢書》，有石印本，中有大部份是小說。

《太平廣記》，掃葉山房有石印本，集晉唐小説之成，分類編的。

《舊小說》，商務本，照時代先後編的。

《宋稗類鈔》，商務本，專門宋人的作品。

《清稗類鈔》，商務本，專門清人的作品。

（一九二五年十一月三十日第一卷第三期《新月》）

武俠小說叢語

顧明道

在昔我國武士道之雄風，泱泱乎大陸，黄帝苗裔，本非弱種。厥後尚文抑武，民風日弱，上下酣嬉，漸至於疲茶巽懦，而不克自振，遂爲區區三島所藐視。朔方健兒好身手，昔何勇鋭今何愚。即如遠東運動會屢屢失敗於木屐兒之手，斯亦國耻也。雖然，流風未替，斯道尚存，深山大澤，實生龍蛇，惜國人不注意及之耳。故爲武俠小説，足以振聵發聾，挽弱扶敝，尚武尚武，其强國强種之基礎乎，因爲武俠小説叢談。

韓子曰：『俠以武犯禁。』斯言諒哉！惟其俠，能爲人所不能爲。惟其武，能爲人之所不敢爲。其行雖不軌於正義，而言信行果，急公好義，甘自赴湯蹈火，極人之危，斷非常人所可幾及。是以虬髯黄衫之流，至今見重於世。惜乎山林屠販，江湖隱遁，布衣之俠，每至湮没而不彰。故闡幽發微，表忠揚烈，斯執筆者之責也。

風塵三俠，史官豔稱之。今且編爲劇本，演諸紅氍毹上，頓令觀者眉飛色舞，心嚮往之。武俠之見重於人，古今皆然也。

舊小説如《七俠五義》、《七劍十三俠》、《兒女英雄傳》等，皆武俠小説也。《施公案》、《彭公案》則有類於中國之偵探小説。而執武俠小説之牛耳者，厥維《水滸》。其描寫水泊英雄，草莽豪傑，惟妙惟肖，躍躍如生，直令觀者拍案叫絶，百讀不厭。

筆記體如《大鐵椎傳》、《秦士録》、《博雞者傳》、《連城羅臺山傳》等，皆爲古文家手筆，可作軼事觀，可作文章讀，不輸於龍門之記遊俠。皆短小精悍之作品。

《聊齋》筆記中，余最喜讀《崔猛》一傳，義俠可風。

勝清雍正奪嫡時，劍俠獨多，其後如甘鳳池、白泰官、大刀王五、霍元甲等，皆一時之俊，名震中原，故小說家爲武俠者必稱之。今擅此道者僅有一二人，如魯殿靈光，巋然獨存，不知較之甘白王霍等又何如。況當火器全盛時代，廣陵散幾成絶調矣。

余謂義俠之人不必能武，而武俠則兼而有之。此則求之鬚眉不可多得，况巾幗乎！而聶隱、紅綫、公孫大娘之流，見之古史，至今讀其軼事，徒令人遐想無窮也。

西方武俠小說，其體裁與中國不同，然鋤强除奸，濟危扶傾，則無論中西一也。如大俠紅蘩露、錦帔客、羅賓漢等，均膾炙人口。而俠盗亞森羅蘋與福爾摩斯對壘，此則屬於偵探小說矣。

武俠小説之編爲戲劇者甚多，如《白水灘》、《惡虎村》、《三岔口》、《螞蜡廟》、《蓮花湖》、《拿高登》、《盗御馬》、《花蝴蝶》、《落馬湖》、《四傑村》、《十字坡》，其尤著者，皆取材於舊小說。今惟不肖生之《半夜飛頭記》，新劇中曾演之，余未往觀，不知其價值如何也。

武俠小説作者不多，今之作品最多者，自當以不肖生爲巨擘，陸士諤、張冥飛，亦擅此體，皆長篇能手也。余友逸梅謂不肖生誕，陸士諤雄，張冥飛奇。余亦謂作武俠小説最易流於誕妄，如《江湖奇俠傳》，則近於神怪者流。而布局蔓延，讀者不易記憶，此非吾一人之私言也。至如《偵探世界》上之《近代俠義傳》，起筆甚佳，所記王五、霍元甲等事，較之《奇俠傳》，遠勝多矣。

他如許指嚴有時亦謂武俠小説，惟皆含歷史性質，別成一體。錢基博作《技擊餘聞補》，載新文化運動前之《小説月報》，字句勁練，古樸可誦，余嘗效其體作《技擊拾遺》，刊《小説新報》，自愧弗如也。

雜志中載武俠作品較多者，以《小說叢報》、《民權素》、《小說新報》。《叢報》中有《殘山剩水録》長篇，叙述明末軼事，亦有可觀。今皆停版矣。平襟亞編《武俠世界》四期而止，《快活》三十六期出『武俠號』而短命。人謂武俠不祥，吾爲武俠不平。《半月》今年亦出『武俠號』。《小說世界》中之《野人記》，此則西洋派之武俠小說矣。國華書局昔曾出《武俠異聞》、《塵海英雄傳》、《方外奇談》，皆武俠筆記也。余皆有稿刊入其中。

或謂作武俠小說者，當明拳術。斯言固然，但亦未必盡然。施耐庵一文人，作《水滸傳》，其書武松景陽岡打虎，獅子樓殺奸，十字坡打店，醉打快活林，血濺鴛鴦樓，夜走蜈蚣嶺，無不精警絶倫，有一活武松隱現在讀者眼前。血濺鴛鴦樓一段，描摹尤見精細，作武俠小說如此，嘆觀止矣。他如記石秀，記魯達，記李逵，記林冲，無不有全副精神，此《水滸》之所以傳也。今之作品較之果何如哉。

余喜作武俠而兼冒險體，以壯國人之氣。曾在《偵探世界》中作《秘密之國》、《海盜之王》、《海島鏖兵記》諸篇，皆寫我國同胞冒險海洋之外，與外人堅拒，爲祖國争光者。今又方作《海外雙俠》，惜此種資料甚少也。余又著有《金龍山下》一篇，可萬餘言，則完全會理想之武俠小說也。擬刊拙著《新鈴》中。

或曰：『武俠小說何爲而作也？夫閭巷遊俠，亦國家之國民耳。世有奸亂暴惡之輩，國家自有法律在，亦不容其公然爲非作惡也，於遊俠何預，而使其越俎代庖耶？』余謂國家吏治之壞，法律之廢，有以激之使然耳。試見歐西各國，當十七十八世紀時，政治黑暗，草野豪俠，遂亦有劫官殺人，鋤强扶危，干涉國政之事。而其後政治日漸改良，凡爲國民，同受國家正當法律之保護，無復有含寃召屈，控籲無門之事，以煩遊俠，而稗官家遂亦輟筆而不之作矣。而中國則何如，政治之顛倒，民生之日蹙，法律之腐敗，可謂極矣。文人學士目擊不平，於是亦喜握管染翰，描摹英雄俠士之奇聞，一作一時快心之言。使政體果能修明，遊俠之徒，自不見重於世矣。小青社兄與釋雲編《新月》，晤談時囑撰武俠小説叢談，因拉雜書此，并附感想，以貽之。但挂一漏萬，自知不免，指疵繩謬，望諸讀者。

（一九二五年十一月三十日第一卷第三期《新月》）

小説雜話

徐碧波

我總聽得人家説，現在小説作家多極了，簡直和過江之鲫一般。盲從的人們一唱百和的都説是啊。但是仔細考量起來，便覺得這般論調無謂了。何以呢？因爲我們中華，有四萬萬同胞，取一種很寬博的臆斷，識字的去其半數，能够著作而不高興做小説的，又去其半數，但識字而不會做小説的，再去其半數，那麽全國也得有五千萬人做小説啊。倘使現在有人去仔細一調查，全國做小説的人，怎有五千萬呢。

做小説有了好材料，也不宜刻意寫實，因爲容易變得獃滯。太空靈了，便要流入神秘一派，更其味同嚼蠟，使讀者昏昏欲睡了。

小説體裁，以教育倫理爲最難着筆，因爲本旨既甚枯澀，而又不能羼入情愛綺麗的詞調，那麽作手須要運枯燥乏味，爲興趣盎然，不知不覺能令人心地潛移默化，簡直是一樁極困難的事。

語體小説，果然覺得叙事暢達，合於普通人們的心理。但是若要形容一種微妙窈曲的狀態，終不及文言的簡潔明净，所以文言小説，現時代仍有立足之地。

往往瞧見一種語體和文言，夾雜的作品，非驢非馬，實在使人看了頭痛。

書賈并不懂作品的好和壞，譬如同是一個人的，前後兩種不分軒輊的作品，出版了，前種有銷場，他便贊一聲做得不差。後種却無人顧問，他便頓足大駡，某人的作品退化，壞到極地了。

現在的小説家，多半没有舊學根底，所以只好借着白話和標點作幌子，以自欺欺人，還説是人家『文丐』。咳！這正太不自量咧。

晚近小説之流行者，言情居十之三，社會滑稽又十之三，偵探十之一，雜體十之二，餘一派則爲二十一世紀的新文化小説了。

（一九二五年十一月三十日第一卷第三期《新月》）

偵探小説作法管見

朱戫

凡做小説，第一須要含有正大的宗旨，扶着暢曉的文字，那麼這篇小説纔有價值，使讀者讀了之後有咀嚼之餘味，不然一無含蓄。無論文字做得什樣，暢曉艷麗，總如陳死人一般，只有軀殻而無靈魂。雖衣冠儼然，總覺毫無生趣，提不起閲者絲毫興趣了，所以做偵探小説也必須含蓄揺惡倡善，那麼使理想中的偵探，既任俠尚義，讀者看後就如啖諫果，生出一種美感。《福爾摩斯》與《霍桑探案》的膾炙人口，也因立義盡善的原故所致呢。

做偵探小説，自愛曲折緊要的所在，果然不能不縝密描寫，使通篇結構緊凑呼應，但對那可有可無的描寫，却極須經濟，切忌沉長堆砌，使閲者興厭惡的心理。舊小説上説『增一分太長，减一分太少』，真是作偵探小説的至要訣門。我近來在一本非賣品的雜志上，讀着一篇影戲式的長篇偵探小説，對於一輛平庸的汽車竟描寫至五六百字，這般硬凑成文，真是太不懂文字的經濟了。

做偵探小説，無論短長，通篇結構固須迴環呼應，一氣貫通，布局方面却又須層層變化，如天半游龍，夭矯難測，在在須有藝術的思想，等到結局的當兒，水落石出，疑障盡揭，使讀者不由不拍案叫絶。至於文字的組織，也須用藝術手段『陳言務去』，使讀者增進一種美感，那麼這篇小説是然更容易印入閲者腦中了。

做偵探小說也須和做社會小說一般，須洞明世情，描寫各人的態度，纔能貼合個性，使閱者讀了之後，恍如身入其境，好似目睹其事，絲毫不覺虛僞，至於科學方面，自然應當隨時加入，使讀者增進智慧，加添作品的價值，但却切忌强不知以爲知硬拉進去，似隔靴抓癢一般，既不切用，却反使閱者莫明神秘，一料便明爲僞，那麽便成頂臼做戲，吃力不討好了。所以凡作者不明的事，切不可胡亂應用，以免弄巧成拙。

偵探小說作時，無論短長，須要通盤籌算，一氣呼成，切忌隨做隨賣，弄成滿盤散沙。（其實，做别的各種小說，也何嘗不要通盤籌算，倘使隨做隨賣，必要弄得全章窟洞大出，難以收拾，讀者一觀，全章定必索然無味，不願再一回顧了。我記得有位小說家說章回、社會小說『做這回時刻意不想下回，做下回時可以棄去上回』，這是害新進作家的欺人之談，凡我同志，切勿盲信，致難成佳作。）所以，做偵探小說，尤宜力戒此弊。

做偵探小說，應當注意伏筆，對於篇中重要的關鍵，切宜預先隱隱寫出，在應用的當兒不至突然出現，使讀者莫明來處。至於時間與案中應用的纖小物件，又須特別注意，不可些微忽略，發生衝突。（中華書局的《鮑亦登探案》，雖然立意結構都不甚佳，但對於小節却很注意。）至於從傍襯托法，也應當特別注意，時加應用。總之，做偵探小說，宜用曲筆，多起波瀾，切忌平鋪直叙，作者倘能這般做去，『雖不中，不遠矣』了。

（一九二五年十一月三十日第一卷第三期《新月》）

小說雜談

說中人

林琴南氏，以古文爲小說，海内宗之。自白話文興，作者遂尟。今林氏已亡，文言小說，幾將成絶響矣。然學其文者尚有姚鵷鶵、聞野鶴、沈禹鐘、吴靈園、錢釋雲、孫了紅、陶寒翠、張慧劍等，林氏宗派，不絶如縷，實有賴此數人也。幸諸君好自爲之。

近今説界巨子，天笑以綺麗勝，瘦鵑以哀豔勝，倚虹以流利勝，鵷鶵渾雄勝，西神以詞采勝，寄塵以短峭勝，瞻廬、卓呆以詼諧勝。以專門著者，有玉聲、瘦菊之社會，小青之偵探，愷然、士諤之武俠。已故小説家羅韋士，以被誣冤死，論者惜之。余嘗讀其《歸乎》、《爲誰作嫁》、《赤幘客》、《兩難》、《赤鉗恨》諸作，覺其描寫，還迴曲折，純乎化工，且多至性語，近今小説家中，殆無人能及。設大假以年，其造就殊不可量也。

興業何諏之《碎琴樓》，余已讀數過，其寫情筆墨，在清末可謂首屈一指，此書文字高古，尤在林氏之上。倚虹之小說，予均喜觀，長篇如《人間地獄》、《黑暗上海》尤好之。顧兩作皆中途而止，未得一窺全豹爲憾耳。

曼殊學貫中西，且精梵文，其聰明誠不可及。所爲小說，尤清新可誦，《斷鴻零雁記》一書，文殊凄惋，予讀之亦數過矣。

近今小説界漸趨沉寂時代，執筆者亦多不如前此之興高采烈，是誠非文藝界之好現象也。

（一九二五年十一月三十日第一卷第三期《新月》）

小説與個性

范煙橋

藝術有個性，小説爲藝術之一，當然亦有個性。惟小説之個性，有時間空間之不同，往往少年時代作此等論調，中年時代大反前説。因小説爲一種現社會之直觀描寫，即非僅限於現社會，而作者因觸受現社會之狀態，而以現社會爲批評本位者也。作者有前後不同之個性，而一篇小説之個性，要不能以作者個性泥求也。

社會繁複，小説僅剪取一片斷，而此一片斷，有時在乎常眼光視爲平淡無奇者。然而經作者一番描寫，便覺有特殊狀態，引起讀者甚深之感想，或竟有甚大之波動，此則小説作者之無上威權，無上能力。而即小説作者個性表現之結果。然而有時作者雖竭盡其力，以表現個性，而讀者并無絲毫之領悟。或竟大失作者所望。而予以一種不徹底或相反之感應，此則小説作者之失敗矣。

小説作者之個性，雖各不相侔，而有一普遍的相同之點，即對於現社會有不滿之感想是也。吾人試觀種種性質不同之小説，曾有十分讚美現社會者乎？即極煊爛極美滿之小説，其内含之真意，固別有在也。蓋小説作者理想中之社會，恒非現社會所能及。而所日常接觸之色聲香意味識，絶少與其理想相應和。則小説作者安得不在在表現其悲天憫人之個性哉！

最近小説潮流，成趨於興奮。興奮之手段有積極與消極之兩種，消極之興奮，其力尤烈於積極。譬如興奮讀者對於非戰之同感，只須盡力描寫戰争之苦痛足矣。譬如表見其廢倡之主張，只須抉出倡門之黑暗足矣。若從積極方面着筆，讀者僅發生一種快感，未必有何種希望改造之動機也。

長篇小説興奮之可能性，似不及短篇小説之充分。短篇小説以極經濟之筆墨描寫社會，批評社會，不容有鬆懈之隙論。且其主旨甚簡單，不似長篇小説包涵廣大，而空閒筆墨多所浪費也。

一般讀者恒言，某某擅長作滑稽小説，某某則絶對不能；某某作武俠小説，以較言情小説爲佳；某某之教育小説，洵有得心應手之妙。此等評論，即深知作者個性者也。蓋作者個性之表見，往往有隱顯難易之差，或好於滑稽中寓其憤慨，或能於言情中寄其感歎。若易地以處，即不得體。此例極易取謬。譬如合儕輩數人於一室，討論一事，雖結論頗一致，或以談笑出之，或怒髮衝冠，或宛轉陳詞，或正襟危坐而談，此即個性最顯著之表見也。

一小説之成，先必有客觀之採集，然後有主觀之斷制，繼之以剪裁結構，描寫與批評於是一切都無間然矣。若於個性未有顯明之表見，即同於廢絑，蓋僅有肌膚肉骼而無靈魂也。吾人於某項事件抱何種觀念，無論莊言，無論詼諧，無論正寫，無論反觀，苟須以此已定之觀念爲目標，而使腕底奔赴者也。否則即爲文字匠耳。

故有個性之小説爲好小説，好小説必有個性。

（一九二五年十二月三十日第一卷第四期《新月》）

説苑珠林

陶寒翠

林琴南先生，名紓，别署畏廬，福建侯官人。清光緒壬午舉人。早歲即棄舉制之學，專治古文。偶作詩詞，亦清新湛秀，無愧詞客。尤喜譯泰西名家小説，筆致宛刻，自成蹊徑。所譯以《茶花女遺事》及迭更司（Charles Dickens）、歐文（Washington Irving）、哈葛德（Sir. H. R. Haggard）數家爲最勝。而晚年諸書則較遜。其譯長篇，殆近二百種，又自撰小説并傳奇漫録瑣記叢談等數十種。六十以後，兼好畫，墨韻撲人，得煙客神味。去歲十月十九日，以温邪症故於京寓，年七十三歲。余於近代説部，專嗜林書，幼年抵今，私淑不渝。自先生之逝，輒興無書可讀之嘆。然箱架所儲，林書故在，一再披誦，長無厭時也。琴翁首譯《巴黎茶花女遺事》時先生正悼亡，故譯筆不期哀婉動人。按茶花女，英人，被一法少年誘至巴黎，淪落爲倡，至於沿途拉客，如海上之雉伎然。後以姿容嬌麗，暱者轉多，身價隨高。上自法皇，下逮貴爵富商，莫不狎之。茶花女每得纏頭，揮斥無吝，卒以貧死。其墓今在巴黎，每當茶花紅時，士女多往憑吊。豔跡所傳，有如我國西泠之蘇小，虎丘之真孃塚也。小仲馬（Alexandre Dumas jr.）鎮茶花女名，憑空設一亞猛其人，點染爲遺事，遂成法都青樓佳話。小仲馬捨小説外，并製有戲曲若干種，我國轉譯其説集，復有《香鉤情眼》一種，亦林先生手筆。

西洋小説家，每好以一生所親歷，編述爲説部，如迭更司（Charles Dickens）《塊肉餘生述》其尤著者。此書所記，雖屬家常瑣屑未事，而作者乃能化腐爲奇，若非高手，豈能辦此。然亦惟琴翁之筆，纔能譯迭氏此書。憶余昔年，讀是書竟，不禁捧而親之以吻。吾平素所得而吻者，有三，一美人絳唇；二香花；三即《塊肉餘生述》也。迭氏名著，經琴翁譯者泰半，如《賊史》、《滑稽外史》、《孝女耐兒傳》、《冰雪因緣》等皆是。又有《鬼史》一種，則聞野鶴所譯，原名《聖誕節之夜》，譯筆亦拙而能雅，彌肖琴翁。

柯南道爾（Sir. A. Conan Doyle）以撰《福爾摩斯探案》著稱，林琴南嘗譯其《恨綺愁羅記》一種，則非探案，乃述法國宫闈秘史。書中記非色野離宫華侈之觀，不減我國韓渥《迷樓》諸記。記孟忒斯班與曼忒兩穠女争寵之狀，又似唐小説所載楊梅二妃事。至若記主教之欺君殃民，覺其爲害之烈，尤勝我國歷朝宦官之禍。乃知無論東方西歐，其專制之毒害，一也。法國革命起，魯意十六，遂等斷頭之臺。俄國近年革命，皇亦被戮，我國溥儀，今雖遭逐，然比諸法俄諸皇，亦僥倖多矣。

讀《橡湖仙影》終，於安琪拉女郎之瑶姿瓊態，每費人十日思。是書卷首，原刊有琴翁題詞二闋，一即詠安琪拉者，詞人葉中泠，亦依《摸魚兒》調詠之，爰録之。

『裊晴絲軟鳳湖尾，釣絲團做雙縷，猧兒戀影鴉雛笑，攜手分明鴛侶。呑半吐，泥瑶琴星星訴入秋絃譜。癡魂悄語，見草眼鈎煙，花唇吮月，情網罥儂妝。　奈何許，喬作銀潢織女。送君酸絶南浦，誰能遣此孤凉地。夢國愁囹怨府。凄更楚，蓦無端芙蓉蕉卒紅魔舞。回甘轉苦，待海燕辭春，冰蠶合繭，雙淚愛河雨。』

《璣司刺虎記》述璣司在林蔭中之狀曰：『璣司當此爲天然磁力所偪，懷春之念旋生。方盈盈起立，而骨力酥慵。復頹然而坐，以手仰攀樹枝，覺閨秀之性情全易，怡然有求牡之思。』《石頭記》三十六卷述寶玉見黛玉睡起後狀白：『星眼微餳，香腮帶赤。』兩節所形容閨秀春困之態，皆深入骨髓。美國散文家歐文(Washington Irving)著作，經琴翁譯出者，有《拊掌録》、《旅行述異》、《大食故宫餘載》三種。而《拊掌録》一書，尤爲全世界文家稱譽。其《李迫大夢》一篇，詼諧中寓有人世滄桑之感，含涕而笑。歐文始古之傷心人乎！《睡洞》一篇，描摹朱□塾師怪狀，又足令人絶倒。餘如記聖誕宴飲數節，使人讀之，輒生返古之想。《記惠斯敏司德大寺》一文，慷慨悲壯，餘音無盡，似我國《蘭亭序》也。琴翁譯是書，不失原意，尤爲難能。惜未譯全，頗引爲憾。

余嘗於無錫公園，見一女子啜茗，盌邊置豆數百粒，頃刻嚼之都盡。齒間豆屑纍纍，則出巾力拭之。又於我鄉留園，見一隊女郎，團坐食餅餌，當其張口狂吞蛋糕時，櫻唇無不遽變爲血盆大口，櫻桃一點之豔致，渺焉無存。因記《脂粉議員》説部中，嘗有一節，引詩人裴倫(Bylon)之語曰：『女子之醜態，正在當食之時。』此語可信也。

哈葛德(Sir. H. R. Haggard)《玉雪留痕》一書，以書儈待文人峻刻之狀，揮寫不遺餘力。而其述奥古斯德爲小米仁故，至於不恤玉雪之膚，袒辱受黥，無愧其爲情人矣。末一章述小米仁與奥古斯德婚後曉來情景，尤極甜麗。今記其結尾數言曰：『少須，小米仁復沉沉欲寐，口中言曰：「奥古斯德，卿樂耶？」奥古斯德曰：「樂固矣。」然當奴厮將銀器皿入時，此際情狀，令人赧甚。小米仁曰：「此事頗奇。」奥古斯德曰：「何奇者？」小米仁欠伸言曰：「吾爲……」已而又欠伸曰：「遺囑在背，似至公堂中，未嘗樂也。」已又欠伸睡矣。』

法國大仲馬(Alexandre Dumas)喜以歷史故實，纂爲説部。惟大半皆共他人合作。并聞有數種，則收售别人之稿，而冠以己名者。此種情形，我國亦有之。文人成一書，費却心血幾許，乃因金錢故，至於書存而名不稱，要亦可憐極矣。仲馬之書，多述法國大革命事，其間每緯以俠客與美人，劍影釵光，歷羅其間，讀者自易聳動。林書《玉樓花劫》即仲馬原作，又伍光建所譯《俠隱記》，亦仲馬傑作之一，胡適之亟稱其譯筆之佳。觀其白話之條達，洵有非時下之文所能及者。

琴翁一生，孳《史記》、《漢書》至精，故行文每有似史漢處。所譯《鬼山狼俠傳》於狼俠出力特寫，蓋即摹仿班固者。又自撰《技擊餘聞》一書，則極肖《遊俠傳》。全書綜四十六篇，所記以清代事爲多，蓋皆得諸見聞，非向壁虚構者所可比。《盗俠》一篇，尤有繪影繪聲之妙。近日頗有以著作武俠小説名者，不知其文，視林作又何如。

（一九二五年十二月三十日第一卷第四期《新月》）

小説雜話

環

小家於未成名前，往往多精粹之作。已成名後，佳者反尟，此何故邪？蓋未成名前，所作少，故精。既成名後，所作多，故不覺濫而佳者尟也。

長篇社會小説，非有閱歷者，不容輕易下筆。近今有作長篇才者，惟天笑、倚虹二人，捨此，等諸自鄶以下矣。更有初出茅廬之孺子，亦居然欲執筆妄試，何其臉之厚也。

小説無新舊，要在描寫之工不工耳。其有兩派中人，互相醜詆者，可謂均無作小説資格。

（一九二五年十二月三十日第一卷第四期《新月》）

佛頭著糞録

沈家驤

舊小説中，筆墨之以文氣勝者，莫不曰《水滸》、《紅樓夢》、《三國演義》。然而《品花寶鑒》一書，筆墨乃亦不亞於上三書。綜觀古往今來幾千百萬説部，寫社會狀況，寫家庭瑣屑，寫緑林豪俠，寫英雄美人以及倡寮現形，獨不及像姑。要以像姑男子作女子態，行女子事，不易寫耳。惟《品花寶鑒》，獨能曲曲道出，舉凡其一言一語一行一止，的是像姑而非倡妓也。筆墨以才氣勝者，莫不曰《野叟曝言》，書中文素臣，原爲作者自道，炫奇誇能，終落謗貶。《鏡花緣》之結局，雖覺乏味，然而其寫一百女才子一百技能，俱能頭頭是道，論詩論醫論數理論音律數節，尤能深入堂奧，切中竅要，决非腹儉者所能寫來也。

《金瓶梅》雖只寫淫亂事，然而其筆力文氣，實在《三國演義》之上，細膩處又彷彿《紅樓夢》也。彈詞中之《天雨花》，亦能見作者才識學力之不弱。

近今作長篇小説者，包天笑得渾脱之氣，畢倚虹得細膩之致，程瞻盧能刻畫入微，然而失之過分，不過喜之者亦喜其過分耳。向愷然惟《留東外史》可觀，其《留東新史》及《江湖奇俠傳》便覺散漫矣。葉小鳳之《如此京華》與夫何海鳴之《十丈京塵》，一以冷雋勝，一以窮凶極惡勝。玉田趙紱章之《精忠奇俠傳》，首四集確能聚全神，其後則頭緒紛紜，有收束不得之病。

范煙橋作彈詞，在今日獨擅勝場，惜乎歡迎者少耳。

徐枕亞、李定夷之四六小説，行文不爲不美，雕鏤不爲不工，惟其美惟其工，益見其市儈煙火氣。他若天虚我生之《淚珠緣》，更不足論矣。

新文化小説界中，惟葉紹鈞、鬱達夫能運筆自如。鬱達夫之《沉淪》，有諫果回味之妙，斷不能以其爲歐化式的而一例非之。

（一九二六年一月二十三日第一卷第五期《新月》）

小說談話會

中國的古小說

胡寄塵

中國的小說多數的人以爲是始於宋仁宗時其實這話是不對的始於宋仁宗時的是白話小說是演義小說非一切小說如三國演義水滸一類的小說是始於宋仁宗時然在此以前唐代叢書所載的柳毅傳南柯記太眞外傳等篇不可說不是小說不但如此就是漢魏

叢書中所載的穆天子傳漢武帝內傳飛燕外傳也不可說不是小說不但如此就是漢書藝文志中所載的周考周紀虞初周說等書目也不可說不是小說況藝文志明明說周秦時候有小說家既有小說家何以無小說不過周秦時候小說家所做的小說至今都已失傳罷了當時候的小說現在所能看見的只有燕丹子一書就是記荊軻刺秦始皇的故事大概和史記戰國策相同不過多一些神怪的話燕丹子今百子全書中有的此外山海經雖然說是夏禹做的其實是後人假托的不能說他比燕丹子更好大約燕丹子一書可以說是後世武俠小說的祖宗了周秦時其他的小說現在都失傳了不知道他們的內容是怎樣大抵是記當時社會上的瑣事居多當時人情質樸所做的小說當然是只記事實不講文彩然事實多半是眞的可以當社會史看惟不免雜一些神怪的話罷了

到了晉唐以後的小說就大講文彩了如唐代叢書中所載的柳毅傳虬髯客傳詞彩極好這一派的小說就是後來聊齋誌異之祖

到了宋朝不大做唐人的小說了雖然有做筆記的但是不講詞彩和唐晉人的筆記也不同這時候獨產生長篇章回小說最早的是宣和遺事又有京本通俗小說再後就是三國演義及水滸了三國水滸都是元人的作品然發端於宋人至元而盛明清兩朝的人相繼而起於是演義小說的勢力就極大了大約中國一切的小說可以分

武俠小說叢語

（顧明道）

在昔我國武士道之雄風泱泱乎大陸黃帝苗裔本非弱種厥後尙文抑武民風日弱上下酣嬉漸至于疲苶巽懦而不克自振遂爲區區三島所窺覷朔方健兒好身手昔何勇銳今何愚卽如遠東運動會屢屢失敗於木屐兒之手斯亦國恥也雖然流風未替斯道尙存深山大澤實生龍蛇惜國人不注意及之耳故爲武俠小說足以振聵發聾挽弱扶敝尙武尙武其强國强種之基礎乎因爲武俠小說叢談

韓子曰俠以武犯禁斯言諒哉惟其俠能爲人之所不能爲惟其武能爲人之所不敢爲其行雖不軌於正義而言信行果急公好義甘自赴湯蹈火極人之危斷非常人所可幾及是以虬髯黃衫之流至

識荆録

藍劍青 撰

載於《半月》一九二五年十一月第四卷第二十二、二十三號。作者藍劍青，作有小説《富翁之子》等，曾於一九二七年至一九二八年在上海辦《嚕哩嚕蘇》小報。本文就自己親身交往，談了當時三十八位活躍在文壇的小説家：何海鳴、包天笑、嚴獨鶴、李浩然、馮叔鸞、周瘦鵑、畢倚虹、孫玉聲、徐卓呆、王西神、惲鐵樵、沈禹鐘、徐枕亞、許廑父、張雲石、嚴芙孫、步林屋、天臺山農、江紅蕉、余大雄、施濟群、貢少芹、張碧梧、張舍我、張枕緑、陸澹庵、丁慕琴、劉豁公、徐耻痕、陳達哉、徐碧波、錢釋雲、謝鄂常、范春生、劉恨我、沈鑒良、張夢飛、張静廬。

余生也晚，又以才疏學淺不獲附於文藝界之驥末。自與嚴君芙孫交，因時相過從，得識余所久仰之文藝家多人，然余之腦海中，雖有文藝界諸君之影像，而文藝界諸君或不余識也。茲因秋窗無事，撰《識荆録》以留鴻爪，篇中人名均爲信手拈來，不分次序，王前盧後，在所不免，尚乞諒之。

何海鳴

求幸福齋主何海鳴將軍是撰倡門小説的老手，今年七月裏由北京到上海來游玩，芙孫兄代新友誼聯歡社歡宴各界的時候，我曾在席上見過他一面。他的外貌非常瘦弱，而且他的背也有一些兒駝了，只是兩眼却炯炯有光，和常人不同。

包天笑

吴門包天笑先生有三位文郎，在北火車站附近華童公學肄業。他的大文郎『可永』現在德國留學，我曾和他同過硯，但是天笑先生我第一次見他的面，是在博物院路蘭心大戲院觀某外人串戲的時候。

嚴獨鶴

《新聞報·快活林》編輯桐鄉嚴獨鶴先生，在去年沈壯吾兄辦《月亮》雜志在芙孫家裏請客的時候，我在席上和他第一次見面。

李浩然

《新聞報》總主筆李浩然先生，我和他初次見面也就在沈壯吾兄的家裏。

馮叔鸞

馬二先生，我和他初次見面的時候，是在幾年前的『春柳劇場』中，他那時同了歐陽予倩、吴我尊等幾位同志，正在那裏粉墨登場。我有一晚去看戲，見他飾了劇中的一個律師，在堂上的時候大發議論，那戲的名字我却忘了。

周瘦鵑

《申報·自由談》兼《半月》雜志編輯周瘦鵑先生，我第一次和他見面是在去年張裕釀酒公司開幕時，在太平洋歡宴報界，我是做該公司的招待，初次和他談話，承他不棄，如故交也似的，竟閒談了好久方纔分散。

畢倚虹

《小時報》兼《上海畫報》編輯畢振達大律師畢倚虹先生，上海影戲公司新片《重返故鄉》在静安寺路夏令配克影游院開演的時候，我也在那裏看戲，就見過他一面。

孫玉聲

海上漱石生孫玉聲先生，前年敝處旅滬同鄉會開紀念會的時候，由楊君介紹，到過我們同鄉會裏演説過一次。我那時候恰巧也在會裏，和他第一次見面就聽了他一番偉論，真是耳福不淺啊！

徐卓呆

滑稽小説大家、著名笑匠破夜壺室主徐半梅先生，他從前是一位新劇大家，和汪優游、王無恐一班人在石路上新民劇社演過新劇的。我第一次和他見面，像煞是在一出古裝的新劇《武松》當中，他飾□劇中的王婆，他那一種説不出話不出的肉麻丑態，現在我想着了還有些好笑咧。

王西神

詞章小説大家梁溪王西神先生，我和他初次見面的時候，是在前年九月裏張裕釀酒公司總理壁如族兄和他令堂太太做壽的時候，在五馬路復興園的酒席上。

惲鐵樵

小説界前輩名醫惲鐵樵先生，今年因亡兒鑫德在四月裏有病的時候，承嚴芙孫先生寫信介紹，我就在他診室裏和他第一次會面，却非常之客氣。後來亡兒鑫德竟患了慢驚風的不治之症，竟夭殤了，但是惲先生却有先見之明，我們第一次去診視他就説：『這個孩子因爲誤服了回春丹、保赤散等壞藥，所以無救。』後來不幸竟驗了。

沈禹鐘

他曾和嚴芙孫同住在升順裏，有一天我去訪芙孫就見了他。圓圓的面龐，又加上一副眼鏡，氣派却非常之大。往後我經過火車站和界路一帶時，常見他拎了一只皮篋往火車站賣票處去，想是回嘉善望他的令堂太太和夫人去啊，所以徐卓呆曾説他是『火車上的老客人』。他又很喜歡喝酒，三巡過後就要大發議論了。

徐枕亞

他是著名哀情小説的作家，那年他與許厪父、嚴芙孫合辦《小説日報》的時候，常常到嚴芙孫家裏去的。有一次，記得是芙孫第二女公子慧小姐剃頭，他也在那裏吃飯，我就和他見過一次。

許厪父

他是浙江蕭山人，他説的話是很快的。我和他第一次會面，與徐枕亞是同時的。

張雲石

他是從前世界書局出版的《快活旬刊》的編輯，那天他也在芙孫家裏，我是和枕亞、厪父同時和他會面的。

嚴芙孫

我是與他軋了有五六年的朋友了。那時我和他介弟新庵同在華童肄業，新庵曾發起了一個社，曾假某處開過一個游藝會，串過一次新劇，劇名《最後之覺悟》（恨海改編），芙孫飾劇中的陳伯和，我自己飾一個張鶴亭的僕役張貴，演到張鶴亭差張貴至大馬路尋陳伯和一幕時，竟引得臺下觀衆大笑。我最佩服他，他平時説起話來總是期期艾艾，那天在臺上説話的時候，竟一句都不會口吃，不知是何道理，我至今也不明白。

步林屋

即《大報》編者林屋山人。今年在新友誼聯歡社裏見過他一次，健於談，聽説每天非白蘭地一瓶、茄立克二罐不能過癮。

天台山農

書法大家劉山農身材魁梧，於思滿面，一臉大麻子，熱天出來的時候，手持洋傘一頂，不帶草帽，據他説：『這一頂洋傘可作數用：天晴遮太陽，省買草帽；出門如遇天雨，那更不必説了；有時有什麽零碎東西，也可以放在洋傘内。豈不是一物可作數用？』這樁事嚴芙孫曾在《月亮》雜志内做過一篇東西叫做《天台山農與傘》。他説這幾句話時我也在旁邊聽着，而且我也就是第一次和他會面的時候咧！

江紅蕉

他是從前《家庭》雜志的編輯，現在擔任了《神州日報》附張《小神州》的筆政。前月《淞滬警務日報》館假座四馬路倚虹樓歡宴報界，我曾見過他一面。

余大雄

《晶報》余大雄那天也在倚虹樓赴宴，本刊編者瘦鵑先生曾和我們介紹了一下。

施濟群

前《紅》雜志今《金剛鑽報》主編，別人一看見了他都叫他『老板』，他赴什麽宴會到得總歸很遲。記得去年《月亮》主人沈壯吾和今年新友誼聯歡社二次宴客我也在座，他來的時候都是很晚，想他因住在南市王家碼頭往返不便的緣故罷。

貢少芹

前《小説新報》現《風人》的編者，今年六月裏在江南印刷局和他會過一次。那時我因代嚴芙孫主編的《旨報》校樣子，他恰也在那裏校《風人》的樣子。

張碧梧

有一天我在嚴芙孫家作竹林之游，他來訪芙孫，臉很長很白，戴一副黑色的眼鏡，身材也很頎長。我在這次和他見過一面之後，至今還没有碰着過他咧！

張舍我

他的身材不長不短。有一天他到《錦報》館訪嚴芙孫，我也在那裏，芙孫就和他大談要吃喜酒的事情，什麽正德皇帝咧，李鳳姐咧，鬧得烏煙瘴氣，後來他因嬲不過芙孫，就説了一聲『大概』。到了第二天《錦報》出版的時候，芙孫就化了一個名做了一篇《張舍我口中之大概》，及到了下星期上又登了一段更正的啓事，説《張舍我口中的大概》是子虚烏有的，聽説這内中，那李鳳姐方面因要提出交涉，所以他特囑更正的。這一回事，外面很少人知道呢。

張枕緑

他現在創辦了一所良晨好友社，發明了一種良晨箋，又出版了很多小説，和一種《最小報》。他那裏出售的書籍，差不多我家裏全備，所以我每次去買書和買信箋的時候，總要和他會面，但是他只怕不認識我罷。

陸澹庵

他現在一心灌注在電影和詩謎上，所以各雜志報章上很少見他的大作。那天新友誼聯歡社宴客，他也在座，竟大談現在詩謎的趨勢，話却頗多中肯。

丁慕琴

他是一位繪圖大家，那天在新友誼聯歡社裏，與瘦鵑先生談畫家楊清磬鬼婚之事很詳。

劉豁公

前《心聲》雜志現《三日畫報》編者，一口國語，不曾聽見他說過一句上海話，和馬二先生一樣好與人辯。我第一次和他會面，便是和張舍我會面的那一天。

徐耻痕

我第一次和他會面，就在芙孫家裏大戰麻雀牌，他得勝回朝，我却大敗而回。

陳達哉

他是供職於青年會。去年芙孫主編《月亮》的時候，我們差不多天天會面、天天雀戰一二十圈。他待人接物都很客氣，記得第一次和他見面的時候，他和芙孫同卧在床上，做着芙蓉館主啊！

徐碧波

蘇州星社的中堅分子，芙孫初編《錦報》的時候，他正在大做詩謎條子，瘦瘦的臉龐，長長的身子，戴一頂小帽子。那天在《錦報》館會面過後，多時不見他了。

錢釋雲

現在他正和程小青主編《新月》雜志。有一天他到《旨報》館向芙孫索《新月》的稿子的時候，我也在那裏，這是我和他初次見面的地方。

謝鄂常

他的别署是謝謝，若再把他的尊姓連在一起，變了『謝謝謝』，倒很别致的。身材矮小，皮膚黝黑，現在和芙孫同在《淞滬警務日報》館裏當記者。

范春生

别署空閒大俠。那天在新友誼聯歡社見他身穿西裝，人很漂亮，現在在日本作客。

劉恨我

他是廣東人，説起上海話來還有一點兒粵音，我雖在今年和他訂交，但是我有幾本《家庭》雜志，却早已有一位姓宋的朋友紹介過去和他比我先見面了。

沈鑒良

是《新世界報》和《錦報》的編者，今年因五卅一案《新世界》停業，我纔在芙孫家中和他認識，但和他初次見面的時候，是在他辦《禮拜》雜志到《錦報》館向芙孫索長篇小説的時候。

張夢飛

他現在可説又是書家又是説家，我第一次見他的時候，他正和沈鑒良在芙孫家裏打芙孫所做的詩謎條子。

張静廬

他是《商報》館的記者，長長的身子，鼻架眼鏡，去年張裕公司開幕宴客的時候我就見過他一面，今年在倚虹樓又和他會過一面咧。

識荊錄

藍。劍。青。

余生也晚。又以才疎學淺。不獲附於文藝界之驥末。自與嚴君芙孫交。因時相過從。得識余所久仰之文藝家多人。然余之腦海中。雖有文藝界諸君之影像。而文藝界諸君。或不余識也。玆因秋窗無事。撰識荊錄。以留鴻爪。篇中人名。均爲信手拈來。不分次序。王前盧後。在所不免。倘乞諒之。

何。海。鳴。　求幸福齋主何海鳴將軍。是撰倡門小說的老手。今年七月裏。由北京到上海來游玩。芙孫兄代新友誼聯歡社歡宴各界的時候。我曾在席上見過他一面。他的外貌非常瘦弱。而且他的背也有一些兒駝了。只是兩眼卻炯炯有光。和常人不同。

包。天。笑。　吳門包天笑先生。有三位文郎。在北火車站附近華童公學肄業。他的大文郎「可永」現在德國留學。我曾和他同過硯。但是天笑先生我第一

説海

惠生等 撰

連載於一九二六年《唤群特刊》第一至五期。《唤群特刊》，於一九二六年一月在上海創刊，爲綜合性雙月刊，内容涉及國内外政策、財政經濟、工商實業、交通建設、教育衛生、法律道德、小説、文苑與講演等，宗旨在於呼唤『合群』，認爲『自來集大事，成大功者，必資乎群策群力』（《發刊辭》）。由李翰臣總纂。本文作者署名有翰、寂寞、惠生等，而全文一氣呵成，不似三人分别而作，又其《小説之價值及其作法》談及『胡惠翁』（『翁』當爲『蓀』字之誤）與『季叔寄塵』云云，且其中内容有與一九二一年胡惠生的《小説叢談》相同，故知作者即是胡寄塵之侄胡惠生，詳見一九二一年《小説叢談》提要。本文强調小説的『扶翼世教、改良社會之能力』，而不是『茶餘酒後之消遣品』，以此認爲《紅樓》是『家庭革命之導綫』，《水滸》是『社會革命之先鋒』。在評《茶花女軼事》時，指出它『含有階級不平等之意，以鼓吹自由平等，爲人類謀幸福也』，多在政治角度上加以衡量。至於他對小説多角度地進行分類，雖多採自他發表於一九二一年的《小説叢話》，但更加簡潔與系統。

小説略評

翰

小説濫觴於虞初《周説》，作者代有其人，而閲者輒視爲茶餘酒後之消遣品，并不討論其宗旨所在，用意何屬，閲如不閲也。須知名家小説，非徒務筆墨之優美，情節之奇離，而對於世道人心，亦兢兢注意。本刊有説海一門，本擬刊登愛國小説，因出版期促，先將楓隱君之《小説閒評》擇要披露，爲閲者告閲者乎。小説實具有扶翼世教、改良社會之能力，幸勿以消遣品目之也。

《紅樓夢》者，非特寫情之小説也，實形容家庭之黑闇，專制之流毒，小人之陰險，俾後之治家治國者知所鑒耳。《水滸》者不僅寫英雄之小説也，實摹繪政府之昏庸，官僚之貪酷，平民之困苦，致激成懷才不遇者之挺而走險耳。吾嘗謂《紅樓夢》者，家庭革命之導綫也；《水滸》者，社會革命之先鋒也。後人不知作小説之本旨，凡言情者專寫一男一女之悲歡離合，屬社會者衹描寫下流社會之齷齪事跡，於扶翼世教、改良社會反不措意，何貴乎小説爲哉！

《紅樓夢》中之寶玉，乃賈太君愛子之子也，黛玉則其愛女之女也，親莫親於此矣。乃自群小媒孽於其間，遂使一對小兒女之癡情，皆不得達於太君之前，以致死者死，逃者逃，小人之可畏也。若是直如專制之朝，君主多爲群小所蒙蔽，致忠臣義士之熱誠，不能上達之寫照。

《紅樓夢》之寫黛玉，《碎琴樓》之寫瓊芝，均係閨秀，潔白無瑕，信手寫來，不失本來面目，尚屬易事。至《茶花女軼事》，係寫一妓女，乃令人讀之，不覺其人之猥賤，衹知其事之可泣可歌，非具獅子搏兔之本領者，曷克臻此？

《茶花女軼事》絶似唐人小説中之《汧國夫人傳》，第唐人腦筋中，尚不脱富貴功名之觀念，反不如作《茶花女軼事》者含有階級不平等之意，以鼓吹自由平等，爲人類謀幸福也。

世人論傳奇小説，莫不推《西厢記》、《牡丹亭》，其實二書思想皆極猥陋，以清初之《長生殿》、《桃花扇》較之，雅鄭迥殊矣。

蒲留仙之《聊齋》，直第二部《史記》列傳體裁也。乃昧者不察，欲與紀昀之《閲微草堂筆記》相提并論，奚可哉？故吾謂章回小説，至《水滸》、《紅樓》而造其極。筆記小説，至《聊齋》而造其極。傳奇小説，至清初《長生殿》、《桃花扇》而造其極也。

小説而確有扶翼世教改良社會者，《黑奴籲天録》是也。當時美人之待黑奴，可謂慘無人道，乃自此書出，而黑奴竟得解放，謂非小說之功歟！

顧作小說之大忌，厥惟以奸盜邪淫誨人，當默察社會之缺點，以極警策之筆，喚醒一般人之夢夢，方足以扶翼世教，改良社會也。

小說之價值及作法

翰

吾友莊禹翁曰：『二十世紀開幕，而新小說誕生，頗受社會上之歡迎，迄今而蓬焉勃焉，幾於出則汗牛，藏則充棟，懿歟鑠哉！小說之壯年，此其時乎！』每見諸小說報第一號出，必揭其論説題於首曰『小說與社會之關係』，其論小說之勢力，既詳且備。今余亦循俗而先論小說之價值。

人之生期，誰至百年？哀樂之感，中年彌深。文人學士，不得志於一時，每欲痛哭流涕，策國治安，而勢微力薄，効力無由，往往託於小說，以抒悲憤。千百年後，讀者猶得想望風采，若誠有其人其事者，即或文章游戲，筆墨生涯，亦必委曲纏綿，娓娓動人，父老之談助，小子之謳歌，咸資於此。故苟非荒誕不經，而爲人世間應有之事，吾何必不作，作而何必不刊？作之刊之，而猶謂之曰無價值無價值，是手矛而心盾也，天下寧有是理耶？

今之論者，曰小說可以改良社會之道德，促進社會之智識，究其立説之故，曰喻人以莊論危言，不如以諧語曲譬，以其感人深，耐尋繹也。嗚呼，是矣，而未盡也。劇之爲道微矣，優孟衣冠，傀儡登場，孝子忠臣之孤憤，英雄豪傑之窮途，觀者輒欷歔歎息，涕淚縱横，感人之情，可不謂深乎？然至才子佳人，纏綿多情，一經眼簾，向之所謂忠臣孝子，英雄豪傑之思想，已如狂風一陣，落葉無蹤矣。噫，是何故耶？人非木石，誰能無情？情之所鍾，又非一端。社會之變化，如是其繁賾也；人生之境遇，如是其不同也。適意則樂，失意則哀，心曠則喜，心忤則怒，非佛氏六根净盡，不足以免此。然則小説之感，感於一時，小説之喻，喻於一事，操術不幾窮乎？

然則所謂價值者奈何？曰價而云值，其非無功可知，值而云價，其非無限可知。天地間苟無小説，錦繡才子，且欲悶坐以死，此對於文學家而有價值也。虞初三百，藉觀民風，天地間苟無小説，里巷瑣事，且不得而知，此對於政治家而有價值也。拿破侖非小説與算學書不能成寐，此對於軍人界而有價值也。且也愁腸百結，悲來填膺，得小説則風流雲散，涣然冰釋，此對於牢騷者而有價值也。剛經柔史，過目輒忘，得小説則補助記憶，可以終身不忘，此對於爲學者而有價值也。

至其作法，頭緒紛繁，不勝枚舉，兹僅就胡惠翁所論小説之命意與結構述之。作小説亦猶作文也。作文之道，首在命意。命意不善，一篇之精采失焉。作小説亦何獨不然？今之作小説者，往往不及三思，率爾操觚，衹求其結搆之離奇，筆法之優長，命意之善不善非所計也，故閲至終篇，每味同嚼蠟，不欲再讀也。

命意當有寄託。寄託深者，其意愈耐人尋味，有百讀而不厭之概。嘗考作小説之命意，不出於三種：一好奇心；二由於外境之激刺，及内界之感觸；三論理的。神怪小説及偵探小説，蓋出於好奇心。科學小説、政治小説、宗教小説、哲理小説，則論理的。社會小説及諷刺寓言小説，則大半由於激刺及感觸而來。

以上三者，各有所長，亦各有其弊。好奇小説，雖多引人興味，然往往流入荒誕無稽，在作者不過求其炫異，而讀者偶爾不察，往往受無窮之影響。論理的小説，固多學術語，有裨學識不少，而支節離奇，誤端百出者，亦所不免。激刺感觸小説，雖有益世道人心不少，至於立言偏激，肆行謗毁者，亦非所訓也。

小説結構，季叔寄塵嘗言之矣：一曰包括廣博，二曰布置精妙，三曰結構離奇。此三者，一種小説固不能兼有之，能擅長一者，即可稱爲良小説者也。

中國舊小説中，《三國演義》、《列國演義》，以包括廣博擅長者也。《水滸》、《石頭記》，以布置精妙擅長者也，故皆得稱爲傑作也。至於結構離奇，舊小説中無一書可以當之。近來偵探小説，結構雖離奇，要非佳本耳。

各種小説，其結構各有相宜。爲偵探小説之結構，固宜爲離奇。倘教育小説、政治小説，亦如偵探小説之結構離奇，則不相稱矣。歷史小説之結構，固宜包括廣博。倘言情小説，亦如歷史小説之包括廣博，亦不相稱矣。故各種小説，其結構亦各有相宜也。

小説叢談

文學上之分類

寂寞

文言體　此類小説，爲中流以上社會説法，於下等社會無甚効力。近世著述中，若《聊齋志異》，則唐小説之代表也。若《閲微草堂筆記》，則宋小説之代表也。今之作者，或沉辭浮藻，有駢儷體，或古茂雄健，直逼秦漢，或雅潔馴正，嫵媚可愛。小説本爲美文之一，使人娱樂心目，養成審美之觀念，故此類小説，亦不可全非之。

白話體　此體通俗逮下之功極大，其妙在於描寫易於入微，形容不難盡致，不如文言體之常以詞害意也。今日通俗教育，言文一致之聲浪，可謂高唱入雲矣。余以爲欲改良社會，莫善於從此類小説入手，新劇白口粗鄙，不堪入耳，安足以語此。

韻文體　此體又可爲三種：（一）傳奇，（二）彈詞，（三）昆曲。坊間所出之《燕山外史》，亦此類也。此體可與音樂聯合，感人尤深。

體制上之分類

筆記體

今之短篇小説，即昔之《聊齋》、《虞初新志》、《搜神記》、《齊諧》、《酉陽雜俎》、《飛燕外傳》等屬之，自有新小説以來，此體之構造法，遂爲之一變。

章回體

小説體裁，以此爲最佳。篇幅既長，述事遂繁，多能將纖悉細故，描寫靡遺，其興味較筆記體爲濃。分列章回，有書聯句者，《石頭記》、《三國志》、《水滸》、《儒林外史》、《品花寶鑑》、《九尾龜》、《孽海花》、《廣陵潮》等書是也。有祇書第幾章第幾回者，林畏廬所譯各書是也。余嘗謂章下書明事蹟者，不如勿書者爲妙，常見内容甚佳，筆墨極爲奇特，一個悶葫蘆，使人不能捉摸，及一檢回目，則事跡了然，不言已能自明。夫小説妙在海市蜃樓，事出意表，使人拍案叫絶。或至山窮水盡，突起奇峯，柳暗花明，又一村落；或曲折離奇，使人疑信參半。蓋文人欲澆胸中之塊壘，或託之於香草美人，不然，晨鐘木鐸，假小説以驚癡頑，未必事事信而有徵也，然其事其人，躍然紙上，栩栩欲活，能使讀書者似身入其中，色飛眉舞而不能自已也。

自叙體與他叙體

小説自其組織上言之，又有此兩種之可分。惟自叙者未必自叙，他叙者或即借以自叙也。文人之操觚，往往出之以假借。狄更司之《塊肉餘生述》，想即狄氏自寫其身世。元稹之《會真記》、曇鸞之《絳紗記》等，皆此例也。第文人筆墨，變幻莫測，令人莫名其妙。近人之考《紅樓夢》曰：『（上略）至謂《紅樓夢》一書，爲作者自道其生平者。』其説本於第一回『竟不如我親見親聞的幾個女子』一語。信如此説，則唐旦之《天國喜劇》可謂無獨有偶者矣。然所謂親見親聞者，亦可自旁觀者之口言之，未必盡爲劇中之人物，如謂書中種種境界，種種人物，非局中人不能道，則是《水滸傳》之作者，必爲大盗，《三國演義》之作者，必爲兵家，此又大不然之説也（見《静庵文集》）。以故作《紅樓》考證者，不下數十家，有謂女子指漢人，男子指滿人，此書屬政治小説者；有謂黛玉影朱竹垞（王夢生《紅樓夢索隱》謂影董小宛），寶釵影高士奇，妙玉影姜西溟者，蔡孑民《石頭記索隱》之説如是；有謂指納蘭容若事者。聚訟紛紛，予皆不敢贊同，以爲不過附會而已。蓋《紅樓》之主，决非著者，已可斷言，而謂此書完全空中樓閣，吾不信也。何則？此書瑣屑入微，借曰意匠經營，其思想之縝密，大可警人，而必以可卿爲養女等不關緊要之事入之，毋亦畫蛇添足乎？可見此書未必全係揑造也（其説甚多，兹不暇贅）。大率小説家言，必有其因，始得着手撰著，未必能全書杜撰者，可斷言也。

性質上之分類　惠　生

教育小説

教育小説專爲學校學生所作，以爲學校教育家庭教育之輔助品。歐美各國或竟以爲學校課本也。其體例别爲一格，大都節録古人軼事。對於青年學生而言，所以資模範者也。中國舊無教育小説，現在作者，當推包天笑氏《馨兒就學記》、《苦兒流浪記》二書。若《埋石棄石記》，則對於教員而言，非對於學生而言矣。

倫理小説、冒險小説，亦教育之小説也。所述雖非學生之事，一則鼓勵學生之果敢，勇於冒險性質；一則納學生於禮法之中，使知倫理之要道；亦教育範圍以内之事也。作教育小説，詞旨務宜淺顯，萬勿高騖其思想，不近人情，事事要歸實踐，使學生有所借鑑，實具有模型之性質也。

政治小説

政治小説，在於輸灌國民政治常識，或發表個人之政見，與國民課本同一趣旨，與普通小説、教育小説又别爲一格也。此種小説，在社會上實不多覯。余謂須當提倡，使國民稍具有政治之常識。

宗教哲理小説

宗教小説，與神怪小説，同爲言神鬼之事，而宗教小説根據於宗教，暢演其趣旨，神怪小説雖妄誕不經，而其一種因果關係隱寓勸懲，是亦假神道以設教，以提醒天下之頑冥人耳。

《西遊記》，宗教小説也。假唐玄奘之求經，以明心性。唐僧，身也。身非經無數苦難，不能造登善境，故有九九八十一難之説。悟空，心也。心之作用，最爲迅速，故有一觔斗十萬八千里之説。若《封神榜》荒唐無稽，則純粹爲神怪小説。

哲理小説與理想小説，雖同爲理想之小説，亦各有不同。哲理小説根據哲理，理想小説全憑個中之空洞結構。

理想小説，多託之於一夢，或譏其雷同，不知理想本非事實。理想小説，尤多述未來世界之事實。非託之一夢，實無由着筆耳。

科學小説

科學小説在吾國舊小説中不多覯。蓋吾國士子，素乏科學之研究，而一二有學識者，又不屑注意於小説，於是吾國則少科學小説，亦一憾事也。

小説之關於實質科學方面者，科學小説外，又有博物小説。《鏡花緣》一書，或有謂其爲滑稽小説，不知其主旨實在發揮其學識也，如解釋經義，詳證方案，以及談詩論畫辯琴品茶，語語皆有條理，非有學識者，决不能辦也。余謂吾國舊小説中，有學術之價值者，唯此一書，今論科學小説并及之。

諷刺寓言滑稽小説

此三者，其旨趣雖皆以規正社會之得失，而其作用則各有不同。借影射事，諷刺小説之作用也。假物設辭，寓言小説之作用也。詼諧調笑，滑稽小説之作用也。雖不離乎社會小説之範圍，而於社會小説中則別有用意也。

作諷刺、寓言、滑稽小説，能使讀者有所警惕感慨，斯爲佳作。若徒肆口詈罵，肆行譏嘲，借事生端，易染市井口吻，不獨不能使讀者有所警惕感慨，亦失作者之人格也。

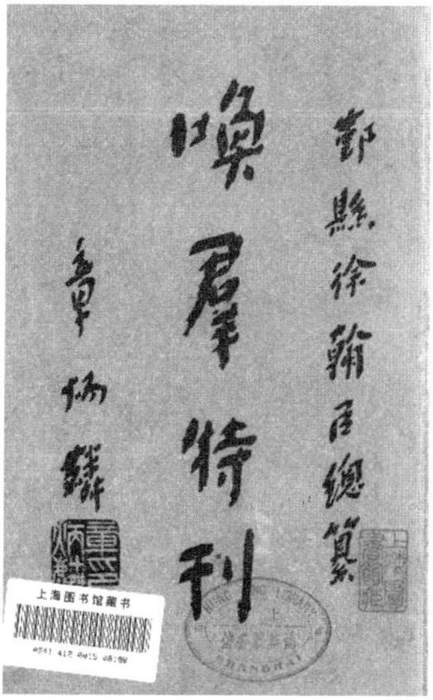

說海

小說略評

（翰）

小說濫觴於虞初周說。作者代有其人。而閱者輒視爲茶餘酒後之消遣品。並不討論其宗旨所在。用意何屬。閱如不閱也。須知名家小說。非徒務筆墨之優美。情節之奇離。而對於世道人心。亦兢兢注意。本刊有說海一門。本擬刊登愛國小說。因出版期促。先將楓隱君之小說開評。擇要披露。爲閱者告。閱者乎。小說實具有扶翼世教。改良社會之能力。幸勿以消遣品目之也。

紅樓夢者。非特寫情之小說也。實形容家庭之黑暗。專制之流毒。小人之陰險。俾後之治家治國者。知所鑒耳。水滸者。不僅寫英雄之小說也。實摹繪政府之昏庸。官僚之貪酷。平民之困苦。致激成懷才不遇者之挺而走險耳。吾嘗謂紅樓夢者。家庭革命之導線也。水滸者。社會革命之先鋒也。後人不知作小說之本旨。凡言情者。專寫一男一女之悲歡離合。屬社會者。祇描寫下流社會之齷齪事跡。於扶翼世教。改良社會。反不措意。何貴乎小說爲哉。

紅樓夢中之寶玉。乃賈太君愛子之子也。黛玉則其愛女之女也。親莫親於此矣。乃自羣小媒孽於其間。遂使一對小兒女之癡情。皆不得達於太君之前。以致死者死。逃者逃。小人之可畏也。若是。直如專制之朝。君主多爲羣小所蒙蔽。致忠臣義士之熱誠。不能上達之寫照。

喚羣特刊　說海　一　上海喚羣書報社出版

小説家之成功

畢倚虹　撰

載於《春之花小説季刊》一九二六年二月第一期。《春之花小説季刊》爲一九二六年由上海青青社發行，劉豁公、董柏厓、田寄痕編輯的《小説季刊》之一。《小説季刊》原定出《春之花》、《夏之花》、《秋之花》、《冬之花》四期，後兩期未見。第一期封面由聖因(呂碧城)題簽，第二期由王鈍根題簽。主要發表一些名作家的短篇小説與筆記。畢倚虹，見一九二二年《説苑拾零》提要。本文針對當時小説創作界的浮躁、淺薄之病，指出要成爲成功的小説家，不是僅靠學校教育能成就，而是必須注意『多讀書』、『多遊歷』、『少撰作』三個方面。道理雖是，但比較一般化。

近來社會上頗崇拜小説家，小説家遂層出不窮，鴻篇鉅製，膾炙人口者，固亦小説家矣。刻意創作，希冀成功爲小説家者，亦不乏人。於是乘時應運，有小説學校之興。小説文學之一部，以科學的教授方法，亦未嘗不可造成一小説家。然而小説一物，又非僅僅讀小説，教科書所能成就者，以余謬見小説家之成功，宜注意下列三條件：

（一）多讀書。

（二）多遊歷。

（三）少撰作。

關於第一項，人疑爲太廣泛者，究之應讀何書於小説有益？此問題余亦不能答，特余所深信者，多讀一等書，於小説即多有益一分耳。换言之，無論何書，讀後皆於其小説撰作有莫大之補助耳。此一條躬行實踐者甚不易，亦非日夕能成功。遊歷於小説有益，人人知之，然亦人人不易辦到。少撰作，已成名之小説家爲生計問題，交誼問題，固辦不到；而未成功之小説家，以爲不入耳之言，尤不樂聞。循此以往，以余眼光觀察，已成功之小説家將趨入斵傷時代與癆瘵時代，未成功之小説家學問未深，勇於自試，正恐有先天不足之憂耳。狂謬之論，非有所指，深爲小説家歎耳。

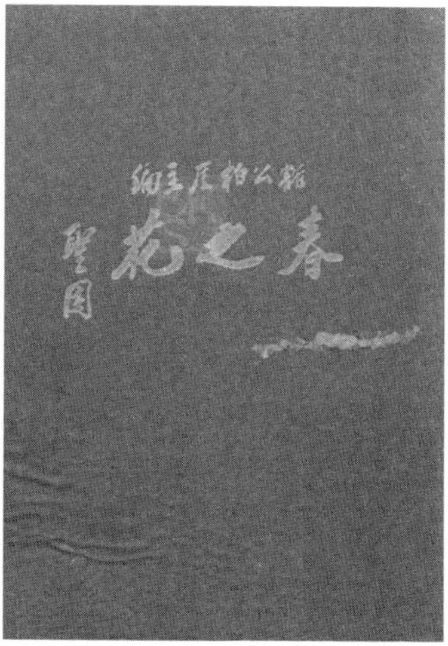

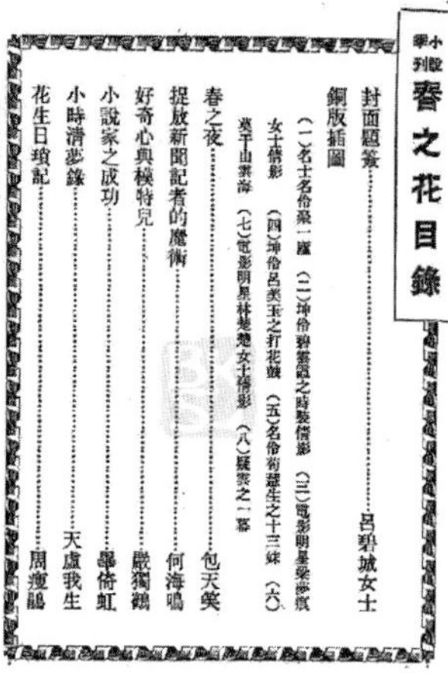

小說季刊 春之花目錄

小說閒話

藏拙齋主人　撰

載於《夏之花小說季刊》一九二六年五月第一期。藏拙齋主人，不詳。該篇小說話的內容較爲豐富，涉及到古今中外多種小說的評價，接觸到許多理論問題。比較重要的是作者十分重視小說的真實性。他儘管認爲小說『本是空中樓閣』，但要寫得『繪影繪聲』，如『按頭製帽，恰如其分』，不能違背『情理』，假如先有一個『文法』或『派別』存於胸中，『則小說死矣』。因此，『作小說愈離奇，則著筆愈易；愈平淡，則設想愈難』，其中寫社會小說，看似『最易作』，實爲『最難作』，因要將社會中的人與事寫得『不疊床架屋，陳陳相因』，實非易易。同時他强調作者作小說要從『於世道人心有益』出發，有一個正確的『是非之心』，『誅奸奬善，用筆精嚴』，而不是出於個人的『人我之見』。另外他借用嚴滄浪『詩有别才，非關學也』一句話，説明創作小説也有一種特殊的才能，所謂『人各有所能，各有所不能』，能詩善文者未必能寫好小説，能寫好小説者其詩文未必出色，能寫好社會小説者又未必能寫好滑稽小説。而小説文體的特殊性還表現在它的通俗性、普及性。它比之史著、文集等，却更能産生社會影響，乃至同是小説，也是『愈鄙俚者，其流傳愈廣』。最後，他關注了小説的接受不同，認爲不同的讀者會對同一部小説作出完全不同的評價。『或指爲導邪，或辯爲衛道，或許爲教忠教孝，或攻爲誨盗誨淫』，孰是孰非，儘管不能與地下的作者對案，但讀者與批評家應該抱著一顆合理的『是非之心』，對作品作出客觀的評價。

作小説無他，亦曰繪影繪聲而已矣。斯二者，雖絶大名家不能無誤。然繪影之誤，其破綻易露，讀者容或知之，而繪聲之誤，則讀者往往因賞其詞藻之典麗而不之察焉。如《紅樓夢》寶玉看寶釵做兜肚，裏面縫好，而繡花未完，此繪影之誤也。讀者所已知也。如《聊齋志異·寄生》篇，媒媪與容生對答，有曰：『醫果良也，求和而緩至可矣。』夫醫和醫緩，典出《左傳》。讀書者不得注解，或尚未知何物，老嫗而博雅乃爾，此繪聲之誤也。讀者所未察也。然則如之何而後可？曰：必求如《紅樓夢》劉老老對鳳姐言：『你們拔一根寒毛，比我們的腰還壯呢。』行酒令，則『花兒落了，結成一個大倭瓜』。按頭製帽，恰如其分，然後繪聲之能事畢矣。

作文章有法乎？曰：無法，能斐然成章即法矣。所謂起承轉合云者，特完篇後裁度之耳。若逐層逐句必研究文法而後下筆，則文章死矣。作小説有派别乎？曰：無派别，能描寫穿插不背情理即派别矣。所謂毛伯桑、小仲馬云者，特脱稿後引以爲證耳。若先存一派别於胸中，然後下筆，則小説死矣。

社會小説最易作，亦最難作。潑婦駡街，醉漢當路，俯拾即是，層出不窮，此其所以易也。人不過智愚賢不肖，事不過離合悲歡，縱使禹鼎鑄奸，温犀燭怪，亦不過使之盡現原形而已。不聞於現形之外，復有若何之解剖也。數千年來，言忠者必曰龍逢、比干；言奸者，必曰操、莽，蓋舉其一二，其餘可以推類。今以三五神奸巨蠹，迂腐險詐之徒爲標本，甲寫之，乙亦寫之，丙丁戊己亦無不寫之，筆墨無窮，而人事有限，欲求其不叠床架屋，陳陳相因，其可得乎？此其所以難也。

小説家持三寸管，操生殺權，愛之欲其生，惡之欲其死，若不憑良心裁判，勢必至僭賞濫刑，慎之哉！

小説之作，古人難，今人易；古人窮，今人達；古人少，今人多。然則今人果勝於古人歟？曰：非也。古人窮老盡氣而書乃成，往往終其身不獲親見付梓，必俟其子若孫或門生故吏爲之醵貲付剞，然後得行世焉。此其所以難，所以窮，所以少也。然而滄桑百劫，花樣日新，而其書之聲價不因之而少貶，雖有毁者，亦如蚍蜉撼樹，莫能動其毫末。今人則不然，朝脱稿，夕可付刊，計字售錢，坐收名利，易矣，達矣，多矣。然其單行本之印纔排，廉價部已虛左以待，閱者不及終卷，即并其書名而忘之矣，然後嘆古人真不可及也。

小說本空中樓閣，然不可示人以假，譬諸魔術然。如開演之前，先將各種機關手法示人，則所謂拆穿西洋鏡不值一錢，而觀者亦索然無味矣。近時之點將小說、小說比賽等作，乃自拆西洋鏡者也。《紅樓夢索隱》、《聊齋抉微》等書，拆人之西洋鏡者也，二者皆小說界之蟊賊也。

吾讀《西遊記》，但覺其有一又蠢又笨又獃又滑稽之猪八戒活現紙上，一言一動俱足供吾噴飯，至於是演五行云云，不欲問也。吾讀《紅樓夢》，但覺其有一無事忙纏綿多情之賈寶玉活現紙上，至其果爲頑石與否，不欲問也。吾讀《聊齋》，但覺狐鬼仙姝争妍鬥豔，令人神迷心醉而已，至謂種族思想狐皆言胡云云，不欲問也。然則今之小說家，自索其小說之隱者，其亦可以已乎。

昔人謂讀了一部《儒林外史》，覺涉足人世無處不是儒林外史。斯言也，予深信然。試以腐儒例之，在李涵秋未作《廣陵潮》之前，吾目中所見之何其甫已無數輩，及吾既讀《廣陵潮》之後，又覺之乎者也之流無處不有何其甫在也。事貴率真，畫八仙至李鐵拐必跛之，豈仙人之不能自醫其脚乎？文草亦然。韓集不删《三上宰相書》，此昌黎之所以爲昌黎也。今之作小說者，好以自己居書中主人翁地位，文過飾非，揚長諱短，甚或風流自賞，蹂躪女權，自以爲以三寸管，佔盡人世便宜，而不知人之視己，如見其肺肝然，先生休矣。

小說狀人工架身段而能維妙維肖者，文言首推《聊齋》，其《畫壁》篇寫金甲神將曰：『右手挈鎚，左手綰鎖。』一掔字，一綰字，通體出神，瞑目思之儼有一金甲神將立在目前，任易兩字，則神采索然矣。白話首推《水滸》，其寫武松之上獅子樓也，曰：『右手持刀，左手揸開五指。』用一揸字，其疾如風，將武松通身解數活畫出來，此之謂寫生妙手。《九尾龜》寫章秋谷客串武松殺嫂舞刀一場，有那後台鼓板打得如疾風飄雨一般云云，亦深得個中三昧者。）

不通地輿學者，不可以爲小說。《西厢》詞曲耳，其張生登場時之寫黄河也，曰：『帶齊梁，分秦晉，隘幽燕。』試攤地理闢證之，有一毫舛錯者乎？其他《三國演義》等書寫宴饗用兵各地，亦都有根據，惟《西遊記》、《鏡花緣》，一則仙佛之境，本屬縹緲虚無，一則《莊》、《列》寓言，儘可别開世界，不在此例。

作小說不可無是非之心，而不可有人我之見，誅奸獎善，用筆精嚴，此是非之心也。借嬉笑怒駡，以排斥異己，此人我之見也。今之小說家，一篇甫出，反響即來，甚或良朋至戚因之成仇，爲之太息不置。

普通人讀小說心理，有於世道人心最有益者，有於世道人心最有害者。如讀《三國》，當蜀勝則喜，魏勝則憂，吴與魏較則袒吴，吴與蜀較則又袒蜀，此即所謂是非之心於人心世道最有益者也。如讀《西厢》，至《鬧簡》則愁，至《酬簡》則喜，見張生則羡之垂涎，見鄭恒則恨之刺骨，此無他，蓋讀者已自擬張生，即所謂人我之見也，此於世道人心最有害者也。噫，此讀者之過歟，抑作者之過歟？

貢少芹索《廣陵潮》之隱，謂涵秋自況雲麟，而處處寫其不諳世故，立言得體，以視《九尾龜》自捧太高，真有天淵之别，斯言確當，無以復加矣。然吾以爲涵秋之難，不難於肯認雲麟不諳世故，而難於肯出色寫富玉鑾也。人孰不好勝，玉鑾出，而雲麟相形見拙，自慚形穢矣。雖能奪明似珠之愛於柳春，不轉瞬又爲玉鑾所奪，其寫伍淑儀也，於己雖未免有情，然於玉鑾亦死生不變其節，人我之見，幾乎化除，於以見作者宅心忠厚。若《九尾龜》之章秋谷，以一人佔盡天下便宜，甚至老友之靴腰，亦必割之而後快，吾不知作者是何居心也。（《紅樓夢》齡官之於賈薔，尤三姐之於柳湘蓮，亦作者不欲寶玉有壟斷之譏也。寶玉且然，况其下者乎。）

《玉蒲團》淫書也，於未央生登場時，謂其風流倜儻，不端婦女見之，無不愛慕云云。不端兩字，保全女界不少。又寫未央生之妻之活現形，令人不堪回首。又未央生自謂也曾當過龍陽。凡此種種，皆使人不敢學未央生也。故其書雖淫，其心術尚未盡壞。至著《野叟曝》言之文素臣處處寫其拒色，即處處引人入邪，作者之居心與《九尾龜》可謂無獨有偶。

長篇轉筆交代，作者必要插科，或用『按下……不提……再説……』，或用話分兩頭云云，似甚陳腐。童時讀《鏡花緣》，喜其於轉筆交代處不用插科，其法如甲與乙談及丙事，乘勢即入丙之本傳，既而丙與丁又牽及甲事，則甲又登場，可謂不落陳套矣。及今思之，人有賓主之分，事有先後之别，强爲牽合，終覺矯揉。近代吴趼人交代插科最妙，如寫至甲乙二人行路，他則曰路遠呢，隨他們慢慢地走，我却偷閒來寫那一邊的事。如寫至甲有病，他則曰病人是要静養的，任他在床上躺躺，我却將乙的事情提他一提。忽而深入書中，忽而跳出書外，可謂盡以文爲戲之能事矣。李涵秋交代另是一法，往往於上回懸案不決，而下回奇峯突起，逮至萬轉千迴，乃復與上回接合，筆力千鈞，莫可端倪。

予讀涵秋魅鏡至盧魁吊膀子被人吊打解下時，下回突接鮑超雄一段豔史，嘗笑曰：若使我佛山人寫此，則盧魁必不肯遽行釋放，他必又插科曰，像盧魁這種混賬東西，任他多吊些時不打緊，讓我偷空來敘一敘袁傑與鮑超雄前頭的一段豔史吧。文字雖較滑稽，然而盧大哥苦矣。

詩有別才，非關學也。小説亦然。《聊齋志異》膾炙人口，讀其文集，味同嚼蠟，隨園詩文邁越前代，然以《新齊諧》與《聊齋》較，則瞠乎後矣。

《隨園詩話》謂金聖歎好批小説，人多輕之，而《古寺題壁》一詩殊清絶，録之云：『獨坐覺岑寂，蟲於佛面飛。半窗關夜影，四壁掛僧衣。』予謂聖歎至今日所以能遍傳衆口者，好批小説之力耳。否則湮没無聞，幾何不與草木同腐，欲借詩話中區區二十字以傳聖歎，難矣哉！

凡人精一藝皆可不朽，羿之射，僚之丸，秋之奕，公輸子之斧，其尤著者也。况小説者，乃文人心血合腦汁構造而成，安可以其小而忽之哉！

詩固無關學問，然非讀破萬卷，下筆非俗則淺。小説亦無關學問，然非博覽載籍，易成市井俚詞。曩讀畢倚虹《告當代小説家》一文，謂宜多讀書，少撰作，旨哉言乎！

或疑《水滸》、《西厢》皆爲聖歎自撰者，聞者嗤爲神經過敏。予曰：確有贓證在，非風影之談也。試觀《水滸》施耐庵《自序》一篇，與聖歎《慟哭古人留贈後人》諸篇，有小異乎？借曰聖歎與耐庵孿生，亦難酷肖若此。此一贓證也。再觀《西厢》梵王宫殿月輪高七字，在善讀者亦不過謂其寫張生早起耳。寫月耳一經聖歎層層批注，謂佛殿如何方向，月爲十幾之月，月又如何如何轉出殿角，然後知月輪之所以高，張生之所以心急如火夜未半即起也。噫，聖歎曾夢見王實甫口授之歟？不然聖歎并不在實甫肚子裏居住，安知其下筆時有如此千曲萬折之思想耶？此又一贓證也。

《西廂》若非聖歎自作，則其中批評亦頗有穿鑿附會處。如玉宇無塵，銀河瀉影，月色横空，花陰滿庭，羅袂生寒，芳心自警數句。評曰妙月妙人足矣。乃聖歎必以爲張生窮思極算，算至夜深鶯鶯之袂必寒，袂寒而鶯鶯之心必動，心動則悟燒香太遲云云，凡此皆神經過敏之過也。

聖歎批杜詩，分前後二解。當時曾有人問曰：『杜詩何罪，腰斬了耶？』其批小說之武斷，與此正同。

人各有所能，各有所不能。降神搗鬼般般會，捉怪拿妖件件能者，惟茅山道士爲然耳。短評妙語，獨鶴無雙。社會小說，涵秋絶代。他若鈍根之滑稽，栩園之典雅，各有千秋，莫或相混。或曰：然則專以打油寶塔等詩在報紙雜志上佔篇幅者，君亦許之乎？笑應之曰：此則不過具茅山道士之一體耳，以文字許之，則吾豈敢？

梁任公譏袁、蔣、趙三家謂不可嚮邇，此苛論也。三家者或短於小說耳（蔣氏《藏園九種曲》與李笠翁齊名似亦不弱）。以云文章，蔣趙吾不敢知，若袁子才直可與宋賢争席，非任公所能企及矣。

嘗怪王漁洋詩名蓋世，當時何至欲以百千市《聊齋》之稿，與寒士争名？及今思之，漁洋之名，讀書者知之耳。執工商之流而問之，則瞠目不能答者比比然也。至於《聊齋》，則婦人孺子罔不知之。是小説之流傳廣於詩文萬萬，阮亭早見及此。人老則思傳，可悲也夫。

紀曉嵐總裁《四庫全書》，而其得名却在《閲微草堂筆記》，此是文人最無聊處，亦是文人最狡獪處。觀政於朝，觀俗於野，政與俗，小説之所必觀者也。不登廟堂不知朝會之威儀，不老江湖安識閭閻之狀況，使富貴人執筆寫寒士貧苦，終覺隔靴搔癢。然則宫闈小説家云者，其篋中果藏有秘本乎？九原可作，吾欲起指嚴而問之。

昔予偶成《詠史》四絶：一秦始皇，二韓信，三王衍，四楊妃，刊諸《游戲雜志》。詠王衍詩云：『道尚清談冀息争，斯人誰信誤蒼生。可憐麈拂揮纔罷，胡虜弓刀已上城。』自顧膚淺無甚深意，而同事十數人争問此首指誰，其他三首則一一猜出無錯，豈彼等能讀《史記》、《唐書》而不能讀《晉史》乎？王衍之名不見於小説故也。

某甲目不識丁，而聽評話逾二十年，嘗謂予友邱君曰：『子勿以秀才驕我，古時人從君問，苟不能答，願罰東道；如答之十條以上者，東道屬君矣。』邱乃舉散宜生、南宫适、張良、韓信、郭子儀、李光弼、王承恩、魏忠賢等問之，甲先指朝代後證事實，上下數千年，纚纚如貫珠，邱窘甚。予附耳使問兩人，甲果茫然不知所答，摇首曰：『未曾聽過。』兩人爲誰？王導、謝安是也。熟小説者每爲晉人所窘，誠怪事。

文人結習，每好裝點門面，詩必學杜，文必學韓，至其得力於近代諸家，往往不肖實説。曾文正少時酷嗜方望溪文，中年以後别有所崇尚，其家人欲晉方入鄉賢祠，曾嚴詞拒絶之（見《曾文正家書》）。梁任公少時心醉《龔定庵集》，近忽厭之（見梁任公、胡適之合刻《研究國學書目》）。夫既嗜其文，必受其益；既受其益，何以厭爲？此種夜郎自大之心理，直等於得魚忘筌，其人雖賢，不可爲訓。今夫能執筆爲普通文字之人，吾敢斷其得小説之力者居十之七，得古書之力者僅十之三，然而問諸其人，大都諱莫如深，不肯認承。看《三國演義》者，必曰讀陳壽《三國志》；看《列國志》者，必曰讀《左傳》、《國語》；仿《聊齋》叙事體者，必曰取法龍門；對人則非三代兩漢之書不敢觀，背人則《水滸》、《西厢》極力摹擬，其實上列各小説亦何負於人，又何必陰得其力而陽避其名耶？此無他，蓋亦夜郎自大，裝點門面之心理也。

少時聞老人言《三國》一書看到老，學到老，輒嗤其妄，及今思之，其言確有見地。予初看《三國》在十二三歲時，所得者某人勇過某人，某人與某人能戰多少回合不分勝負而已；至十七八歲再看，漸明順逆之理，知曹操之不可不討，孫劉之不可不合，服魯肅之識見，果在乎周瑜之上也；及乎二十五六歲再看，始知群雄角逐，端賴地盤，長江形勢，爲古今用兵者所必争，覺着眼處在此而不在彼。回憶昔日專看大戰三百合時，不禁啞然失笑矣。

舊小説往往於本回之末，用驚人之筆，使人急看下回。及看下回，却又無聲無臭，將上回驚人之語輕輕賴過。此蓋作者當日預爲説書先生賣一滑頭廣告，使聽客次日不得不來聽下回分解。按諸筆法，甚覺無謂。如《三國》第十回末段，曹操以大軍壓徐州，陶謙欲自縛往曹營以救百姓，時忽有一人進言曰：『某雖不才，願施小策，教曹操死無葬身之地。』云云。奇險極矣。及觀下回，則獻策者乃糜竺也。其策維何？不過謂向孔融、田楷兩處取救兵，兩處兵來，曹兵必退，如斯而已。非有濮陽之燒，潼關之逼，果可使老奸喪膽也？然則死無葬身之地云者，又從何處討照會？糜竺老實人，作者乃强派其吹牛，甯不冤哉！

傳《儒林外史》衣鉢者，前有李伯元之《官場現形記》，後有李涵秋之《廣陵潮》。或惜李涵秋死，社會小説亦隨之俱死者。予曰不然。蓋《廣陵潮》一書，業已探驪得珠，其餘諸作，盡屬鱗甲無用。涵秋死而有知，當引予爲知言也。

畫鬼魅易，畫人物難。作小説愈離奇，則着筆愈易；愈平淡，則設想愈難。人物最易寫者，莫如《野叟曝言》之文素臣，但求樣樣天字第一號，支離附會，在所不恤。最難寫者，莫如《儒林外史》之虞博士，既須表爲書中之第一人，又不許有半句驚人駭俗之語，斯真難能可貴。蓋彼則世上無此種人，此則世上有此種人也。

小説有大家名家之分。大家如長江大河，洪濤萬頃，極世界之奇觀，然有時挾泥沙并下，亦不自擇，如《列國志》、《三國志》、《封神傳》、《西遊記》、《水滸》、《儒林外史》、《紅樓夢》、《七俠五義》、《廣陵潮》等書是也。名家如卅里西泠，明湖一鑑，纖塵不染，風景宜人，如《聊齋志異》、《閱微草堂筆記》、《子不語》、《諧鐸》、《夜雨秋燈録》等書是也。抑歐美小説名家多而大家少，《莊諧選録》載拿破倫第一愛讀《水滸》，有以哉。

予讀小説墮淚者兩次：一次讀《恨海》至陳伯和病篤在廣肇醫院，彌留時對張棣華説道：『姐姐，我辜負汝了。』不覺泣數行下。一次讀《黑奴籲天録》至湯姆被主人遠賣與家人訣別時，入視三子皆熟睡，湯面榻大哭。予急掩卷不忍觀而淚已涔涔下矣。小說感人之深，有如是耶！

《封神》荒唐，《西遊》怪誕，略有新思想者，罔不疵之。其實此兩種書能獨往獨來於天地間，不傍他人門户，其勢力之大，遠過《兒女英雄傳》、《品花寶鑑》諸書，未容輕議也。

小說愈鄙俚者，其流傳愈廣。看《緑牡丹》、《彭公案》、《施公案》、《飛龍傳》、《楊家將》等書之人，終較看《紅樓夢》、《儒林外史》之人爲多，此無他，說書與戲劇之力也。

姓名見於歷史，其人傳矣，然知之者萬人中得一人焉；見於文集，千人中得一人焉；見於小說，則書之雅者，百人中得一人焉；俗者，十人中得一人焉；惟見於戲劇，則幾於無人不知之矣；甚至其人本子虛烏有，其名則擲地有聲，如鮑士安、王天霸之流，僅圖其形，以示村氓，亦能指出無誤，怪哉！

有以『叔寶無心肝論』題課士者，一士文曰：『賣馬當鐧，窮斯濫矣，非無心肝而何？』一時傳爲笑柄。然亦可見風流豔絶之胭脂井，終不敵店主東黄驃馬之易傳衆口也。

《漢雜事秘辛》，筆墨奇豔，讀之者無不心旌動摇。幸吴姁爲女子，以雌觀雌，尚可少殺一般青年之癡想。否則作者之造孽，當比《西厢記》、《牡丹亭》罪加一等矣。

相傳人世演《牡丹亭》一日，湯若士地下必受罪一次。吾謂若果有地獄，則因筆端造孽而受罪者，必不止湯若士一人。

《牡丹亭》豔曲與《西厢》并稱，白且過之。然吾讀《玉茗堂尺牘》，覺甚平淡，無精采，才之不能兼長也如是乎！

俞曲園，經學家也，著述甚富，其名本不必借小説以傳，而乃亦不憚煩修改《七俠五義》，嘵嘵然於顔查散、顔春敏之辯，其果於王阮亭、紀曉嵐有同情與否？吾不敢知，然而小説之魔力大矣。

葉小鳳謂科學、冒險小説，有利而無弊。予謂科學小説其弊有二：種種殺人利器，多由科學研究出來，與偵探小説同其草菅人命，弊一。欲寫某種異質，苦無試驗之場，往往强事實而就科學，逆情背理，在所不恤，弊二。惟冒險小説，或排空馭氣，上出重霄，或鑿險縋幽，下臨絶地，讀者毛髪森竪，而作者却履險如夷，斯真有利而無弊者矣。吾願世之小説家注意及之。

蘇、黄宋之名家也。讀其書牘，終不及隨園措辭之妙。段成式，唐之小説家也。讀其《酉陽雜俎》，終不及《閲微草堂》運筆之工。其他《飛燕外傳》、《霍小玉傳》、《會真記》等作，雖亦一時佳構，吾讀之，終覺其描寫處不若《聊齋》之細膩慰貼，似又不能迷信古人，將今人盡行抹煞也。

一月耳，或曰其大如盤，或曰如盌，或曰僅如杯口，此人之眼光不同，非月之果有大小也。一小説耳，或指爲導邪，或辯爲衛道，或許爲教忠教孝，或攻爲誨盜誨淫，此亦人之眼光不同，所謂仁者見仁，智者見智也。九原不作，安能如小説迷魂遊地府云云，與作者三曹對案也哉。

《紅樓夢總評》謂北静王爲玉哥生平第一知己，言中有刺。吾不知以寶玉自命者，讀之當作若何感想也？譯本多自述體，開口説話者即書中之主人翁。天虚我生每喜效之，予頗不謂然。蓋自述從着筆矣。至於舊小説《浮生六記》亦用此體，然其書直爲私家日記一類，不得以小説論也。
者必自捧，抑人揚己，勢使然也。然譯本如《魯濱孫飄流記》，栩園如《玉田恨史》等書，則又捨此體無

吾非美人，安知美人之心？則言情小説可以不作。吾非盜賊，安知盜賊之志？則武俠小説可以不作。寫甚麽便像甚麽云者，特讀者與作者同此門外漢，漫説如是我聞云爾，持以問之所謂甚麽之原人，必摇首曰不像不像。

坊本描寫人物，最可笑者爲頭大如斗，眼似銅鈴，身長丈二，腰闊十圍，其尺寸支配矛盾極矣。試以比例法繪一圖像示人，見者必曰非人也，妖也。

袁隨園論文，謂學六朝不成，不過如紈袴子薰香剃面，絶無風骨止矣；學八家不成，必至村嫗絮語，呶呶萬言，不令人生厭不止。予謂文言、白話小説之利弊，亦正類此。

昔之白話小説，作者難，讀者易，故其書傳。今之白話小説，作者易，而讀者反難，故其書不傳。試觀《紅樓》、《水滸》等書，作者何一非學富五車，胸羅萬卷，故能深入淺出，下筆標新，使讀者開門見山，咸曰易看易看，又豈知作者當日之鏤肝鉥腎以博此『易看』兩字也。返觀今之作白話小説者，或於國學毫無根柢，僅捃摭『哪、啊、呢、哩、咧、啦』等幾個虚字，吾愛密士忒、沙發、雪茄等幾個新名詞，以及『，！？』等幾個新符號，便忍俊不禁，率爾操觚，頃刻滿紙，以視文言，真所謂事半功倍矣。然讀者往往對卷茫然，如逢生客，此難易之相反也。欲其書之傳得乎？

吾人每見三十年前婦女之照片，觀其衣裙輒欲失笑，曰似此老古董，只應陳列於博物院中供人

參考耳。然有圖秦宫漢苑之裝束，以示吾人者，則但覺其飄飄欲僊，而又不覺其老古董何也。蓋彼當日定此種衣服制度時，已立於永遠不敗之地步，非若後世忽而寬衣，忽而窄袖，忽而長裙拖地，忽而革履當先，時髦争趨，在去年爲新，至今年已舊，在今年爲新，至明年而已又舊，年復一年，欲其不居於老古董之列，其可得乎？吾人每觀近人小説，輒曰此民六、民八之作品也，今已爲過時之物矣。然見元明以前之數種名著，則但覺其佳，又從無以明日黄花議之者，何也？蓋其當日下筆作此書時，已立定永遠不敗之地步，非若今人忽重言情，忽重偵探，忽以新名詞矜博，忽以新符號炫人，鬥勝争奇，不入正軌，欲支持其書至五年之久，不戛戛乎其難哉！

昔者吾友王君鴻儒嘗問予曰：『子讀《三國演義》乎？』對曰然。『子果全部閲過一字不遺乎？』對曰然。王君笑曰：『子欺我也。木牛流馬之尺寸製法，子必不曾細閲。』予唯唯稱是。而鄰居迂儒房某聞之，故神其説，謂全部《三國演義》精采在此，安可忽諸？乃檢書按其尺度，命木匠如法泡製，竟致損失數十金。其愚真不可及也。

朱竹垞不删《風懷二百韻》，道學家惜之，慮其身後難享兩廡特豚。此固迂腐之見，不值識者一笑。故吾輩當下筆撰爲自身寫照的言情小説時，亦須爲晚年少留餘地，若一時忍俊不禁，形容盡致，逮夫才人老去，當日之鶯鶯燕燕，都成鶴髮雞皮，而子孫或猶覓得當年豔史讀之，口角津津然，吾不知其對於其祖若父宜作若何鬼臉也？

小說季刊夏之花目錄

小說閒話

戚拙齋主人

作小說無他。亦曰繪影繪聲而已矣。斯二者雖絕大名家。不能無誤。然繪影之誤。其破綻易露。讀者容或知之。而繪聲之誤。則讀者往往因賞其詞藻之典麗。而不之察矣。如紅樓夢寶玉看寶釵做兜肚。裏面繡好。而繡花未完。此繪影之誤也。讀者所已知也。如聊齋志異寄生篇媒媼與容生對答。有曰爾果良也。求和而緩。至可矣。夫爾和爾緩。典出左傳。讀書者不得註解。或尚未知。何物老嫗。而博雅乃爾。此繪聲之誤也。讀者所未察也。然則如之何而後可。曰必求如紅樓夢劉老老對鳳姐言。你們拔一根寒毛。比我們的腰還壯呢。行酒令則花兒落了。結成一個大倭瓜。被頭裂帽。恰如其分。然後繪聲之能事畢矣。

作文章有法乎。曰無法。能斐然成章。即法矣。所謂起承轉合云者。特完篇後裁度之耳。若逐層逐句。

小説雜談

沈蘇約 撰

載於《新月》一九二六年第二卷第一、第四期。沈蘇約，疑爲無錫人，曾在《新月》、《紅玫瑰》等雜志上發表若干論説文字。一九二五年編有《小説通論》一書，收有梁啓超、吕天石、胡適、饒上達、劉半農、沈雁冰、胡懷琛等人的小説論文九篇。另著有《戀愛與文學》一書。署名他校點的《板橋集》，遭葉楚傖等人批評後，稱實爲他人所作。另著有《中國電影之史的觀察》等影評劇論。這裏第一篇雜談，是少見的發表在『舊派』雜志上爲『新派』説話的文章。他儘管『聲明』説『我所説的話并没有一點偏袒的意見』，但實際上是不滿於舊派對新派的小説『詆毁備至』而發。他認爲，『若要把兩派小説的内容、結構、思想和描寫法相比較起來，那舊派的小説却遠不及新派』：舊的是『茶餘酒後的談助』，『是一種通俗的供人消遣的東西』，而『新的却可以當得起文學二字而無愧』。其態度是十分鮮明的。在新派小説家中，他欣賞的是張資平，認爲『全新文學界中也更無人能及得上他』，其代表作是《球拉梭酒》與《性的屈伏者》。至於郁達夫的《沉淪》之類，雖然『使人看了覺到歷歷如真』，但『感情的喊叫太多』，『結構也没有張資平那麼緊密』，他只欣賞其《銀灰色的死》一篇。第二篇雜談是論林紓，其要點是指出林紓之所長者，只是『其古文之筆致耳』，而『并不在小説』。但其所譯小説在中國小説史上能『一破我國平話小説之體例，而市井俚語之故事亦一躍而登於士大夫之堂上，此實爲林氏對於我國小説之巨績，而林譯小説之真價亦在此也』。這些基本觀點亦中肯綮。

一般舊派的作家和讀者，往往把新派的小説詆毁備至，以爲不值一睹，甚且常引以爲嘲笑之資，這實在是一種謬誤的見解。你若以爲新派的小説文詞歐化而累贅，那自然不及舊派的平易率直；你若要把兩派小説的内容、結構、思想和描寫法相比較起來，那舊派的小説却遠不及新派；若屏去新、舊二字不用，要用别的意義來區别他們時，便是舊的是『茶餘酒後的談助』，是一種通俗的供人消遣的東西，新的却可以當得起文學二字而無愧。這兩派中自然都有例外，不在我所肯定的斷語之中，而且我還要聲明我所説的話并没有一點偏袒的意見。

有許多關係足以使舊派的小説一天一天低下他的身價。譬如描寫法，舊派是再也簡陋不過。『某某某是一個什麽人』，這種單調而《聊齋》式的筆法是多少令人望而生厭，而且全篇所寫的只是鋪叙一件事實，用記新聞的方法記述出來，只是一種概念的叙述，簡直還談不到是描寫呢。又譬如取材，只憑個人簡陋的幻想，不曾到過上海的，偏要寫上海的風景；於醫學不懂的，偏喜歡談病理；只憑淺陋而無經驗的想像力，就算有很好的一塊錦繡，恐怕也要剪成七穿八洞了，更何况所想像的僅如一間古舊的破屋，是空洞而模糊呢。

倘使有人見了我上二段所論，心裏以爲不是這樣，或者他的意思恰巧與我立在相反的地位，那自然不是我一時用三言兩語就可以把他駁倒的。而且我儘着講新、舊兩派小説之優劣，也覺着太無味，那麽我且省事一些，把最近我所見到的張資平君兩篇小説介紹於讀者諸君之前罷。一篇是《球拉梭酒》，載《創造月刊》一號上；一篇是《性的屈伏者》，載張君第三創作集《雪的除夕》中。我可以賭一個咒，倘若你看了這兩篇小説而不深深的感動，不覺到做得好的時候，那我可以完全推反我上述的話。我甘願做一撒謊者，被人所唾駡。

講起張君這兩篇小説來，實在是好極了，我覺得在張君所有的許多作品中間再莫有比這兩篇做得更能感動人的，更能使人的心脈緊張的，就是在全新文學界中也更無人能及得上他。關於描寫戀愛這一點，這雖然由於張君個人的努力及天才，但我相信在舊派中决找不到這樣好的作品。若拿舊派中所謂哀情小説的來比，那簡直是猴兒戴了纓帽——想做人了（這是一個就近的比喻，并不似故意挖苦舊派作家）。

在新派小説家中，郁達夫是很著名的，他所做的小説大概都是描寫他個人的事實。雖然也有許多是穿插，然而因爲他描寫的得法，使人看了覺到歷歷如真，他之所以著名是在《沉淪》，這部書是他三篇小説的合集。在這裏他很大膽的描寫一個青年的性的苦悶，那種很大膽的寫法，開始爲人注意而歎美，以後他陸陸續續寫了幾篇同性質的小説，他的灰色而頹唐的人生，潦倒而淪落的境況，跟着他的大名一天一天傳布開來，到現在成了個有名的小説家。其實他所做的小説，嚴格的説起來，感情的喊叫太多，簡直是散文詩，他的結構也没有張資平那麼緊密。他所有的許多作品中間，我個人最激賞《銀灰色的死》一篇，那篇小説的結構、取材、描寫，都可説恰到好處，簡直可似做小説的模範，可惜他以後所做的更莫有比得上這一篇的了。

（一九二六年第二卷第一期《新月》）

近人論小説，多推尚林琴南，其實林琴南所擅長者，特其古文之筆致耳，於小説并無特著之成功。其結構描寫，胥爲原書之所有，林氏不能專美也。惟其以樸茂之文筆，寫旖旎之情事，能婉轉流麗，斯爲難得之事，雖在白話文之作者，亦將推崇之也。

林譯小説，生平所閲至夥，然求如《茶花女遺事》之能百讀而輒賺人眼淚者，未有第二本也。《迦茵小傳》、《洪罕女郎傳》，雖亦或爲人稱道，其實平平無足覯。亦以哈葛德之原作，寫三角戀愛，千篇一律，未曾有新穎之意，雖悲歡離合，備極變化，實則所陳述至膚淺，偶閱則可，多玩自易生厭。故哈葛德在英本國小説界之地位，僅列於三等作家，作品雖夥，强半無文學上崇高之價值。林氏誤以哈葛德爲西方第一名家，凡其著作無不迻譯，林譯小説之終至於淺陋不足觀者，或在此乎？

雖然，當世奉林譯爲鵠臬者多，或不以余言爲然。然余輒敢大聲言曰：『林氏所長并不在小説，僅在其蒼遒之文筆耳。今之號稱作小説力宗林氏者，亦僅以學得林氏之筆致即已耳，無人能於林譯小説之本身深加研究也。即林氏自己亦何獨不然？』是故視其所著之《曇花劫》，鬆懈且乏生氣，從可知林氏并不長於小説也。

夫創造則永生，摹仿無真價。林氏雖不長於小説，然能於二十年前，以翼古衛道之古文，寫茶餘飯後之小説，一破我國平話小説之體例，而市井俚語之故事亦一躍而登於士大夫之堂上，此實爲林氏對於我國小説之巨績，而林譯小説之真價亦在此也。今之文人不察，群以爲林譯小説最優，而莫知其優點所在，乃競逐於章句之間。以爲某句也實爲林氏之精髓，於是從而擬之曰：『若此已得其神似矣。』乃更沾沾自喜曰：『吾乃林氏之私淑弟子也。吾爲小説一宗林氏，吾亦深得林氏筆法之三昧者也。……』若此之論，不一而足，然而終不免蟪蛄朝夕之感者，其故何可在乎？豈不以林氏爲創造，而衆生悉屬摹仿乎？故吾嘗曰：『林譯小説，僅以其創造之一點，即有傳世之可能。若徒求章句之似者，雖有末節足以嘉尚，然而終不免爲淘金之沙也。』

且夫造作小説之目的，各有不同，或希冀傳世，或期望金錢，或陶醉自己。名譽、金錢，固屬可貴，然秉此欲望以造作小説，動機既已不純，雖有佳作，何當讚歎？惟爲名之心切，則於其所著，自必審慎精細，所作容或可觀，視以金錢爲目的者，相去已不可究計。然一偏之見，終以陶醉自己爲作小説至高無上之動機，何以謂之陶醉自己？夫一人之生活，或單簡，或繁複，或喜悦，或悲傷，無人或同。若以其經驗所得，或托諸空想，或形近實事，發爲小説，以抒寫其抑鬱，以宣洩其愉悦，而以自我陶醉於此小説之背景之中，不求名，不圖利，此其動機爲何如之純潔乎！若讀者於此等著作，復引起同感者，則不特自我足以陶醉，且能惠及他人。此等小説，方有真價。職是，吾故謂林氏不足學，學林氏之筆法者，因求章句之似而特構一事實以副之。可謂持纖而求雨至，以爲固無礙也。然而全失去作小説之真意，直毫無一讀之價值矣。

（一九二六年第二卷第四期《新月》）

小說雜談

沈蘇約

一般舊派的作家和讀者·往往把新派的小說詆毀備至·以爲不值一晒·甚且常引以爲嘲笑之資·這實在是一種謬誤的見解·你若以爲新派的小說文詞歐化而累贅·那自然不及舊派的平易樸直·你若要把兩派小說的內容結構思想和描寫法相比較起來·那舊派的小說却遠不及新派·若屏去新舊二字不用·要用別的意義來區別他們·那便是舊的是「茶餘酒後的談助」是一種通俗的供人消遣的東西·新的却可以當得起文學二字而無愧·這兩派中自然都有例外·不在我所肯定的觀點之中·而且我還要聲明我所說的話並沒有一點偏袒的意思·

有許多關係足以使舊派的小說一天一天低下他的身價·譬如描寫法舊派是尋[illegible]不過「某某某是一個什麼人」這種單調而聯貫式的筆法是多少令人望而生厭·而且

小說雜談

沈蘇約

近人論小說。多推尙林琴南。其實林琴南所擅長者。特其古文之筆致耳。於小說並無特著之成功。其結構描寫。胥爲原書之所有。林氏不能專美也。惟其以樸茂之文筆。寫旖旎之情事。能婉轉流麗。斯爲難得之事。雖在白話文之作者。亦將推崇之也。

林譯小說。生平所閱至夥。然求如茶花女遺事之能百讀而輒賺人眼淚者。未有第二本也。迦茵小傳。洪罕女郎傳。雖亦或爲人稱道。其實平平無足觀。亦以哈葛德之原作。寫三角戀愛千篇一律。未曾有新穎之意。雖悲歡離合。備極變化。實則所陳述至膚淺。偶閱則可。多玩自易生厭。故哈葛德在英本國小說界之地位。僅列於三等作家。作品雖夥。強

林書叢論

陶寒翠　撰

連載於《新月》一九二六年第二卷第一、二、三、四期。作者陶寒翠，見一九二五年胡寄塵等《〈新月〉小説談話會》提要。作者在一年前的《〈新月〉小説談話會》中曾作《説苑珠林》，已散論過林紓的人與書，大概那時已開始研究林紓，一年後寫下了這篇長文。本文分四期連載，後三部分是林譯歐文的小説三十種提要，第一部分則是一篇林紓的評傳，視角全面，評價允當，在當時對林紓能有這樣的認識，實屬不易。

一

卷端

文學家又畫家林琴南先生，名紓，號畏廬、愛楓，別署冷紅生，福建閩縣人。生於前清咸豐二年，以中華民國十三年十月初九日，卒於京寓，年七十三歲。先生少孤苦，時賴季父靜庵先生恤助，得免飢餒。不能買書，則雜收斷簡零編，用自磨治。自十三齡及於二十以後，校閱不下二千餘卷。迨三十以後，與李畬曾太守友，乃盡讀其兄弟所藏之完書，不下三四萬卷，於是文筆恣肆，日能作七八千言。四十歲前，於唐宋小說家言亦無不搜括，繼病其沿襲與荒渺，遂棄置勿閱。光緒壬午，中舉人，即捨舉制之□，肆力治古文。嘗曰：『《左傳》、《史記》、《漢書》、韓文，爲中國文章之祖庭。歷古以來，自周秦訖於元明，其以文名者，如滄海之瀾，前驅後踵。而績學之士，至有不能略舉其名者，但左、馬、班、韓，亦居其中，胡以巍然獨有千古？正以精神詣力，一一造於峰極，雖精於文者，莫敢少出其鋒穎，與之抗撓，則傳誦私淑歷萬劫不復漫滅耳。後人之稱昌黎，以爲文起八代之衰，此專言昌黎一人之文，不屬於唐人之文也。唐之名家，如裴度、李華、獨孤及、段文昌、權德輿、劉禹錫之流，力摹漢京，自以爲古，然響朽而氣促，體贋而格俗，偶與皇甫湜、李翱、孫樵之文雜陳，則意境神味，迴然不倖。矧能肩隨退之哉！平心而論，六朝之文，去古尚近，而後來則彌不及。范曄、陳壽、魏收三君，較諸馬、班，固不能望其項背，然三家之文，咸沈穆方重，饒有古趣。自唐以下則漸殺。至於宋之劉原父、宋子京之倫，力欲求古，而彌不古，則時時發爲傖獰之音。迨及明之陳仁錫、李夢陽、王元美，日以贋體侈衆，猶復唾棄南北朝爲凡猥，則良不解矣。六朝時古書未盡燬，又去漢魏不遠，元氣深厚，制局用筆，斂而不散，精而能卓，雖體格勿高，然能遏光勿揚，亦其精力有獨至者。故文家取材，知窺涉子書，而取其古色，不知六朝人之吐屬名貴，亦故家風範，不能以蕩滌其傖氣。』凡此諸語，皆先生論文之要，舉以詔其弟子者。又自謂『《左氏傳》，吾行篋必備，期年而必讀一過，每讀必得所以會心之勝者，故書者萬萬不能以草草而卒業』之云。間愛治南、北《史》，以爲擇字典麗，行文委宛，無過於此書。以之佐《史》、《漢》，得《史》、《漢》爲之幹骨，得南、北《史》爲之詞藻，相濟以制勝，更無不工者矣。此尤先生治文獨得之秘也。

幼時讀書得暇，又曾習技擊，得内家指授，鍛煉至老不少衰。素性篤於風義，事師尤謹。於其文集中，往往得其遺事。而遇人尤誠，接物尤篤，凡弟子行輩之請問業者，無不指示周詳，改定精審。始在京師大學、閩學堂等處掌教，凡沐其化道者，無不大扣大鳴，小扣小鳴，樂受而去之。顧復木強善怒，疾惡如深仇，於朋輩好爲直諫，不從，輒毅然决絶之，安福系中，如梁鴻志、曾宗鑒諸人，并先生弟子。梁詩才甚瑋，先生讀之，每自愧勿如，繼見梁母死不侍疾，及發喪，縻費至五六萬，先生歎曰：『喪厚何如養之薄？不孝哉梁生！』竟疏梁。徐又錚將軍，飛揚一世，獨事先生備極恭順。又錚文才突進，實得力於先生及陳石遺爲多。又錚嘗欲先生入黨，壽三千金，先生厲聲峻拒之。當新潮勃起時，先生脱離京師大學，又錚知先生貧，乃月致二百金，先生不願無功受禄，則自請爲正志中學教授。又錚又欲聘先生第六子季椿爲秘書，先生笑謝曰：『吾愛少子，不忍使其爲石桓尤範也。』然又錚亦不怒，人頗以此多又錚。

蔡元培、胡適主張以白話爲文，先生大不贊同，則撰小説《妖夢》以諷之，至嘲蔡爲大龜。董鴻禕代教部時，先生惡其爲人，則自署曰踐卓翁，其戇直不畏强御又如此。先是庚子拳亂後，先生目睹外患日亟，甚主張行新法，如辦西學、興實業、練新軍、興海師、造槍械等，固先生所極端提倡者也。時人盡知康有爲、梁啓超爲維新黨，不知先生尤爲維新黨之先進，試讀其戊戌年前所撰《閩中新樂府》五十章，實早蓄有革新思想者。及康、梁思變法，先生亦上書萬言於德宗，有所條陳。德宗讀之大喜，將官先生，忽鄭孝胥密告先生曰：『奇禍且起，盍速避匿，遲且莫及。』先生急走天津，而六君子以被戮聞矣，先生得免，幸也。

民國成立，先生居京，親遘兵變、洪憲諸局，又盡知個中内幕，則常托稗官之言以譏之。其與德宗有難言之感，嘗共梁星海哭陵，星海卒，仍行之不廢，凡十三次，皆有文或詩紀其事。金梁上溥儀舉賢才摺，亦列先生名，謂嘗上崇陵，涕泣伏拜，感懷故主，念念不忘，然先生終未參與復辟事。張勳受人慫恿，擁兵進京，欲挾溥儀謀再起，先生力謂不可，至於泣諫，衆勿聽。後事果不成，張勳深悔不從先生言也。先生好遊山水，生平遊屐所臨，無不流連終日。久客京師，凡西山諸勝，靡不畢探。至三春花事，則佛舍名園，諸賢詩酒之會，無日勿與。又嘗南遊至雁蕩，觀大小龍湫，時年已六十餘而體力不減。宴居以看竹爲消遣，劇談之興，更於老勿衰。其更事多而賦情篤，故忍俊不禁之言，多發前人所未發，必至於滿室胡盧，先生於兹，婆娑不淺。而以所譯者等身，得諸西學之哲理，亦復不少。參證諢科，横被於古今中外，要多雋永有足誦者。

爲人不治家人生産，隨手所得，輒復盡之，而急人之急，亦復不稱其有無，京師戚友，多有待其舉火者。先生常日夷然無德色，平時以教習譯書賣畫爲的款，有餘皆以助人。其畫初以書家之道出之，而入於沈浸。曩之所謂畫家畫者，多率意數筆，以自托於石濤、八大、揚州八怪。而先生則爲之孜孜不倦，上窺四王，於明媚秀逸之間，見其典重，海内求之者衆。先生當七十之齡，猶日站畫桌前，繪七八小時，尚苦不給。餘事爲詩詞，宗法宋人，清新湛秀，不愧詞客。詩已刊者一卷，詞則多散佚。

民國十三年夏六月間，得温邪症。初由中醫診治，未見大愈。七月廿六日，死而復甦。尚致書海上友人，謂：『廿六日死過一次，聞哭聲，微笑而醒，吾此時如晏元獻也。』并謂：『醫者言，「萬無死法，而精神亦日旺，刻已愈七八，静養一兩月必愈。」』然病勢日漸沈重，暈去者再。改延德醫狄博爾及克禮二人醫治，亦無起色。先生自知不治，乃就病榻，草一長札，處理家事，并與各知交爲别。此書先生絶筆也。至九月初八日，狄、克兩醫生亦束手，延至夜二時，遂卒。夫人早逝，遺子女八人，遺産八千金，及裘家弄古宅一區。遺柩歸葬故鄉白塔隴祖塋，其門人嘗爲請謚於清室，擬曰『文貞先生』。

先生生平所編著及譯書，有《畏廬文集》、《畏廬續集》、《畏廬三集》、《畏廬論文》、《春覺生論文》、《畏廬詩存》、《閩中新樂府》、《畏廬漫録》、《畏廬瑣記》、《蠡叟叢談》、《鐵笛亭瑣記》、《林琴南筆記》、《踐卓翁小説》、《技擊餘聞》、《京華碧血録》、《冤海靈光》、《金陵秋》、《官場新現形記》、《劫外曇花》、《劍腥録》、《巾幗陽秋》、《蜀鵑啼傳奇》、《合浦珠傳奇》、《天妃廟傳奇》、《小兒語見義》、《左傳擷華》、《左孟莊騷精華録》、《莊子淺説》、《韓柳文研究法》、《評選船山史論》、《古文辭類纂選本》、《林氏選評名家文集》、《拿破崙本紀》、《興登堡成敗鑒》諸書。其文集中文，頗多愛國思親之作，所造遊記，尤淡逸有致。《左孟莊騷精華録》等，皆以涉獵會心之所得，編述成編，傳諸後生。小説捨《劫外曇花》、《記吴三桂遺聞》外，餘多實寫近代事。如《金陵秋》，則述辛酉革命事，《官場新現形記》，則叙袁世凱稱帝事也。《京華碧血録》一書，皆本其前後目擊京華事變，以悲憤之詞，詼諧之筆記之，尤爲讀者稱道。《技擊餘聞》，悉記遊俠事，實開近年武俠小説風氣。《踐卓翁小説》，多短篇述記，體裁略如《漫録》、《叢談》等書。傳奇三種：《蜀鵑啼》，叙杭州拳亂時吴德繡殉難事；《合浦珠》，叙陳伯沄推産還主事；《天妃廟》，叙謝讓遺戍事。《拿破崙本紀》，則係張之洞在京師主譯學館時，先生與魏易合譯者。此外，碎作未彙輯成編者猶多，其欲著而未成者，有《哀王孫傳奇》、《甲午海軍覆盆録》二種，前書擬述壽伯茀光禄庚子殉難事，後書擬述中日之戰林少谷都督等海戰殉節事。而所譯歐美日本各國小説、劇本、寓言、筆記百數十種，更爲生平不朽之作，其書幾全由上海商務印書館印行，總名之曰

『林譯小説叢書』。先生早歲所譯，筆致絶精嚴，晚年諸書似較遜。頗聞其近譯，多有其弟子之作，假先生名以求售者，然真僞不難辨也。

初，先生客寓馬江，適在悼亡之際，其友曉齋主人王子仁歸自巴黎，勸借譯述自遣，從之。乃合成《巴黎茶花女遺事》一書，能寓真情於字裏行間，使人讀之心動。嚴幾道謂『支那浪子之魂，將盡爲所蕩』，此言是也。先生譯已，哭者三數，至比茶花女爲古之龍逄、比干，書出，人人争樂讀之。續與曾宗鞏治《利俾瑟戰血餘腥記》、《滑鐵盧戰血餘腥記》兩書，其名亦噪。復同魏易譯《迦茵小傳》、《紅礁畫槳録》、《橡湖仙影》、《洪罕女郎傳》諸言情之作，自是先生知世人好其説部者多，遂以此自業。日驅四小時，得文字六千言。先生不諳西文，合譯者口述其詞，先生耳受而手追之，聲已筆止，不待點墨，已成佳品。其於寫景狀物，尤具窈渺之思，蓋學博而養深，則左右有逢源之樂矣。愛治言情之作，而文有至性血情，足以副之。然未嘗色荒，觀其自撰《冷紅生傳》，可見其生平。天下至情血情，發之爲忠貞悃款，爲鬱伊沈瘵，論其情之所被，正不必兒女之思，始足以副之。然其篤於情者，固復一焉。每譯一書成，輒走筆爲序，序中多以見志，有慨於風會之衰，世道之敝，欲圖得而振起之者。所謂談言微中，可以解紛者，庶幾似之。

其所譯諸書，各國作品最多者首爲英國，共得九十三種；次爲法國，二十五種；再次美國，十九種；又次俄國，六種；而希臘、挪威、比利時、瑞士、西班牙、日本諸國，各得一二種；尚有不注明何國及何人作者，五種。此百餘種，中盡多名家之作，如於英則有莎士比（W. ShakesPeare）之《凱撒遺事》、《雷差德紀》、《亨利四紀》、《亨利弟六遺事》，地孚（Defoe）之《魯濱孫漂流記》，斐魯丁（Fielding）之《洞冥記》，史委夫特（Swift）之《海外軒渠録》，却爾司蘭（Charles Lamf）之《吟邊燕語》，史蒂芬生（L. Stevenson）之《新天方夜談》，迭更司（Charles Dickenes）之《賊史》、《冰雪因緣》、《滑稽外史》、《孝女耐兒傳》、《塊肉餘生述》，史各德（Scott）之《撒克遜劫後英雄略》、《十字軍英雄記》、《劍底鴛鴦》，安東尼賀迫（Anthony Hope）之《西奴林娜小傳》。於美，則有華盛頓歐文（Washington Irving）之《拊掌録》、《旅行述異》、《大食故宫餘載》，史拖洛夫人（Madam Stowe）之《黑奴籲天録》。於法，則有預勾（V. Hugo）之《雙雄義死録》，大仲馬（Alexander Dumas）之《玉樓花劫》、《蟹蓮郡主傳》，小仲馬（Alexander Dumas Fil）之《茶花女遺事》、《鸚鵡緣》、《香鈎情眼》、《血華鴛鴦枕》、《伊羅埋心記》，巴魯薩（Balzac）之《哀吹録》。於希臘，則有伊索（Aesop）之《伊索寓言》。於挪威，則有易卜生（Ibsen）之《梅孽》。於瑞士，則有威司（Wyss）之《鷓巢記》。於西班牙，則有西萬提司（Cerventes）之《魔俠傳》。於俄，則有托爾斯泰（L. Tolstoy）之《現身説法》、《人鬼關頭》、《恨縷情絲》、《羅刹因果録》、《社會聲影録》、《情幻》。於日本，則有德富健次郎之《不如歸》。而於英之哈葛德（Haggard）、科南道爾（Coann Doyle）二家，所譯特多。哈葛德有《三千年豔屍記》、《埃及金培剖屍記》、《古鬼遺金記》、《埃司蘭情俠傳》、《煙火馬》等二十種；科南道爾有《歇洛克奇案開場》、《電影樓臺》、《蛇女士傳》、《黑太子南征録》、《金風鐵雨録》等七種。

有言哈葛德、科南道爾二人，其作品在西歐文壇上，不過居第二三流，而先生獨譯之至數十種之多，似爲浪費筆墨。不知先生既不諳西文，選擇原文之權不操其手，而操之與合譯者，不能獨咎先生也。顧先生於此二人之作，亦未必過分重視，試觀其《跋〈三千年豔屍記〉》曰：『哈氏之書，多荒渺不可稽詰，此種尤幻，筆墨結構，去迭更司固遠。讀者視爲《齊諧》可也。』又其《序〈歇洛克奇案開場〉》謂：『寥寥僅三萬餘字，借之破睡亦佳。』所謂『視爲《齊諧》』、『借之破睡』，皆輕之之辭也。於此可知，先生雖未嘗讀西洋文學史，而自有其獨到識力。先生於所譯諸書中，自言譯筆以《塊肉餘生述》爲第一，叙悲以《茶花女遺事》爲第一，《黑奴籲天録》、《不如歸》次之。於迭更司文章，尤稱道備至，以爲其筆墨之佳妙，多有勝於國内舊小説處。如其《序〈塊肉餘生述〉》曰：『施耐庵著《水滸》，從史進入手，點染數十人，咸歷落有致。至於後來，則如一群之貉，不復分疏其人，意索才盡，亦精神不能持久而周徧之故。然猶叙盜俠之事，神奸魁蠹，令人聳懾。若是書，特叙家常，至瑣至屑，無奇之事跡，自不善操筆者爲之，且懨懨生人睡魔。而迭更司乃能化腐爲奇，撮散作整，收五蟲萬怪，融匯之以精神，真特筆也。史、班叙婦人瑣事，已綿細可味矣。顧無長篇可以尋繹，其長篇可以尋繹者，唯一《石頭記》。然炫語富貴，叙述故家，緯之以男女之豔情，而易動目。若迭更司此書，種種描摹下等社會，雖可噦可鄙之事，一運以佳妙之筆，皆足供人噴飯。』又《序〈孝女耐兒傳〉》曰：『中國説部，登峰造極者，無若《石頭記》，叙人間富貴，感人情盛衰，用筆縝密，著色繁麗，製局精嚴，觀止矣。其間點染以清客，間雜以村嫗，牽綴以小人，收束以敗子，亦可謂善於體物，終竟雅多俗寡，人意不專屬於是。若迭更司，則掃蕩名士美人之局，專爲下等社會寫照，奸獪駔酷，至於人意未所嘗置想之局，幻爲空中樓閣，使觀者或笑或怒，至於不能自已，則文心之邃曲，寧可及耶？』又《序〈冰雪因緣〉》曰：『左氏之文，在重複中能不自複；馬氏之文，在鴻篇巨製中，往往潛用抽换埋伏之筆，而人不覺，迭更司亦然。』又其序史各德之《撒克遜劫後英雄》略曰：『孟堅文章，火色濃於史公，在余守舊人眼中觀之，似西文必無是恢詭矣。顧史氏述弄兒汪霸，往往簡語洩天趣，令人捧腹。文心之幻，不亞孟堅。』自先生介紹此數書入國内，於是國人始知西人文章，未嘗遜於己國，左、馬、孟堅，亦非必中國專有也。國人喜研習西洋文學之趣味，當由是而盛。

且歐洲名家，若者爲迭更司，若者爲大仲馬，若者爲歐文，國人亦一一能指識其名矣。即吾國國民，向視外人爲蠻夷者，自讀先生譯書以後，并得瞭然於西人社會家庭之情形以及其國民性，因以西人與華人初無特異處也。凡此種種，均先生譯書之最大功績。且國内小説界，自先生將西洋説部輸入後，其空氣亦突變，一洗陳腐，重奏新聲，不更唱老調矣。或曰先生所譯書，都不甚忠實，與原本相較，輒多出入處，故新潮狂興時，一二三新進於先生抨擊不遺餘力，甚且索覓一二語疵，爲攻擊目標，幾欲藉此而盡推翻先生貢獻於國内之絶大功績。文學批評家之態度，豈得偏激至此乎？先生自叙所譯《西利亞群主别傳》曰：『急救之章，難保不無舛謬，近有海内知交，投書舉鄙人謬誤之處見箴，心甚感之。唯鄙人不審西人，但能筆述，即有訛錯，均出不知。』我人讀此數語，可知其過未必盡在先生，而正宜爲先生諒焉。

總之，先生溝通中西文學之功績，斷非少數偏論所能抹煞，而他日有修近代中國文學史者，先生必能佔一重要位置，可無疑也。僕徇友人請，於先生所譯諸説部，將稍稍有所論列，爰先纂述其生平事跡，及其著作大概如此。

林譯書目

《吟邊燕語》、《美洲童子萬里尋親記》、《迦因小傳》、《埃及金塔剖屍記》、《英孝子火山報仇録》、《鬼山狼俠傳》、《斐洲煙水愁城録》、《撒克遜劫後英雄略》、《玉雪留痕》、《魯濱孫漂流記》(又《續記》)、《洪罕女郎傳》、《蠻荒誌異》、《紅礁畫槳録》、《海外軒渠録》、《霧中人》、《橡湖仙影》、《神樞鬼藏録》、《愛國二童子傳》、《新天方夜談》、《孝女耐兒傳》、《塊肉餘生述》(又《續編》)、《拊掌録》、《電影樓臺》、《冰雪因緣》、《蛇女士傳》、《蘆花餘孽》、《歇洛克奇案開場》、《髯刺客傳》、《大食故宮餘載》、《黑太子南征録》、《金風鐵雨録》、《西奴林娜小傳》、《賊史》、《離恨天》、《旅行述異》、《西利亞郡主别傳》、《璣司刺虎記》、《劍底鴛鴦》、《三千年豔屍記》、《滑稽外史》、《不如歸》、《天囚懺悔録》、《脂粉議員》、《藕孔避兵録》、《貝克偵探談》(又《續編》)、《十字軍英雄記》、《恨倚愁羅記》、《玉樓花劫》(又《續編》)、《大俠紅蘩露傳》、《慧星奪婿録》、《雙雄較劍録》、《薄倖郎》、《蟹蓮郡主傳》、《溷中花》、《羅刹因果録》、《殘蟬曳聲録》、《魚海淚波》、《哀吹録》、《羅刹雌風》、《義黑》、《黑樓情孽》、《鐘乳髑髏》、《亨利第六遺事》、《情窩》、《香鉤情眼》、《奇女格露枝小傳》、《橄欖仙》、《詩人解頤語》、《天女離魂記》、《社會聲影録》、《煙火馬》、《女師飲劍記》、《賂史》、《鸚鵡緣》(又

《續編》、《三編》)、《孝友鏡》、《金臺春夢録》、《癡郎幻影》、《恨縷情絲》、《現身説法》、《牝賊情絲記》、《桃大王因果録》、《玫瑰花》(又《續編》)、《鬼窟藏嬌》、《西樓鬼語》、《蓮心藕縷緣》、《鐵匣頭顱》(又《續編》)、《情天異彩》、《歐戰春閨夢》(又《續編》)、《金梭神女再生緣》、《泰西古劇》、《焦頭爛額》(又《續編》)、《妄言妄聽》、《戎馬書生》、《鸇巢記》(又《續編》)、《俄宮秘史》、《洞冥記》、《炸鬼記》、《怪董》、《僵桃記》、《鬼悟》、《厲鬼》、《犯蹕記》、《情海疑波》、《滄波淹諜記》、《馬妬》、《雙雄義死録》、《梅孽》、《埃及異聞記》、《以德報怨》、《沙利沙女王小紀》、《魔俠傳》、《情翳》、《情天補恨録》、《凱撒遺事》、《雷差德紀》、《亨利第四紀》、《血華鴛鴦枕》、《伊羅埋心記》、《人鬼關頭》、《伊索寓言》、《茶花女遺事》、《雲破月來緣》、《鷹梯小豪傑》、《秋鐙談屑》(上商務印書館出版)、《情鐵》、《石麟移月記》(上中華書局出版)、《黑奴籲天録》、《利俾瑟戰血餘腥記》、《滑鐵盧戰血餘腥記》(上文明書局出版)、《古鬼遺金記》(廣益書局出版)、《埃司蘭情俠傳》(出版處忘，吾所藏本係與《茶花女遺事》、《迦因小傳》、《黑奴籲天録》數種合訂者，題曰《小説集新》，卷末不注出版處，疑是日本書店所發行)、《膜外風光》(法前首相克列滿沙 Clemenceau 原著，葉可立合譯，非賣品)、《孝女履霜記》、《五丁開山記》、《雨血風毛録》、《黄金鑄美録》、□□(原未定名，哈葛德原著，陳家麟合譯)、《洞冥記續編》、《情橋恨水録》、《神窩》、《奴星叙傳》(又《續編》)、《金縷衣》、《軍前瑣話》、《情幻》、《學生風月鑑》、《眇郎喋血録》、《夏馬城炸鬼》、《鳳藻皇后小記》(以上十六種，共九十册，約一百二十萬字，均未出版，稿藏商務印書館)。

二

一、歐文小説（上）

美國爲新建之邦，故所謂亞美利加文學，持以較歐洲文學，相去猶遠。當美國在十八世紀時，尚無所謂文學，迨華盛頓・歐文（Washington Irving）起，自後作者乃輩出，歐文遂爲美國散文家之始祖。歐文以一七八三年四月三日生於紐約（New York），四歲入蒙塾，十六歲卒業，後讀法律二載。以體弱多病，離鄉倣歐洲遊，羅馬、巴黎、倫敦諸名區，足跡皆遍。一八〇二，仍歸紐約爲律師，繼又共諸兄弟營商業，以虧累而罷。一八一五年，重遊歐洲，暇輒撰文投報館刊之。一八一九年，成《拊掌録》（*The Sketch Book*）一書，付諸書肆，囑爲印行，書肆拒勿受，歐文友施各德（Scott）諄勸書肆以二百磅購之。書出，名乃大震。後僑寓德、法諸國，續成《旅行述異》（*Tales of Travellan*），亦爲讀者稱賞。一八二六至一八二九年間，客西班牙，始著《大食故宮餘載》（*The Alhambra*）。一八三二年，重返故鄉，國人皆歡迎之。一八四二年，出任西班牙公使。居四載，遂歸。以一八五九年十一月二十八日，卒於逗遛鎮（Tarry Town）。歐文生平多遊名山水，故寫景之作，備極倩麗，而調詼之筆，尤冷雋可味。林琴南好山水如歐文，且精熟柳宗元諸小記，性亦喜詼諧，是以以林筆譯歐文之文，堪謂兩美俱并。憶國内嘗有某君亦譯《李迫樊温格耳》(*Rip van Winkle*)一篇，比諸林譯，筆致瞠乎遠矣。友人方光燾曾言，歐文之文唯有林琴南一人譯之始稱，我亦云然。

《拊掌録》

琴南譯者《李迫大夢》、《睡洞》、《紀英倫風物》、《海程》、《耶穌聖節》、《説車》、《耶穌聖節前一日之夕景》、《耶穌生日日》、《聖節夜宴》、《記惠斯敏司德大寺》十篇，非原本全文也。

《李迫大夢》係述美洲有一村氓，名李迫樊温格耳者，性惰而懼内，常日畏悍婦威，每至一逆旅門外避之。逆旅門外，蓋李迫友朋小聚之所。一日，李迫攜一槍及犬至加齒幾而山行獵，忽被一奇人引至山洞中，見洞中有無數狀貌怪獰之人，方在樗蒲飲酒。李迫乘衆勿覺，盜飲大醉。迨醒，所攜犬已勿見，槍落身畔，鏽且朽腐，自撫頦下，髯已逾尺。李迫大駭，急奔歸家。景物全非，入門，室虚無人。再奔至逆旅會所，見市招已易，名『合衆客寓』，門前方友人集衆演説。衆見李迫垂髫荷鏽槍，衣古代衣，皆大驚異，圍而詰之曰：『汝爲聯合黨耶，抑共和黨？』李迫瞠目不解所謂。後有人告之，始知國已改易爲共和國。而已在山上一睡，乃至二十年之久也。此篇驟觀之，似是遊戲之作，細味之，寓意正深。人世滄桑之局，歸諸一夢，其感慨爲何如也！中國小説舊有《南柯》、《枕中》諸記，亦以人生富貴榮華寓諸夢寐，後人至有編爲劇曲，付伶人歌舞之者，亦以其警人深也。歐文此作，實有同等價值。稗官家言，描摹懼内，易於過甚其辭，如蒲柳仙之《馬介甫》一文是矣。獨歐文之叙李迫懼内，能以烘雲托月法寫之。如其述李迫妻駡李迫所蓄犬，及犬畏主婦之狀一節曰：

主婦怒時，輒指狗及李迫言曰：『是二物者，均生而僵者。』且斥狗言：『李迫之惰，乃爾導之，汝李迫師也。』然是狗一出野次，亦狺狺能敵群獰，一入門，勇狀立變，垂尾循牆，斜睨其主婦，行步乃如病狗。主婦偶一舉帚，即哀鳴出聲而奔。

此節寫犬之畏主婦如此，則主婦之凶悍可知，而李迫懼内之甚，正在不言中。大凡文章家言，形容一事，能從側面烘染，則文境愈明。歐文此節，大足爲天下學文者開無數法門。又其寫李迫品性，謂垂竿釣魚，竟日不得一魚，亦夷然無忤。若鄰居有事，則悉力助之，無有所却。苟自行其田，則推却退衄以爲苦，自謂『我田磽，即使力耕，歲穫亦否』，因之己田以蘺，委於泥滓。所蓄牛即自齧其園蔬，李迫無恤也。蓋李迫之田稂莠之長，如得人之力，日植增高。李迫有時亦奮迅將行田，而天雨又適至矣。此第寫李迫喜捨己耘人之狀，文不幾筆，已盡其致。後段述李迫自山上酒醒歸，見其子倚樹而立，已近中年，襤褸而惰，似當日己身未入山時儀範。李迫因指其子告旁人曰：『彼即是我，我乃非我。顧我現在，倚彼樹者，蓋他人忽而成我者。』此數言，尤幻忽耐人咀嚼，似禪悟人語也。

《睡洞》

係述逗遛鎮有一村塾師，名挨卡卜得克來恩，心愛一女學生，名凱脱利納，欲得而妻之。然凱脱利納實早有一戀人，名白琅，其人多力，爲一村之霸。白琅知塾師有覬覦凱脱利納意，輒思有以懲創之。一日，凱脱利納家宴會，塾師、白琅皆與。白琅聞塾師好談鬼而怖鬼甚，俟其席散騎馬歸，已亦乘馬邀之於黑夜森林中，挾一南瓜猛擲之，塾師於暗中，以爲遇無頭鬼以髑髏擊己，大驚，遂不敢更居逗遛鎮，即日離而之他。白琅乃得安然娶凱脱利納爲妻。此篇寫村塾師種種怪現狀，語語皆可噴飯，殆美洲之《儒林外史》也。如其記塾師儀表曰：

先生長瘦，肩狹而修其臂股，袖之出腕，爲道可一英里；足趺既長且笨，用之可以成鏟；顱小而平，耳大而目瑩，鼻長作鷹喙。綜言之，似造物生人草草令彼出胎，初不爲之部署嚴整者，方大起風時，而先生蕩漾自田間來，望者疑爲僵屍，或田父所製驅雀之草人，爲大風旋舞而來也。

其記塾中情狀曰：

夏中午時，學生讀書作倦聲欲睡，正如蜂之鬧衙。而先生嚴聲呼吒，以戒尺觸兒，則又驅逐群學生，趲此學問孔道，先生固忠於所事者也。嘗念古語云：愛惜戒尺，即誤兒童。先生之施刑，不責荏弱，專取强項者笞之，凡嬌嫩之童，見戒尺而魂魄喪失者，則先生亦若無見，而遽收其戒尺，不復更下，若在肥碩之荷蘭兒，則戒尺之上其頭背，立腫起，較之入學時，狀尤肥碩。先生之責人，尚曰：『我之責汝，代若父若母盡其責任耳。他日爾富貴者，當勿忘我。』

又曰：

一日秋仲之下午，先生方凝坐木榻之上，而夏楚則横庋壁上，以三小釘承之，几上則陳列犯禁之物，均自學生身中所簡取而得者，有半嚼之蘋果，蒼蠅之籠，小竹筩射水之器，及他玩物。以狀觀之，似有人已受責者，因之呻吟不已。尚有二童耳語，以目睨先生而言。忽見有黑奴入門，投書即匆匆行，學生乃大聲疾讀，知且散學矣。即有訛字，先生初不之較，黠者即錯簡章句，而先生乃勿問，笨者讀不上口，先生則以夏楚助之，力躍字溝而過。一聲放學，人心大亂，書卷竟不庋原處，墨瓶遂翻，坐榻亦顛倒無次。一出大門，聲如潮落，錯綜跳躍而去。

又記塾師趨奉學生家族之狀曰：

迨晚，則攜其極穉者，歸晤其父母。先生意送兒歸宿，既以納交其父母，或其家治饌佳、女郎麗者，先生口福眼福均爲之飽矣。村中故俗，先生苟不舉火者，必至學生家寄食，顧不常任一姓，狀若傳食。先生乃講解媚道，以媚主人及其主婦。至積草飲馬輕便之役，先生皆力任之，牽牛出牧，及納小薪於竈，先生則皆曰：『能。且能實踐其跡。』其取媚主婦之道，則取其乳下之兒抱攜將護，非所不至，且置諸膝上，微微動摇，以悦兒意。

此數節，於塾師之聲容形止及鄉村私塾内容，刻畫盡矣。而其寫凱脱利納村家景物，若屋、若樹、若山泉、若燕鴿豬猳鵝雞等畜，皆無愧爲寫生妙筆。其述塾師至凱脱利納兩段，尤字字跳脱，筆筆靈鬆，非歐文不能作，亦非琴南不能譯。夜歸驚鬼一節，其惶恐倉迫之情形，讀之更堪嗢噱。然其文雖多嘲諷，亦無傷於刻毒，此則歐文所別於英國迭更司者也。

《紀英倫風物》

係自述去國遊歐事。中有語曰：英人之遊美者，意氣張王，傲然自名爲大人。後此人言：『是大人在彼中，特小人耳。故余更欲覘其所謂大者，且吾美之人，歐之變種也。今當試驗其未變者何如？』英人夙輕美人，故歐文以此冷語刺之。後撰《旅行述異》一書，遂將所謂大人者及其未變種者，一一暢寫無餘狀矣。

《海程》

係自述赴歐時輪舟中事。其言曰：『海行者，情環斷矣。中心大類推落空洞之中，不審後來墜落何所。人之與家，直隔一深淵。此淵中禍害起伏，在在非人所料。人入是間，前行可信，而完全圖歸，則又在知不可知之數矣。余行正復類此。迴面家山，漸行漸縮，後此直等一片微雲，猶讀書翻至空頁，百無意味可言。苟至歐洲岸上，則尋所謂微雲中之城郭，亦漸不見。意罷客還鄉，則故鄉變局如何，殊非吾料。即吾身又安可料者？』數語寫出客子離鄉時感想，吾人試於旅中誦之，當無不掩卷興歎者也。

《耶穌聖節》

則歐文有鑒於世間繁華之風尚既深，而敦龐之風日即冥渺，因耶穌聖節，忽動懷古自思，成此一篇議論。歐美物質文明日盛一日，古昔佳時令節所有禮俗已蕩滌無賸，唯一二窮鄉僻邑，猶有葆守勿失者，因此歐文乃有求野之歎。即如我國《荆楚歲時記》、《清嘉録》諸書所載舊俗，近年亦漸汩没，是亦未始非受西潮影響也。古俗已失，民性遂日即淫侈，此中感慨，又豈止歐文一人哉！

《説車》

係叙聖節將届，於道上旅舍所見熙熙之狀。文家爲文，攢眉苦思，構空成材，一篇已成持以示人，未必親切有味；儻能於尋常所見諸事，隨意掇拾之，淡淡寫去，讀者反謂奇文。若歐文此篇是矣。其記車夫、村姑、鐵匠及車中學生，及逆旅情狀，其事非必奇，適爲我人所日常能見者，亦常人所以爲不值記述者，而歐文瑣屑寫之，讀者反覺異觀。此正歐文之善於拾取文材，亦其善於摹繪家常事也！

《耶穌聖節前一日之夕景》

係自述是日赴友人家，觀友人家庭子女遊樂事。其記友人家門前景物曰：

入門，有司閽之，隱諸萬緑之中。御者掣鈴，鈴聲清厲，狗聲立動，老媪出而啓關。余見高樹夾爲甬道，月光直劈樹蹊而下，亮如銀片，雲翳悉空，月輪愈皎，草地微雪如氈，受月作光，遂幻爲琉璃世界。此時已抵樓下，樓一半隱於樹陰，一半則受月，曲折田樹爲勢，制甚宏敞。窗户用石爲範，蒼藤蒙絡殆滿，樹陰交横，中露小玻璃，瑩然受月，其光射眼。

此段寫冬夜月色如畫。他如寫老人之嗜古，西門公子之慧黠，女郎之動情，并極靈活。

《**耶穌生日日**》

係述是日在友家遊散及赴禮拜堂聽講事。篇首記曉起事云：

遲明，余醒，寒，戀重衾不即起。忽聞門外有童子靴聲，似商略一事，少須歌聲發矣，甫歌曰：『今日佳晨兮救主生。』余竊披衣，立啓其扉，見一群天真爛漫之童子，畫師能狀不能肖也。群中一男二女，每至一室之門，必縱聲歌。余開户驟，童子愕然，遂不能歌，皆亭立翹食指，微微撩其唇，狀至羞澀，且偷眼覷余。忽而舉足同奔，捷如飄風而去。甫轉屋隅，聞此三人者同聲言曰：『我輩逃矣。』

此節情景，歐文之文，既能狀之，又能肖之矣。禮拜堂奏歌一節，於諸人聲容，亦能於筆底曲曲繪出之。

《**聖節夜宴**》

係述是日在友人家參與聖宴事。其述席散後，西門公子與友家子女遊戲事曰：

見群中方捉迷藏，冠裙履舄，紛亂煩擾，西門以巾冪其眼，居中立。群童競襲，或搯或引，拊背攀足；或撚細草貫其鼻，令嚏。中有十三歲女郎，散髮披肩，奔走趨避，色頳膞露，胸衣半馳，而蹀躞襲取西門尤酷。西門騰聳引避，張臂圍逼此女郎於壁隅，女郎引身跳避。余意西門冪眼，安能圍逼此女？是必少露其罅，令漏眼光耳。

又曰：

忽餐房中出怪聲，其喧徹天，忽而門闢，群人争出，狀皆怪突可笑。西門則飾爲俳優狀，請老人二子助之舞蹈，發陳年古篋取數十年不經御之衣，加之童子身。西門爲之魁率，人人各承一名號，或曰炙牛肉，或曰紅蘋果，呼之輒應。老人仲子則扮爲古勇士洛賓荷德，女郎周麗亞則扮爲馬鐵而達，蓋從勇士同逃者，以首枕仲子之肩，迤邐同行。

讀此兩節，忽憶英國大詩人裴倫(George Gordon Byron)常稱道歐文此書曰：『吾不知其爲墨痕歟，抑花影歟？』爰爲下一轉語曰：『歐文之文，固能於墨痕中暈出花影者也。』

《記惠斯敏司德大寺》係自述秋日遊倫敦惠司敏司德禮拜堂事。全篇叙事，聊聊無數言，餘悉爲憑吊古英雄名士之辭，而於人生前貪利爭名，尤至慨歎。如其文曰：人死留碑，即碑亦不足深恃，可知人欲圖名，欲身後令人思慕，其事滋難恃也。又曰：笑彼功蓋宇宙，言成經典之人，至於今日，則殘骨數星，沙土交雜，聚此漠然無人之區外，此其又何戀耶？又曰：加冕者，皇帝得意之秋也，今胡爲移此得意之御座置諸寢園？然則人生得意失意事，相去亦不數武耳。語皆蒼凉悲惋，一唱三歎，有餘音者。

（本章未完）

三

一、歐文小説（中）

《旅行述異》全書，計分《緣起》、《罷獵飲至》、《龍桂微爾夫人》、《壁象伸眉》、《荷蘭酒家》、《德國留學生》、《秘畫》、《畫徵》、《文家生活》、《白克宋》、《落魄詩人》、《蠢財虜》、《忒拉星納逆旅》、《骨董家遇盜》、《趲程旅客》、《普伯金全家遇盜》、《畫師遇盜》、《盜渠自述》、《雛盜軼事》、《英人遇盜》、《鬼闕》、《海盜詰德》、《湯母華格》、《黄金夢》、《記黑漁者所遇》二十五篇。總區之，可分爲四大類：一述鬼，二述文人，三述盜，四述掘藏。其述文人一類，寫英倫文人種種醜態，莫不窮形極相，不啻一幅西國文豪寫真矣！

《**緣起**》

係歐文自述著此書之緣由，其語云：『自念著書，古稱難事，果能著書者，衆方争目爲作家。弟今日乃大異於古之所云。印刷之工既省，即貧薄之子，能灑翰數行，亦可問世。此何貴者？幾於委巷之中，均列位著作之林，以書成戲，在在而有。彼少年行獵，置槍著筆，即爾成書；閨秀女郎，停針罷繡，亦能呶呶作老生語。由此觀之，則我之著書，亦復何難？因發篋出我筆記，爲著書之料，併合而修飾之，吾書成矣。』夫作家而至於遍地皆是，此正好現象耳，歐文奈何譏刺之深也？

《龍桂微爾夫人》係述一古堡有女鬼出現事。此事英國施各德亦嘗有一短篇記之，殆爲當時歐美所盛傳之事實。歐文此文先叙古堡荒寒古峭之景色，已先覺森森有鬼氣矣。後述女鬼於夜中出現，遂益形其凄厲。歐文之説鬼，多在若有若無之間，不喜坐實其事，非若中國之稗官，每道鬼怪必盡力鋪張，惟恐讀者之不信。鋪張既烈，僞跡反露，而讀者轉以其鋪張爲可厭。何如歐文之文，每言一鬼，必自謂其妄，而讀者反疑爲真之爲妙也。

《**壁象伸眉**》

係述一逆旅中嘗有一善於跳舞之寓客死於其内，後其室中簫管忽自作聲，榻隨樂聲徐動作跳舞狀。人見此奇狀，皆以爲死客作祟，故生好跳舞，雖死猶憑物作態也，此蓋歐文諷諭之言。文中記一豪爽而好色之騎士酣暢之狀，幾於離紙而下。於騎士與逆旅中女郎詼諧一節，更見生動，文曰：『回首見主人女郎，即引手搔其脅，復至賣酒女郎前，則疊二指提其領令笑。店人聚商，以爲此壯士不易驅也，乃稍加禮，指一老屋容客。其女忽曰：「是中不言有鬼耶？然公爲壯士，或不畏此。」吾祖以指夾女郎之頰笑曰：「是焉有鬼？即有之，老子曾逾紅海之人，焉無術以遣此？」因附女郎耳作微語。女郎一哂，力批吾祖之頰。吾祖亦不怒。』又謂睡人作鼾如田蛙孕字聲，此與迭更司之謂接吻如郵政局蓋印聲，同爲奇喻。

《德國留學生》

係述法國大革命時，巴黎有一德國留學生，嘗行經斷頭臺前，遘一女子，甚豔，挑之勿拒，遂引歸寓中，與之同睡。達旦視之，此女子蓋一斷頭女屍也，此學生竟因懼而得神經病。此篇歐文係托言一老人所口述者，篇中老人述此事終，有人詢以此事真僞，老人答謂：『信。我曾至巴黎瘋人院中，學生親告我者，安得不信！』說鬼而出諸瘋人之口，誠所謂妄言妄聽者矣。歐文斯文，叙述者若真，篇末忽以此數語結之，是真善於作狡獪者。

《畫徵》

係叙述《秘畫》篇之本事。大略謂一少年畫家，其情人被一友人所設計奪去，少年憤絶，懷刀刺殺其友人，顧其友人臨死慘狀常蕩漾目前，無時或已。畫家驚懼心深，遂患腦病，因將其友人死狀繪成一畫長日相對，冀習而不畏。顧畫成，心乃愈懾。觀此畫家所自撰之傳，則其人似終以恐怖過甚而自戕者。全篇情文都甚哀豔，而其摹寫此畫家心情，頗如一神經質極强烈之人，故幽憂獨深。如其自撰傳云：『余少聰慧而喜怒多暴見。在吾母懷抱中，聞樂能生其悲喜，稍長，而感覺尤促。往往聞□困事輒哭。』其後傳中，亦屢屢可見此畫家行事之富於感情處也。

《文家生活》

係詳摹英京諸文人之生活。所記兩次宴集，於書儈驕蹇之態，無名文人瑟縮可憐之色，大文豪得意之狀，皆描繪無有遁形。其文中文人白克宋之言曰：『文家固有門户，好爲同異，而甚標其徒，其視非黨之人，則斥之。』、『凡恃才而進，進必見格，以文人多妬，無因而露其文采，則娟嫉將愈烈。』數語實能道盡文人通病。其記湯麥司挾詩求售一段，寫出書店主人鄙夷，無名文士之傲態，讀之有如目睹。兹節録湯麥司自述之言云：

入時，主人方踞案作書，遂昂藏進與爲禮。主人見余不動，尚拈筆於手，以待書記陳余姓氏。余以爲今日之來，特履而顧，顧而勝耳。（按：此波斯王征希臘語也。）遂目通其名，并自陳其詩，即出詩上主人曰：『此詩市一千磅。』余此時出言如貫珠，至使主人無有暇隙，能出言以答我，顧此主人亦蕭然若至不顧答我者。既而相余，并視余未發之詩稿，即復相余，指榻命坐。唇中噫氣，復俯而作書，乃不視余稿。余思得主人答詞，以爲主人思以價報我耳。久之，仍作書，有時以手撫頦構思，思已復草。余方知不省余詩矣。乃立出取稿，不辭而起，履聲橐橐，欲令主人知之。而主人仍俯首作書，初若無見。余將下樓，主人初無留客之意。既出門里許，而主人亦不見追。後此聞人言，主人乃以我爲狂易，則余怒不可抑矣。

又記湯麥司居屋左近喧雜之景狀，亦如畫。其文曰：

屋環廣場而構，陳舊幾近百年，似饑人之露其骨。窗眼之上，均曬破衣，似其地爲浣婦所居，因而長繩縱横，咸爲曝衣之用。有二婦人以争浣盆故，大肆口舌，因之窗間孔孔伸頭，如遊蜂之出洞，大聲喧解，耳爲之眩。而窗間浣女，伸臂分袒二家，盆水尚淋其肘。群兒聞聲，亦争出助喊。

《白克宋》及《落魄詩人》、《蠢財虜》三篇

均係詩人白克宋自道其生平行事，當其飄零歸里，謁母墓時自述曰：

前此蘊苦不言，一見墳臺，乃不能更藴，伏地大哭不已。嗟夫，天下小兒，躬依其母，又安知母之心者？混混光陰，竟勿回思慈親之苦況，直至其死，而世上煩憂，遂彌天而來。此時欲更覓如我母者，百覓均不可得矣。以母之愛我，愛我身也。他人愛我，則各有所圖，不云真愛。嗟夫，我此時果憶得忘母矣！余無智無識時，何嘗不愛我母，第不如今之所愛者爲真？思及幼時，卧於摇床之中，母百端擁衛，百無所怖，今何如者？

數語寫出一片憶母之情，似語語皆從肺腑流出，使人讀畢，平增無數孝思。

《忒拉星納逆旅》至《英人遇盜》數篇

皆雜述山盜劫殺諸事。文中寫一英國富紳，對人傲兀異常，若不屑一盼者。然在山上遇盜時，單身往救一婦人，與盜搏戰，奮不顧身，終救此婦人出。婦人謝之，反惶恐不知所云。其描寫英國人丈義在心之特性甚肖。又雛盜自述手斃一所愛女郎事，其情綦悲，則又盜窟之慘聞矣。

《黃金夢》、《記黑漁者所遇》兩篇

係敘述一村人名惠白者，以種白菜爲業，忽發夢想，欲掘取窖金，然不獲，園菜反盡蕪。後再偕一漁夫、一醫生至山林掘藏，亦未能得，且險喪其命。其後，卒以售去園地而成富翁。此文立意，殆謂黃金非可倖致，果能安分創業，則未始不能致富也。文中敘惠白之癡□，其女與荷蘭少年之試情，村人之聚談野語，惡客之凶暴，醫生之無賴等等，皆能各盡其致，絡繹敘出，使讀者有應接不暇之感。文中時時能窺見作者富於詩意之心地，及其性格之風趣處，如其敘惠白之菜圃云：『惠白雖貴爲田家天子，而天步亦有艱難。城墉所推漸廣，已侵融其國界，外挾市聲，後依高墉，空氣爲之填咽。山谷水態，均勿接於目。因而險暴小民，恒自夜午破籬局而入，舉其綠髭玉顔之百姓，採擷盈筐而去。有時國門勿慎，而遊方剛鬣突入蹂躪，園囿爲之狼藉。且黃臉之葵，時□籬落外窺，乃兒童□自外嫋其頭顱而去。』又描摹惠白女兒阿□盈盈長成之狀云：『阿美之年漸長，天下須知女兒花綻，而園丁擁護，較諸時花名果，爲尤百種經心。吾年垂老，不能描寫兒女私情，但覺此女眼兒漸媚，唇櫻漸紅，而膚革亦漸圓碩。此尚在十六歲夏季中之所見，至於十七春初，則含苞之花全吐矣。』又記肥人倫木之怪態云：『衆觀此胖人欲言未言之狀，大類火山將暴裂時矣。大抵火山之□發，而火力先於地窟中大鳴，於是煙焰大吐。此時倫木吸菸塞其咽，張吻噓氣，煙已大發，所謂火山煙起是也。但聞喉間氣咯有聲，而倫木心中之義理煉爲精言，直貫肺中頑痰包裹之界而出，先一發咳，而語氣則直肖一金囊飽滿之吐屬。每一語微斷處，必噴菸煙一次。言已，眉蹙而唇合，頤肉上縮，而唇際乃顯無數皺紋。噴煙氤氲，幾彌滿其臉，如戴面具。』又述惠白迷夢終年，時光虛擲狀云：『時令復徐徐交秋，田雞之聲已息，而桃花自芽而葉而花而果，燕子新來，啁啾樹上，遂移梁間乳小燕。小燕既燥而飛，而知春盡矣。□蠶自樹上垂絲，已而作蛹成蛾，夏令已殘，蛾乃弗見。門外樹葉，自綠而黃，自黃而落，天意若告戒惠白以代謝之時，惠白則恍然悟終年之未種藝也。』又狀惠白因病欲立遺囑時情事云：『少須律師至。妻女見狀則大哭，以爲人立遺囑者，死必矣。惠白止之勿聲，女以素巾裹面，幽咽無聲。其妻欲立止其悲，而淚循鼻頭而落，注於鼻尖作巨點，晶瑩如大□。惟所蓄貓，一無悲慨之容，尚跳躍挑撥，癢惠白妻下垂之絨綫。』此數節倩麗詼奇，兼而有之。誦之可知歐文設想之妙，并可知琴南譯筆之稱也。

（本章未完）

四

一、歐文小説

《大食故宫餘載》綜分《紀程》、《記阿蘭白拉宫》、《記余澌履寶位》、《記阿拉白蘭故宫中居民》、《記回王覲見外臣宫殿》、《記秘宫》、《記康馬利斯塔遠眺》、《記月臺》、《記坊者之暴富》、《記獅子殿》、《記蒲阿白的而王遺事》、《記阿剌伯占星之家》、《記游宫之旅客》、《記金索拉立甫夏宫》、《記阿默德世子》、《記山中遊涉》、《記回人遺物》、《記三公主塔》、《記三公主軼事》、《記阿蘭白拉宫中玫瑰》、《記老武士》、《記帥府與督府文移駁詰》、《記帥府之縛遊兵》、《記子爵僑寓宫殿庭作佳節》、《記甬道兩玉石美人》、《記教長以十字軍抗回回》、《記曼紐耳得醫學文憑》、《記中邪術之軍人》、《記著書人别格蠟那達》二十九篇。係歐文自游西班牙，阿剌伯故宫事，自啓程至離别止，并雜述阿剌伯之傳説故事。作文以叙景狀物爲最勝，其所寫故宫景物，幽豔如真，果誦玩一過，不啻此身親造其境焉。丹麥童話作家安徒生（Hans Andersen）所著童話集，有名《無畫畫帖》者，係分叙每夜之月景，其文境無異圖畫，適稱此《無畫畫帖》之名。然此四字以之移稱歐文此書，正復確切不移，蓋其所摹繪故宫景物，亦字中有畫也。歐文之文，本長於寫景，而大食故宫舊稱名勝，今以歐文之筆寫此天下奇景，兩相拍合，遂成絶世之作。無歐文之才，不足以記故宫；即無此故宫，歐文雖有才，亦未必能有此書耳。餘如所述阿剌伯傳記故事，文情并皆恢妙，歐文固夙嗜阿剌伯《天方夜譚》者，凡其所述，殆猶得力於此書爲多也。

《紀程》

係著者自述首途赴西班牙途間諸事。如其狀山上驢下云：『始不見驢，但聞鈴聲隱隱出諸雲半，或大聲叱驢，或高唱入雲。已，始徐徐見山樊上一行驢影出也，其出若虚懸天際，歷歷可數。既近，見驢額綴以紅纓，背上之氈，顔色亦雜出，爲狀甚異。』又狀水景云：『有小橋跨河而渡，激流觸石，直犯水碓。碓房環以黄石，漁家巨網，曬諸黄石之墉，小舟横陳，即隱緑陰之下。村婦衣紅衣過橋，倒影入水作絳色，渡過緑漪而没。』此二節皆能以文字奪畫工之妙者也。後者狀村婦過橋，影倒入水，更静豔如展法國油畫。其景非必奇特，野遊所恒能見者，得歐文寫入字裏，讀之始覺此景之妙，恍見一紅衣村姑在畫中行矣。

《記阿拉白蘭故宫中居民》

係述宫城中貧寒人家景象。其記西班牙人民性曰：『西班牙人，夏中但予以緑陰，冬季但予以太陽，更予一星麵包、一株蒜、一撮之鹽，有是五物，此外聽地球向何方而轉，樂極都不之顧矣。』歐文之言果足信，則西人殆皆優遊樂天人矣。又謂：『余每出遊覽，恒見塔尖之上，有人持釣竿如釣天空星象者，久乃莫釋其疑，謂空際老漁所釣者乃果何物？已而問馬鐵阿，方知故宫清寂，燕雀悉巢是間，爲數可千萬計。是間人間不可耐，以絲綸縳蠅釣魚，諺云：恒人無事，欲作空遊。此漁翁真在天半行漁矣。』人間不可耐，忽坐塔頂持竿釣鳥，是洵海外奇談也。

《記秘宫》

係述在故宫中發現秘殿事。此書數記宫景，皆蒨麗若畫，而此篇尤佳。今節録其月景一節，讀者即可知此書實足當『無畫畫帖』之稱也。其文曰：

時萬聲都寂，但聞遠寺鐘聲，作十二響，余復獨步至於廣殿之中看月。余手無燈，而途閣離房，一一通明不障，月光既足，輦道深長，稱余雅步。而白石殿柱，受月愈潔，萬户千門，皆入清冷世界。復思及林達克撒拉宫粧，臨兹月下，與王攜手賞玩月明，裙衩芙蓉，不審作幾番摇曳矣。嗟夫，似此氣候，似此月明，似此虚寒之臺殿，雖有通神之筆，烏能曲狀其佳？舉一必且漏萬，矧夏中夜半，身在山宫飛甍重檐之下，夜色之清，曾斯須有人間氛氣否？余此時飄飄如凌虚而立，靈魂幾脱軀殼而去，然亦以軀殼倖存，籠諸淡煙薄藹〔靄〕之中，因得消受此清凉之福，則此軀殼亦仙蜕之餘耳。時月光全射罘罳之上，廊廡皆明。余已置身水晶域中，而苑牆之敗瓦殘磚，均匿不見，但覺垂黝之白石，受月乃還其故狀。廊柱殿檻，似明非明，幽陰壯麗，狀至肅穆。余身今夕，果入《天方夜譚》中游亞剌伯之宫闕矣。余復徐躡皇后粧樓之上，樓如鳥籠，虚懸於萬山碧靄之中，憑闌俯視月中世界。右壁爲尼瓦達山，蔥翠受月，疑爲仙人出没遊戲之地，危峰積雪，被以月光作銀裝，直向蔚藍而上。格蠟那達城，屋瓦鱗鱗，萬家伏地，如披一幅輿圖。人聲既寂，但有巨家樓觀，荒寺塔尖，突起夜氣中。城外荒原，溟溟如霞，至遠而没。夜樹陰沉，作數百積，積中竟微聞有檀板聲，是必少年乘月跳舞，用此爲節拍者。又有絃聲歌聲，蕩諸夜風中，悠揚升此危樓之上。余不知聲從何來，然必情人弄此夜絃以挑女郎，使擁髻起聽。凡此景象，均余在皇后粧樓中所經歷者，思想發越無遺，似前此遊覽，襟懷至此始填砌而滿，無復缺憾。迨歸寢，東方已垂明，園中飛泉濺沫作聲，似速余睡。

《記阿默德世子》

係述古回王有獨子曰阿默德，星家爲推步命宫，謂其鍾情無極，因情愛將出其波瀾。果能中以師保之訓，則或不爲美人所累，王以此之故，遂即高山立儲宫，命世子入居其中。且令老宿愛本波乃本教之讀，諭曰：『先生無論以何學傳世子均可，惟情之字苟爲世子所聞，則取爾頭顱去。』傅乃授以哲學，世子不之悦。稍教以詩詞音樂，則大喜。一日春，世子臨窗，忽聞林中一片歌聲，恒言情之字，世子自念情果何物者？問之諸鳥，皆勿與答。獨鴿子告之曰：『情者，獨居則鬱伊，雙棲則美滿，攢三則争端起。情之爲物，能聯二者爲一。就中生其同心之愛好，此心一起，合則歡而離則悲，自是世子遂解所謂情矣。一日，鴿飛去復回，告世子，謂偶至一處，見一宫殿，中有一公主，其貌豔絶。世子聞之，心大動，因作詩命鴿銜去投此公主。鴿回，即仆地死，頭頸上有珍珠一串，翅下懸砝礮小影一枚，蓋即公主荅貽世子者。世子因決計往訪此公主，遂潛遁出宮，由角鴟爲導，四出尋覓公主芳蹤，遍歷數地，皆不能得。旋角鴟遇鶼鶓，鶼鶓爲領至討裏度城，世子始尋獲此公主。公主謂：「汝欲得我爲妻，必於武力中出才幹，方能得我，否則王不能許汝也。」明日，王大集各國太子校力，勝者得嬪公主。世子往校，大勝。衆忽曰：「汝爲回回，公主則基督教人，汝安有福儷彼？」世子大怒，揮矛狂刺，公主父亦中矛踣。世子知肇大禍，乃逃去。繼公主以思念世子故，患病甚亟，世子復僞以醫生進宮。至公主前，吟前所贈之詩，公主立起，病若失。王大喜，語之曰：「今日之事，必得厚酬。汝何嗜者，趣見告。」世子曰：「但乞庫中一故物，檀香匣中地衣，請以賜臣。」王立出地衣與之。世子又曰：「此地衣爲所羅門王所御者，請公主立其上，疾當立愈。」公主既登地衣，世子即跽坐其旁，地衣忽飛起，直回格廊那達城。時王適薨，世子乃繼位，公主亦正中宮。角鴟、鶼鶓亦已隨世子歸國。王貴二鳥功，乃大賚二鳥，册立角鴟爲相，鶼鶓爲儀部尚書。此篇所述，甚肖《天方夜譚》，而體寫物情，視《天方夜譚》爲尤細而趣，固絶妙一篇童話也。

《記三公主軼事》

係述前回王穆罕默德，嘗挾大軍掠於基督教邊陲，俘得一美姝，王愛之，欲立主中宮，女勿從，王乃媚其保氏，加以厚賜，使説其女主勿更抗王旨。女數經保氏之勸，遂意回俯從。逾數日，即册命爲后，且易其宗教，保氏亦從而遷教禮回回，易回中之名曰凱迭加，專伺王后。後后生三女，長曰賽達，次曰淑雷達，三曰淑拉海達。在禮，女墜地必以星家算其命宮，星家太息言曰：『天下生女，令人寡歡。至此三公主笄年，則所以累大王，較諸常女爲倍。今請大王於三女長時，王自督攝，勿落保傅之手。』王平日護前，聞星家言，竟思與命爲忤，必欲貴此三女，不如星家言。時王后逾數年薨，薨時，攜三女囑王并凱迭加。時三女皆未笄，王忽憶及星家之言，乃遷三公主於沙羅白裏那宫。宫距高山，崇墉厚碉，人不能入。三公主既入是間，有同罪斥。一日，三公主憑窗望海，見海舟中有武士擒基督教徒上岸，俘虜中有三少年，均妙年，狀至英挺。三公主斗見此三少年，不期情緒油然而生，拈帶喟息不止，後三公主皆娉婷長成矣。嘗返舊宫謁王，於道上遇群騎驅俘虜過，虜中前此所見三少年在焉。三少年見三公主，皆直視無禁。王以其無禮，將悉處斬。三公主爲哀懇，請貸其死罪。王乃令三少年於朱砂塔，執最苦之役。方三士至朱砂塔時，公主已入宫，同心若構宫怨，耳目所接，均不當意。凱迭加受王命，來伴三公主，百方慰解，三公主均長歎無言。一日，臨樓窗外盼，見三少年均被囚樓下，掃滌山谷，口中作歌甚豔。三公主心爲所挑動，竟悦之。男女兩方，因均解西班牙言者，雙方竟用是互相達意。後此三少年乃賄通保氏凱迭加，欲與三公主偕遁歸故國。凱迭加密告三公主，三人皆喜允。臨期，凱迭加果與長、次兩公主乘月夜循樓下履苑中，與此三少年逃去。而小公主淑拉海達忽膽怯，欲行不敢。長、次兩公主既隨三少年遁出宫，并騎直趨考而度巴行。適回王得訊，遣兵追之，勿獲。恐小公主復遁，將護甚密。而小公主亦自悔失策，獨依畫樓，時時雪涕，且鼓琴作歌，歌聲至悲。既懷其兄，復念所歡，且自悲單棲之無侶，後此遂抑抑死。此篇描寫三公主初解情愛之心理外態，筆致極深酷，似能將少女之芳心剖析而出之者，不知歐文如何能體貼及之也。其寫懷春之佳妙，蓋能與我國湯臨川之描摹杜麗娘并美矣！ 篇中形容小公主欲遁不敢之狀云：『三公主方欲下梯時，則顫不可忍，屢伸其纖足，復又縮歸。 如是者數，似籠鳥久羈，破樊而飛。 爲翼弗奮，自計身在籠中，爲勢固穩，若徑趣廣渺之世途，則危狀有不可言喻。 而思及壯偉之少年，則纖足復履軒窗以外，既伸足，則又念其父，於是復縮。』數語寫此時小公主戀父情懷，隨郎滋味，兩相交逼，倉卒莫知所可之狀。 其情其態，舉躍燃欲活。

《記阿蘭白拉宮中玫瑰》

係述阿蘭伯拉宮之三公主塔中，有一女郎，名鴉理他，貌絶麗，故人皆稱之曰阿蘭伯拉玫瑰。 有醜姑，防之甚嚴，長日勿令其外出一步。 時腓力第五爲西班牙王，有弄兒阿拉貢者，臂鷹遊於夏宮中，鷹飛入塔中，阿拉貢至塔下追取，遘鴉理他。 適醜姑他出，阿拉貢遽與鴉理他相愛。 後阿拉貢忽來鴉理他相別，自是兩人更不相見，鴉理他念之深。 一日，坐月下含涕苦思，忽噴水泉中，有一美人冉冉上升。 鴉理他大奇，往告其姑母，姑母斥爲妄誕。 明日，鴉理他仍遇此美人於月下，美人自謂係小公主淑拉海達幽魂所化。 手中且執有一銀琴，與鴉理他語數言，復隱入地下。 明日，鴉理他行至泉次，見銀琴依然在地，遂取之去。 長日彈琴，自遣煩思，聞者皆歎爲仙音。 鴉理他乃以善琴著。 腓力王好樂，患病將死，召之去爲王奏琴，俾已其疾。 琴聲甫作，王病立愈。 而鴉理他復得遇阿拉貢於宮中，遂結爲夫婦。 文中敘述醜姑云：『媪之爲人，最惡男子，其所以深恨男子者，非身遭不淑之人，蓋上帝造媪時，即媪之玉容，設爲峻拒男子之幌，令男子不敢冒進而親其人。 須知天下惟不爲人所動之人，往往思力所及，必防衛此可以動人之人，不令爲人所動。』前數語將刻劃醜姑之醜，而筆墨以宛委出之，後數語於醜婦心事，亦道盡無遺。又篇末叙銀琴收局曰：『此琴後此爲法裏乃利所盗，迨法裏乃利死，遂入義大利名家之手。此人窮窘，遂鎔其銀，竟以其絃傅諸他器，惟此絃大有仙意。讀吾書者，請以耳附余吻，此語幸勿告人。今義大利樂工拍加尼尼之享有盛名，即得此物耳。』全篇述至此終。拍加尼尼者，與歐文爲同時人，歐文以戲言爲結，極見其筆墨之空靈，甚有『曲終不見，江上峰青』之概。

《記甬道兩玉石美人》

係述康馬利斯塔下，其中有門，門次有石琢二仙妹。二仙均側注一處，在穹門之下，是處即爲前回王瘞寶之地。時阿蘭白拉宫有一蒔花人，名羅迫山岌時者，其女得鬼詔，謂如在石姝二目所注處掘之，其富當冠全城。羅迫山岌時如其言，掘之果獲金寶無數，遂致巨富事。篇中參以牧師騙寶一節，頗極詼諧。又其形容羅迫山岌時所娶之長妻云：『凡人侏者，論娶必頎。羅迫山岌時娶妻，遂亦娶其頎者。妻長大，幾欲拾取其夫納之囊而趨。』數語尤滑稽解人頤。

《記著書人别格爤那達》

係歐文自述離去大食故宫事。録其全書結語曰：

此時晚照，仍射紅光於宫中鴟尾之上，余隱隱尚見康馬利斯塔中月臺窗檻。是間不審於月夜風前，費余爾許吊古之心，而宮花宮樹，掩映回光，尤嬌綠深紅，動人凄戀。城外平原作纖絲色，映以晚霞尤佳。顧以臨別人對之，則戀中愈覺悲凉，已而奮然曰：『行矣，乘此風光美滿時，印我腦中，可留余思，勿待沉黑之時，轉無意味。』宗旨既定，遂决然行。更轉山樊，則萬象悉爲亂山所隔。余一生好夢，至此醒矣。吾生本在夢中時多，此區區者，又奚足云耶？

如此好山水，何減世外桃源，宜歐文之低回留戀，不忍遽別。末乃比之爲夢醒，且謂吾生本在夢中時多，而毅然捨之去。是歐文無愧爲達人矣！我好遊，得佳山水，恨不能永佔勿去。每離青山，如別紅□，其不達孰甚，讀歐文言，適自笑耳。

（本章已完）

林書叢論

卷端

陶翠寒

文學家又畫家林琴南先生名紓號畏廬又號冷紅生福建閩縣人生於前清咸豐二年以中華民國十三年十月初九日卒於京寓年七十三歲先生少孤苦時顧學又酷嗜先生恤助得免飢餒不能買書則羅收斷簡零編用自勵治自十三齡及於二十以後校閱不下二千餘卷迨三十以後與李畬曾太守友乃盡讀其兄弟所藏之完書不下三四萬卷於是文無恣肆日記作七八千言四十歲前於唐宋小說家言亦無不搜括纖病其治襲與荒渺遙棄置勿閱光緒壬午中舉人卽捨舉制之業肆力治古文嘗曰左傳史記漢書韓文爲中國文章之祖歷歷古以來自周秦訖於元明其以文名者如滄海之瀾前驅後踵而積學

林書叢論

一

林書叢論（四）

一·歐文小說（下）

陶寒翠

「大食故宮餘載」綜分「紀程」「記阿蘭白拉宮」「記佘漸民資位」「記阿拉白蘭故宮中屛民」「記回王親見外臣宮殿」「記祕宮」「記康馬利斯塔墟跳」「記月叠」「記圬者之暴富」「記獅子殿」「記蕭阿白的而王遺事」「記阿剌伯占星之家」「記避宮之旅客」「記金宗拉立甫夏宮」「記阿默德世子」「記山中遊涉」「記回人遺物」「記三公主塔」「記三公主軼事」「記阿蘭白拉宮中玫瑰」「記老武士」「記帥府與督府文移歇詰」「記帥府之縛游兵」「記子爵僑寓殿庭作佳節」「記甬道所玉石美人」「記教長以十字軍抗回回」「記曼紐耳得發學文趣

林書叢論

九三

東方福爾摩斯案贅言

朱　琳　撰

載於《新月》一九二六年一月二十三日第五期。作者朱琳，見一九二三年張舍我等《偵探小說話》紹介。本文以傳統『提要』的方式介紹、點評了程小青的偵探小說二十餘種，除了讚揚程小青的小說『立意嚴正，布局奇突』等外，也點出了程小青的一些值得注意的創作思想，如反對脱離中國現實，生硬地『嵌入歐化情節，寫得不中不西，非牛非馬』，主張偵探小說也要『拿人情作範圍，拿科學做扶助，不是一味拿機關炫人，做那影戲般的偵探』等等，都對當時的偵探小說有針砭意義。

現在的偵探小説，越發汗牛充棟，可是立意嚴正，布局奇突，極盡藝術能事的，却要推程小青先生所撰的《東方福爾摩斯探案》首屈一指了。諒讀偵探小説的諸君，腦中總深印着那位任俠尚義、博學多能的大偵探『霍桑』先生哩。在下現把讀過的各案，隨筆寫些贅言，供給《新月》補補空白。

朱瓛草於吴門萍飄室中

《江南燕》（單行本，中華書局出版）

這是長篇社會偵探案，記述一個刁僕欺主的事情，真寫得不可捉摸。通篇布局，也十分曲折縝密，諒讀者已早有定評了。并且程先生因見近來作中國偵探小説的人，往往硬嵌入歐化情節，寫得不中不西，非牛非馬，所以這篇勘驗足跡時候，特在霍桑口内，説中國房屋和洋房的結構，是絶對不同的，萬不能拾人唾餘，自以爲金科玉律。

《箱屍》（單行本，大東書局叢書之一）

程先生因見現在世風日下，一般墮落惡少，借着解放的新名詞，實行那禽獸的惡計，蹂躪女權，真是殺不可赦。所以這篇裏，奮他的神筆，誅掉那衣冠禽獸的計雪香，吐一口憤懣之氣。我人讀完這篇，真是感慨無窮。那霍桑見翠鳳死的新聞，説『這就是蕩子蕩婦，應有的結果』。晨鐘暮鼓，真是一篇有功世道的作品。第一章裏，研究理想的議論，是程先生心得的話，讀者切莫忽略瞧過。

《**顧博士**》(同《箱屍》)

這也是篇言情偵探案，通篇結構，完全别開生面，情節越後越緊，布局越布越奇，雖如春雲在天，伸展自如，大有不可推測之勢。然結脈伏綫，却仍一綫貫通。布局到此，真可稱能事盡了。至於敘事，也是一篇掊擊惡新潮的作品。

《**斷指黨**》(刊中華書局《禮拜六》一〇一期至一一二期)

這篇敘述霍桑和斷指黨角智的故事，通篇奇波疊起，使讀者也不禁跟着驚心動魄，但却仍拿人情作範圍，拿科學做扶助，不是一味拿機關炫人，做那影戲般的偵探。《霍桑探案》的有價值，就在這等所在。至於結束，竟把斷指黨寫得誅奸除惡，俠義可佩，把許多殺人惡跡，洗拭盡净，真令人不能不拍案叫絶了。現在那般文人立社，大都除掉社長等名稱，也是取法此黨的組織。理想竟變成事實，自然程先生談起這案很覺得意非凡了。

《**長春妓**》(刊《禮拜六》第一一三期至一二四期)

這也是篇動的社會偵探案，内敘霍桑和拐匪黨的奮鬭，幾經失敗，纔告成功。真寫得千鈞一髮，動魄驚心。但程先生見女子的墮落，雖由於社會的不良，和拐匪的作惡，然探本推源，却大都女子因一時虛榮心的衝動，等到一經失足，就至恨成千古。所以起首和結束兩章裏，大書特書『虛榮心是女子墮落的原素』，《霍桑探案》的益人，就在這等所在。果不只啓人智慧罷哩。

《怨海波》(刊世界書局出的《偵探世界》一至六期)

當我讀完這篇,很起了無限的悲感。巨大的遺産,溺愛的慈母,遂至養成張有剛那般剛愎的兒子,弄得家庭中骨肉仇敵,怨波疊起,卒至『同歸於盡』,門庭爲墟。所以要使子弟個個盡佳,必須先注重『母教』。至於通篇的結構,越發變幻難測,真程先生一篇精心傑作。

《毛獅子》(刊《偵探世界》一六至廿一期)

這是接續《五福船》的一篇動的偵探案,記五福黨人凶惡,真使人提心吊膽,不禁替霍桑捏把駭汗。但霍桑却能隨機應變,到底使『五福黨』終歸失敗。俠腸義膽,真使人十分欽佩。至於結構,也比《斷指黨》越覺緊凑,真難得的傑作。

《無頭案》(刊華安合群保險公司出版的《華安雜志》第二卷一至五號)

這是篇言情偵探案,羅夢生和王薏珠的一對多情人,因着女父王景綏趨炎的原故,把一對意氣相投的如花美眷,生生劈破。遂使賢淑的女,隨身慘境。多情的夢生,竟甘獨身。然社會的萬惡,還不使他們就此結束,必要使尤敏荒唐破家。薏珠獨負家計,那王景綏却反置之不相聞問,一任他的女兒,處在人間地獄裏面。蓄心之忍,我也真不懂了。夢生見他的情人,到此地步,熱情所到,自然要竭力扶助。但使女阿香,復從中作祟,竟使這一對多情人,同遭慘斃。『愛海即恨海』,我現在讀了,猶不禁灑下同情的悲淚呢。小青多情人,自然有些凄慘筆墨,不過賺我輩情場失意人,同墮無數熱淚,太覺不情了。至於情節,也變幻離奇,不可捉摸。結束以『瘋人』也,覺生面別開。

《倭刀記》（單行本，商務書館出版）

現世一輩青年，大都只知道有己而不知利人，所以往往在情場失敗後，不能自制，必要竭力破壞對方的名譽，弄到兩敗俱傷。遂使孽海之中，怨波汹涌，而無已時了。像這篇中陸子華以賣國事發，爲情人擯棄。子華既遭失戀，而宦達又復無望，眼瞧着情敵們結婚，心不甘服。但一再破敗，所謀難遂，怨毒填臆，就布疑跡，自殺陷人。虧霍桑精心獨到，抉破陰謀，林叔權與佩玉終成眷屬。通篇結構，迴環曲折，而抉破疑雲，大有抽繭剥棗之妙。

《緑衣女》（刊《東三省公報》）

邇來世風日下，一般青年男女，他們的所謂自由戀愛，大都僅注重肉欲。等到目的已達，往往朝秦暮楚，反自以爲漂亮。遂使高尚純潔的戀愛，給這輩害群之馬，糟得不可收拾。他們的罪惡，真是殺不可赦。就像這案中的金雨清，他因愛應碧芙的色，就投身伊父小海家，充當書記。可是當他情狂正熱的時代，爲小海察破劣跡，驅逐出門。雨清積怨成恨，既破壞了小海的名譽，又復把路斃的死丐，李代桃僵冒充了自殺，遂使這案離奇幻異，不可捉摸，幾使霍桑也隨入霧中。虧得在照片中發現雨清身材的長短，也設計使那色情狂少年，墮入羅網，垂敗功成。全體結構，真像天半遊龍，變幻莫測。然一經結穴，又迴環呼應，程先生的筆墨，真可稱得出神入化了。

《忠僕》（仝上刊本年三月至六月）

此篇叙一淫棍孫和康，因仗着嗣得的遺産，一味的蹂躪女子，遂使那仁慈貞潔的姜志竹醫士，也做了淫棍的犧牲品。可是因果循環，和康的妻子，却也跟人捲逃。他財盡境危，楚歌四圍，於老僕手刃之先，只能飲藥自殺，遂了害人自害之必然結果。此篇叙事，如怒濤汹涌，奇波疊起。而末後兩章，又如天外奇峰，驀地飛來，令人精神一振。至結穴表面淫棍自殺，讀書至此真覺天網恢恢，還有一些公理，很可大快人心哩。

以外長篇，還有三篇，在下因尚未閱過，不敢胡説。遺珠珊瑚，不能盡介紹之力，心中很覺悵惘，現在只好把『題名』和出版的所在，寫在下面罷。

《冤獄》（單印本，中華書局尚未出版）。

《翡翠園》（《華安雜志》待刊）。

《傀儡》（刊香港《大光日報》）。

短長篇：

《五福船》（小本單行本，大東書局出版）

是叙霍桑和毛獅子奮鬥的事。冒險的精神，機警的智謀，寫得字裏行間，真像有那位任俠的大偵探，涌現出來，使讀者不能不肅然起敬。至於叙事，也迴環曲折，極盡藝術能事。描寫也極合人情，毫無過火之處。

《鐵軌上》（同上）

程先生因見近來作偵探小説的人，往往把理想中的偵探，寫成不近人情的武俠人物。所以特在這篇第一章裏，借車中乘客的『和調』襯托出霍桑的爲人，不過多才多能罷了。敘事是説純潔的戀愛，只要有堅誠的同心，自能解脱一切羈絆。通篇結構，也曲折奇突。

《窗外人》（同上）

程先生因見《四魔騎》（即前歲上海大戲院所演的《兒女英雄》的影戲），想起情場中的禍水洶涌，就是因着不能『捨己利他』，所以這篇中，竭力提倡『利他主義』，良工心苦，真不愧是個『人道小説家』了。

《我的婚姻》（刊《偵探世界》一至一二期）

敘包朗和佩芹的婚姻，給匪徒所算，竟至功敗垂成。幸得霍桑精心獨到，燭破一切，纔能成佳偶。通篇敘事，都有『水窮山盡疑無路，柳暗花明又一村』之概。描寫包朗的失困情場，想入非非，真可大發一噱。

《烏骨雞》（刊《偵探世界》一五至十七期）

這篇是觸機於《福爾摩斯探案》的《藍寶石案》，但結構曲折，奇波疊起，層層變幻。結束一看，尤出人意料。比較《福案》，反高出許多。『青出於藍』，程先生真可當之無愧了。

《第二彈》（刊《紅玫瑰》七、八兩期）

這篇叙事，十分曲折，破案一層，更覺突兀可喜。程先生因見作偵探小説的，往往於案情破獲之後，必有一段冗長的解釋（福爾摩斯探案，大率如此），已不合現時的要求，所以這篇，層層布局，層層解釋，使讀者另變一種眼光。小青之才，真『聖歎』所謂，『不可以斗石測量』了。

《貓兒眼》（刊世界書局出版之《快活》第三期）

是篇動的社會偵探案，叙霍桑和江南燕角智的事情。俠義胸腸，冒險精神，寫得兩方面工力悉敵。叙事也詭奇曲折，波瀾疊起。并於叙事縷縷之中，大書霍桑的話道『須知失敗是不足耻的，但若經過了失敗，却不曾得到一些教訓，那纔可耻』的幾句，至理名言，真不只是叫包朗於驚亂中，須具鎮静的定力呢。

《一隻鞋子》（刊《快活》八期）

這篇是静的社會偵探案，叙徐志高心驚膽虛，把一個賢淑的良妻，竟遭冤死。雖則是社會上的惡少，不能説不是造成慘局的惡魔。但倘徐志高不因着投機事業失敗，也不至那般魯莽的就下毒手。利令智昏，真是何等可嘆。至於那隻鞋子，是個奇妙雙關的關鍵。布局到此地步，真可稱能事盡了。

《一個嗣子》（刊《快活》一五期）

這篇是家庭探案。我國因着遺産，爲立嗣問題，也不知醖釀成多少奇案了。這篇叙韓守祖，既自己生了兒女，又不退掉嗣子，一誤再誤，竟至弄成那幕『同歸於盡』的慘劇。至於那篇叙事，故意把尋常疑跡，自己先行道破，然後山窮水盡，另起奇波。讀者見了，真覺離奇莫測，不可捉摸了。

小說談話會　　二

近今作長篇小說者。包天笑得渾脫之氣。畢倚虹得細膩之致。程瞻廬能刻畫入微。然而失之過分。不過喜之者亦喜其過分耳。向愷然惟留東外史可觀。其留東新史及江湖奇俠傳便覺散漫矣。葉小風之如此京華與夫何海鳴之十丈京塵。一以冷雋勝。一以窮兒極惡勝。玉田趙紱章之精忠奇俠傳。首四集確能聚全神。其後則頭緒紛紜。有收束不得之病。范烟橋作彈詞。在今日獨擅勝場。惜乎歡迎者少耳。

徐枕亞李定夷之四六小說。行文不爲不美。雕鏤不爲不工。惟其美惟其工。益見其市儈烟火氣。他若天虛我生之淚珠緣。更不足論矣。

新文化小說界中。惟葉紹鈞郁達夫能運筆自如。郁達夫之沉淪。有諫果回味之妙。斷不能以其爲歐化式的而一例非之。

東方福爾摩斯案贅言

朱　𤢙

現在的偵探小說。越發汗牛充棟。可是立意嚴正。佈局奇突。極盡藝術能事的。却要推程小青先生所撰的「東方福爾摩斯偵探案」。首屈一指了。諒讀偵探小說的諸君。腦

說林嚼舌

黄轉陶　撰

載於《新月》一九二六年三月十四日第一卷第六期。作者黄轉陶，見一九二二年琴樓等《小說雜談》介紹。本文散記當時小說界的一些情況，頗可注目者是指出中國白話小說『實濫觴於《禮拜六》雜志，及後《半月》、《遊戲世界》等種種刊物』，而一九二六年前後，文言小說『又將奪白話之席』。這些都是時下小說史編寫者所忽略或不認可的。他所指出的陳小蝶、王小逸、趙眠雲等人的一些作品及星社等文人團體，也可重新加以研究與認識。

時代變遷，小説在文藝界之地位，亦日趨月異。四五年前，筆記派小説體裁已爲一般讀者所詬病，於是白話小説乃風尚一時。近時時髦之白話小説，實濫觴於《禮拜六》雜志，及後《半月》、《遊戲世界》等種種刊物，莫不以白話小説爲主體，文言副之。小説在此數年之間，極盡變化之。觀迄今文言駸駸乎又將奪白話之席，人事無常，此亦例耳。

小説作者，在現在可稱車載斗量，惟撰文言者，寥若晨星。林琴翁物化以後，文言一派，遽趨黯淡，陳小蝶氏，幾爲中流砥柱矣。陳君筆法，酷肖琴翁，而宕逸俊秀之氣，似亦不弱此翁。近《紫羅蘭》所作《書獄》，誠非能手不辦。

長篇小説，世多宗江都涵秋。涵秋物化有年矣，一時稱雄者，尚有天笑、瞻盧、倚虹諸先生。凡此數人，在小説界之地位，當然無待贅言。此外王小逸氏，如異軍蒼頭突起，丹鳳朝陽，一鳴驚人。然非具大夙慧，不能臻此。

坊間流行小説，亦有百讀不厭者，徒資埋没耳。《奇俠精忠傳》用筆，塊偉奇特，行文流走。單本小説亦有可讀者，近時出版眠雲之《雙雲記》，筆法條暢之至。

武俠小説近時又有中興之象。惟以前之武俠，大率爲筆記體裁，今則衍爲小説矣。武俠筆記，幾成絶響。向愷然先生徒以長篇顯，短篇偏於神怪，論者以爲駁雜不純。

上海爲小報之發祥地，其實皆濫觴於《晶報》，《晶報》之佳妙，在不可明言，效顰者難免有畫虎之誚。至於文藝爲重之小報，曾盛行於一時期中，不久便衰。蘇州之《星報》頗留芬於藝林。

小說作者貴結團體，合社之舉，屢有所聞，然皆範圍狹小。青社組合於上海，集小說家於一堂，不可謂非盛舉，惜乎壽命甚暫。吴門星社垂數年矣，文酒歡會，歷久不散也。

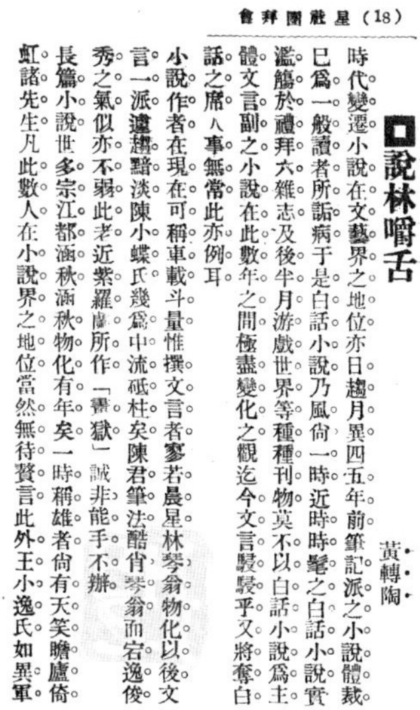
星社團拜會（18）

說林嚼舌

黃轉陶

時代變遷小說在文藝界之地位亦日趨月異四五年前筆記派之小說體裁已爲一般讀者所詬病于是白話小說乃風尙一時近時時髦之白話小說實濫觴於禮拜六雜志及後半月游戲世界等種種刊物莫不以白話小說爲主體文言副之小說在此數年之間極盡變化之觀迄今文言駸駸乎又將奪白話之席人事無常此亦例耳

小說作者在現在可稱車載斗量惟撰文言者寥若晨星林琴翁物化以後文言一派遽爾黯淡陳小蝶氏幾爲中流砥柱矣陳君筆法酷肖琴翁而宕逸俊秀之氣似亦不弱此老近紫羅蘭所作「畫獄」一誠非能手不辦

長篇小說世多宗江都涵秋涵秋物化有年矣一時稱雄者尚有天笑瞻廬倚虹諸先生凡此數人在小說界之地位當然無待贅言此外王小逸氏如異軍

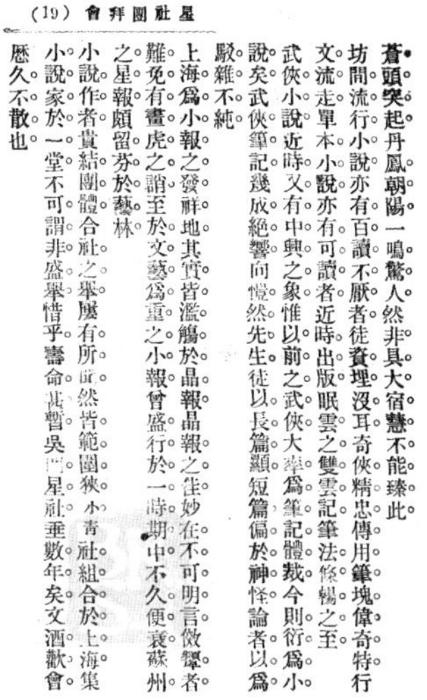
（19）星社團拜會

蒼頭突起丹鳳朝陽一鳴驚人然非具大宿慧不能臻此

坊間流行小說亦有百讀不厭者徒資埋沒耳奇俠精忠傳用筆瑰偉奇特行文流走單本小說亦有可讀者近時出版眠雲之雙雲記筆法條暢之至

武俠小說近時又有中興之象惟以前之武俠大率爲筆記體裁今則衍爲小說矣武俠筆記幾成絕響向愷然先生徒以長篇顯短篇偏於神怪論者以爲駁雜不純

上海爲小報之發祥地其實皆濫觴於晶報晶報之佳妙在不可明言微譽者難免有畫虎之誚至於文藝爲重之小報曾盛行於一時期中不久便衰蘇州之星報頗留芬於藝林

小說作者貴結團體合社之舉屢有所聞然皆範圍狹小青社組合於上海集小說家於一堂不可謂非盛舉惜乎壽命甚暫吳門星社垂數年矣文酒歡會歷久不散也

星友語録

陳蓮痕　撰

載於《新月》一九二六年第一卷第六期。作者陳蓮痕，名燕方，筆名舊燕，號根香廬，星社社員，蘇州人。平生喜藏書，尤好方志。曾爲《小日報》、《珊瑚》、《新月》、《聯益之友》等撰稿，後主《新魯日報》、《新魯月刊》筆政。著有《清宫四大奇史》、《京華春夢録》等。本文輯録了一批『舊派』小説家的口頭語，可見其人一斑。

尤半狂說：平日筆孽、口孽太重，恐怕女孩子長大了，也和東方羅蘭一般的丟臉，不如早死去的爲妙。（時半狂新殤掌珠，酒後戲言。）

范煙橋說：今天老蟹也失利了。（煙橋雀戰時，忽發此言，實欲言老手而誤稱爲蟹。）

吴聞天說：你們都稱我爲吴大頭，實則我頭并不很大。（聞天素有大頭之稱，同人擬之爲吴景濂。）

姚賡夔說：唔篤再要瞎三話四，我要扮面孔哉？（賡夔有衛玠璧人之譽，而面孔并不常扮。）

鄭逸梅說：男女怨曠，爲人生最苦之事。（逸梅供職山塘，而夫人則居城内，兹爲是言，其感慨深矣。）

程小青說：照我偵探眼光看去來，這件事情，毛病出哉！（『毛病出哉』，爲小青口頭禪。）

趙眠雲說：再喝這麽五十杯。（眠雲温文爾雅，而酒量甚宏。元旦雅集時，興致最豪。）

程瞻廬說：蘇州太太到北京去，向老媽子說，這件衣服，你拿去搓幾把罷。老媽子很驚訝的答道：搓雞巴？這是什麽話？太太知道他聽錯了，不由得臉紅起來。這是學藍青官話的一種教訓。（瞻廬賦性滑稽，片言偶發，闔座動容。）

黄若玄説：惟女子不得加入爲社友。（社中擬訂簡章，推若玄起草，若玄特列此條。）

顧明道説：我是快要結婚哉，倷是老朋友，一定要請過來吃杯喜酒的。（這是明道請我吃喜酒的話。）

黃轉陶說：我是一些也沒有女性的，你們偏稱我小妹妹，真是怪得很。（轉陶有小妹妹的雅號。）

范菊高說：我搭小本家，是老搭檔哉？（這是菊高得意之言。）

蔣吟秋說：請你們吃紅蛋。（吟秋有弄璋之喜，湯餅筵時，以紅蛋即席遍贈同人。）

范佩萸說：嵌四萬，和得寫意的來。（某日雀叙，予因事倩佩萸暫代。第一副萬子清一色，碰出四萬，仍等嵌四萬，居然自摸，佩萸狂喜，爲予述之。）

徐碧波說：秋扇怨影片，阿是嘸啥。（碧波供職海上友聯影片公司，新出哀情片《秋扇怨》，來蘇開映。宴同人於城中飯店，予亦躬逢其盛。）

金季鶴說：前天晚上，我是看朋友出來。（某日夜午，予偕半狂步月歸，偶經僻巷，遇季鶴彳亍獨行。元旦雅集時，季鶴爲言如此。）

江紅蕉說：碰完四圈，我一定要動身的。（前日在煙橋處，識紅蕉，時方由海上來，共作手談，而紅蕉以事不克久留，碰四圈即去。）

顧醉萸說：《針報》銷路尚好，可以不致虧本（醉萸主輯《上海針報》，前次返蘇，爲同人言。）

尤劍飛說：我要買一些橄欖。（劍飛夫人酷嗜橄欖，故劍飛至觀前，輒購少許，歸貽細君。）

楊劍花說：兄弟……不敢……慚愧慚愧……（星友中最會客氣者，莫如劍花，此數言，乃偶拾其寒暄語中之一鱗半爪耳。）

周克讓說：我寫的字，是館閣體，很難看的。（克讓曾任緝私營長，而恂恂儒雅，依然書生本色，工書能詩。方於元旦入社，承以手書楹聯見貺。）

陶冷月書：畫家有新舊之争，新舊兩派中，又互相攻擊，所以我創了一種新中國畫，想做一回和事老，去調和他們的争執。（冷月精繪事，融貫中西，實臻化境。）

范君博説：近來雖很忙，但是雅集時，一定能到的。（君博近致力於地方公益事業，不常與同人把晤。）

屠守拙説：舍間住在駙馬府堂前。（守拙與予，僅有一面之緣，故交談并無他語。）

這篇東西，是應小青徵求而作的，寫到這裏，忽然想起小青限定的體例，末後須嵌一瞻廬的大名。我想了半天，竟想不出怎樣嵌法，後來好容易纔想起了，便不管三七廿一的寫道：我們星社裏，總算是人才濟濟了。各人有各人的長處，我也不必給他們標榜。不過專就資格方面説起來，社中祭酒，當然要推程瞻廬了。

(6) 星社團拜會

星友語録

陳蓮痕

▲尤半狂說　平日筆墨口孽太重。恐怕女孩子長大了。也和東方雅蘭一般的丟臉。不如早死去的爲妙。（時半狂新殤掌珠。酒後戲言。）

▲范烟橋說　今天老蟹也失利了。（烟橋雀戰時。忽發此言。實欲言老千。而誤稱爲蟹。）

▲吳聞天說　你們都稱我爲吳大頭。實則我頭並不很大。（聞天素有大頭之稱。同人擬之爲吳晨濂。）

▲姚賡夔說　唔篤再要瞎三話四。我要扮面孔哉。（賡夔有衛玠璧人之譽。而面孔並不常扮。）

▲鄭逸梅說　男女怨曠。爲人生最苦之事。（逸梅供職山塘。而夫人則居城內。玆爲是言。其感慨深矣。）

▲程小青說　照我偵探眼光看去來。這件事情。毛病出哉。（毛病出哉。爲小青口頭禪）

▲趙眠雲說　再喝這麽五十杯。（眠雲溫文爾雅。而酒量甚宏。元旦雅集時。興致最豪。）

▲程瞻廬說　蘇州太太到北京去。向老媽子說。這件衣服。你拿去搓幾把罷。老媽子很驚訝的答道。搓鷄巴。這是什麽話。太太知道他聽錯了。不由得臉紅起來。這是學說普通官話的一種教訓。（瞻廬賦性滑稽。片言偶發。闔座動容。）

小說之四步

程小青　撰

本文載於《新月》一九二六年第二卷第一期。作者程小青，見一九一九年余青心《說小說應列入學校國文課程中及其教授方法》提要。本文認爲作小説并無成法，不能寫得千篇一律，但亦當注意藝術組織。他借鑒了美國作家費烈潑氏的觀點後認爲，當在四方面作努力：開頭即要吸引住讀者之注意力，繼而要注意逗動讀者之好奇心，刺激讀者之感情，最後表現在能深入讀者之心靈。當然，能做到這四點殊非易易，能達到第三步，即是『天才學力之有突出過人者』，至於直達第四步之作品，就『寥寥不多得也』。在這裏，值得注意的是，他在批評墨守成法時，以林紓等老一輩的『某生派』爲例，而在指摘無藝術組織時，竟直指當時的『新派小説』，認爲當時的『新派小説』多爲『隨感録』式的短文。

作小説有方法乎？此一問題若舉以詢諸同文，我知所答者必不盡同。或詢余之見解若何，則應之曰無，曰有。此二種絶端相反之答語，初非余故作模棱之詞，蓋就藝術眼光而論，小説實無一定之成法。使小説而有如算學之公式，則必千篇一律，可名之謂刻版文章，而非小説矣。若在昔流行之『某生派』小説，讀者恒覺其味同嚼蠟，故小説實無固定之方法也。然則小説遂無必要之條件，而可任意爲之乎？則亦非也。蓋小説雖不必拘泥繩墨，要亦非絶無標準規律者，否則信筆所之，既無藝術的組織，雖有佳思，亦祇成其爲『隨感録』式之短文而已。近今流行之新派小説，每多病此。吾故曰：作小説亦絶非無法者也。

今姑不論小説之方法若何，且介紹美作家費烈潑氏所論小説應有之四步，藉資借鏡。四步維何？曰吸注意、引好奇、動感情、印心靈是也。依此四步，逐漸而進，以至終篇，始可謂合乎藝術之小説。試分别論之。

（一）吸引讀者之注意力

凡小説開端，若能不落恒蹊，如談古文者所常用之『一起陡絶』、『開門見山』等之考語，則讀者披卷一覽，便覺津津有味。否則雖有佳作，往往因開端平淡而遭讀者之厭棄，而佳作遂因以湮没，殊可惜也。

（二）逗動讀者之好奇心

此亦任何小説所必經之階級。蓋既有突兀之發端，必有一種吸住讀者眼光之力量，使之漸入佳境，始有不忍釋卷之成效。在此一步，全篇之焦點，應隱約顯露，使讀者有尋味之趣。此不獨偵探性質之小説爲然，即其他言情、社會小説，亦皆不可少者。

（三）刺激讀者之感情

此節爲全篇主旨所在，乃人物之描寫，及作者之理想及寓意，至此必刻畫入微，盡情發揮，因此激動讀者之情感，使之或喜或悲，唯著者之筆尖是從。善屬文者於此一點，必能酣暢淋漓，竭意描寫，竟能使讀者忘其所以，一任著者筆尖之玩弄而不自覺。

（四）既入讀者之心靈

此爲作小説之最後一步，亦即最高之一點。必使讀者因劇烈之感情衝動，神與俱化，而致自忘其身，由是而深鐫心坎，永無遺忘之日，而此作亦遂與之而不朽矣。

右論四步，以鄙見觀之，允稱切當，惟頗不易達到，即論第三步，已非天才學力之有突出過人者不辦。故直達第四步之作品，亦無怪寥寥不多得也。

小說之四步

小說之四步

程小青

作小說有方法乎。此一問題若舉以詢諸同文。我知所答者必不盡同。或詢余之見解若何。則應之曰無。曰有。此二種絕端相反之答語。初非余故作模棱之詞。蓋就藝術眼光而論。小說實無一定之成法。使小說而有如算學之公式。則必千篇一律。可名之謂刻版文章。而非小說矣。若在昔流行之某生派小說。讀者恆覺其味同嚼蠟。故小說實無固定之方法也。然則小說遂無必要之條件。而可任意爲之乎。則亦非也。蓋

小說雖不必拘泥繩墨。要亦非絕無標準規律者。否則信筆所之。既無藝術的組織。雖有佳思。亦祇成其爲「隨感錄」式之短文而已。近今流

一

讀紅雜綴：《紅樓夢》人物評（一）

惜華　撰

載於《北京畫報》一九二六年第一卷第三期。《北京畫報》由寧南屏於一九二六年創刊於北京，以『提倡保存北京固有的文明，反對破壞北京一切的文物』爲口號，圖文并茂，内容豐富，其中有關戲劇的文章猶多。傅惜華在該刊上發表了不少文章。惜華，即傅惜華（一九〇七—一九七〇），滿族，原名寶泉，筆名仲涵、曲萚、寒山、涵盧等，齋名碧渠館。北京人。著名的藏書家、戲曲研究家。曾任國劇圖書館主任、中國大學國文系教授、中國戲曲研究所研究員、圖書館館長等職。著有《曲藝論叢》、《清代雜劇全目》、《元代雜劇全目》、《明代雜劇全目》、《北宋傳統戲曲總目》、《水滸戲曲集》等。本文轉載了《桐蔭清話》所録有關用《西廂記》的句子來品評《紅樓夢》人物及一些院、閣、館、齋的例子，頗酷肖，很別致，惜未刊完。

清代筆記小説《桐蔭清話》的作者倪鴻謂：『嘗於珠江畫舫中，見一女郎，手持湘妃竹，淡金面，摺疊扇一柄。蠅頭細書《紅樓夢》人名，下合《西廂記》曲一句。詞意酷肖，真雅製也！』我現在從這書中，將那把摺疊扇上的評語，抄録下來，以供研究小説——『紅學』者的參考。

（一）警幻仙姑——『人間天上』。
（二）史太君——『積世老婆婆』。
（三）邢夫人——『從來懦』。
（四）王夫人——『女教爲師』。
（五）李紈——『節操凜冰霜』。
（六）王熙鳳——『酸醋當歸浸』。
（七）尤氏——『這邊是河中開府相公家』。
（八）秦可卿——『夢兒相逢』。

（九）元春——『御筆親除』。
（一〇）迎春——『體格是温柔，性格是沈』。
（一一）探春——『我雖是女孩兒，有志氣』。
（一二）惜春——『禮三寶』。
（一三）巧姐——『織女星』。
（一四）寶珠——『哭聲兒似鶯囀喬林』。
（一五）林黛玉——『情到海枯石爛時』。
（一六）薛寶釵——『舉止端詳』。
（一七）寶琴——『嬌滴滴趣顯紅白』。
（一八）史湘雲——『夢不離柳影花陰』。
（一九）邢岫煙——『可憐我爲人在客』。
（二〇）李紋——『撲刺刺把比目魚分破』。
（二一）李綺——『好着我難猜』。
（二二）尤二姐——『遊絲牽惹桃花片』。
（二三）尤三姐——『斬釘截鐵常居一』。
（二四）喜鸞——『不識憂，不識愁』。

（二五）夏金桂——『寒窗重守十年寡』。
（二六）妙玉——『真僞』。
（二七）傅秋芳——『只許心兒空想，口邊閒題』。
（二八）若玉——『樸騰騰點着祆廟火』。
（二九）薛姨媽——『幼女孤兒』。
（三〇）趙姨娘——『便待剪草除根』。
（三一）佩鳳——『打扮的特來晃』。
（三二）秋桐——『如何妄脱空』。
（三三）鴛鴦——『鳳隻鸞孤』。
（三四）瑞珠——『在心爲志』。
（三五）金釧——『一納頭便去憔悴死』。
（三六）紫鵑——『有情的都成了眷屬』。
（三七）平兒——『做夫人便做得過』。
（三八）香菱——『她若見甚詩，看甚詞，她敢顛倒費神思』。
（三九）晴雯——『性頭剛』。
（四〇）彩霞——『多情早被無情惱』。

（四一）玉釧——『恁般惡搶白，并不曾記心懷』。
（四二）彩明——『尚柬帖兒上計稟』。
（四三）鶯兒——『真不枉唤做鶯鶯』。
（四四）彩雲——『非奸做盜拿』。
（四五）抱琴——『宫樣眉兒新月偃』。
（四六）襲人——『伯勞東去燕西飛』。
（四七）麝月——『抓住荼蘼架』。
（四八）碧痕——『淫透了波凌襪』。
（四九）柳五兒——『遮遮掩掩穿芳徑』。
（五〇）小紅——『要梅香來説勾當』。
（五一）四兒——『漏洩春光與乃堂』。
（五二）司棋——『人約黄昏後』。
（五三）侍書——『冷句兒將人厮浸』。
（五四）翠縷——『和小姐閒窮究』。
（五五）入畫——『誰許爾胡行亂走』。
（五六）春燕——『管什麽拘束親娘』。

（五七）萬兒——『好事兒收拾得早』。

（五八）寶蟾——『紙窗兒溼破，悄聲兒窺視』。

（五九）雪雁——『世間草木是無情』。

（六〇）傻大姐——『小孩兒家，口没遮攔』。

（六一）王善保家——『何須稱一一搜原由』。

（六二）文官——『啓朱唇，語言的當』。

（六三）齡官——『盡在不言中』。

（六四）芳官——『翠袖殷勤捧玉鍾』。

（六五）藕官——『一樣是相思』。

（六六）葵官——『女孩兒家恁響喉嚨』。

（六七）嬌杏——『穩受了五花官誥』。

（六八）金哥——『白練套頭，尋個自盡』。

（六九）净虚——『對豔妝將言詞説上』。

（七〇）智能——『常要擔擱人性命』。

（七一）劉老老——『信口開河』。

（七二）青兒——『猩猩惜猩猩』。

（七三）馬道婆——『速滅』。

前面所說的七十三人，都是屬於女性的。還有男性的四十六人，也抄録在下面：

甄士隱——『誰想這裏遇神仙』。

（二）賈敬——『無意求官，有心聽講』。

（三）賈赦——『情性傷』。

（四）賈政——『平生正直無偏向』。

（五）賈珍——『將錦片前程已蹬脱』。

（六）賈璉——『惹草粘花没掂三』。

（七）賈珠——『先亡了有福之人』。

（八）寶玉——『萬種情緣一樣愁』。

（九）賈環——『一地胡拿』。

（一〇）賈蓉——『做多少好人家風範』。

（一一）賈蘭——『後代兒孫』。

（一二）賈代儒——『向詩書經傳，蠹魚似不出費鑽究』。

（一三）賈瑞——「硬撞了桃源路」。

（一四）賈薔——「不由人不口兒作念心兒印」。

（一五）賈芹——「將一座梵王宮，化作武陵源」。

（一六）賈芸——「若是眉眼傳情未了時」。

（一七）北静王——「潘安般貌，子建般才」。

（一八）王子騰——「兼領得陝右河中路」。

（一九）雲光久——「拆鴛鴦坐兩下裏」。

（二〇）趙全——「賊心賊腦天生劣」。

（二一）戴權——「難消遣」。

（二二）馮子英——「排酒果，列笙歌」。

（二三）林如海——「宦遊在四方」。

（二四）賈雨村——「任憑人説短論長」。

（二五）薛蟠——「天生是憨」。

（二六）薛蝌——「愁她心動」。

（二七）馮淵——「驀然見五百年風流冤業」。

（二八）甄寶玉——「雨蕭風細，夢回時，多少傷心事」。

（二九）柳湘蓮——『鐵石人』。
（三〇）秦鍾——『未語人前先靦腆』。
（三一）蔣琪官——『解舞腰肢嬌又軟』。
（三二）冷子興——『這人一事精百事精』。
（三三）孫紹祖——『發村使狠，甚的是軟款温存』。
（三四）焦大——『惡語傷人六月寒』。
（三五）包勇——『有勇無慚』。
（三六）茗煙——『没顛没倒』。
（三七）潘又安——『死則同穴』。
（三八）王仁——『甚姻親』。
（三九）張道士——『諸檀越盡來到』。
（四〇）倪二——『今宵酒醒何處也』。
（四一）張華——『展污了姻緣簿』。
（四二）張友上——『醫可病懨懨』。
（四三）王作梅——『一天星斗焕文章』。
（四四）稽好古——『知音者』。

（四五）曹雪芹——『有千種相思對誰説』。

（四六）雲兒——『桃李春風牆外枝』。

還有幾則是説大觀園裏的院、閣、館、齋……的，也抄録在後面：

（一）大觀園——『有幾多六朝金粉，三楚精神』。

（二）省親别墅——『碧琉璃，翠煙籠罩』。

（三）嘉蔭堂——『畫堂簫鼓鳴春晝』。

（四）大觀樓——『倚闌干，極目行雲』。

（五）綴綿閣——『兩邊孔雀屏風，軟玉屏』。

（六）怡紅院——『脂粉叢裏，包藏著錦繡』。

（七）瀟湘館——『疎竹蕭蕭曲檻中』。

（八）蘅蕪院——『温潤有清香』。

（九）稻香村——『禾黍秋風』。

（一〇）藕香榭——『嫩緑池塘藏睡鴨』。

（一一）紫菱洲——『對菱花樓上晚妝罷』。

（一二）秋爽齋——『天際秋雲捲』。
（一三）暖香塢——『寶鼎香濃，繡簾風細，緑窗人静』。
（一四）梨花院——『門掩了梨花深院』。
（一五）櫳翠庵——『珠圍翠繞』。
（一六）紅香圃——『柳遮花映』。
（一七）凸碧堂——『月色横空，花陰滿庭』。
（一八）凹晶堂——『月明如水浸樓臺』。
（一九）蓼風軒——『點蒼苔白露冷冷』。
（二〇）埋香塚——『落花滿地胭脂冷』。
（二一）蜂躡橋——『攝著脚步兒行』。
（二二）沁芳閘——『花落水流紅』。

此作雖屬游戲，亦頗見匠心啊！

讀紅雜綴

惜華

北京畫報

紅樓夢人物評（一）

清代筆記小說桐蔭清話的作者倪鴻，謂：「嘗於珠江畫舫中，見一女郎，手持湘妃竹，泥金面，摺疊扇一柄。蠅頭細書紅樓夢人名，下合西廂記曲一句。詞意酷肖，異樣製也！」我現在從這書中，轉那把摺疊扇上的評語，抄錄下來，以供研究小說－「紅學」者的參攷。

（1）警幻仙姑—「人間天上。」（2）史太君—「積世老婆婆。」（3）邢夫人—「從來惱。」（4）王夫人—「女教爲師。」（5）李紈—「節操凜冰霜。」（6）王熙鳳—「險醋當歸浸。」（7）尤氏—「這邊是河中開府相公家。」（8）秦可卿—「夢兒相逢。」（9）元春—「御筆親除。」（10）迎春—「體格是溫柔，性格是沈。」（11）探春—「我雖是女孩兒，有志氣。」（12）惜春—「禮三寶。」（13）巧姐—「織女星。」（14）寶珠—「哭聲兒似鶯囀喬林。」（15）林黛玉—「情到海枯石爛時。」（16）薛寶釵—「舉止端詳。」（17）寶琴—「嬌滴滴越顯紅白。」（18）史湘雲—「夢不離柳影花陰。」（19）邢岫煙—「可憐我爲人在客。」（20）李紋—「撲刺刺把比目魚分破。」（21）李綺—「好着我難猜。」（22）尤二姐—「游絲牽惹桃花片。」（23）尤三姐—「斬釘截鐵常居一。」（24）喜鸞—「不識憂，不識愁。」（25）夏金桂—「寡宿重守十年寡。」（26）妙玉—「真僞。」（27）傅秋芳—「只許心兒空想，口邊閑道。」（28）若玉—「撲簌簌點着祆廟火。」（29）薛姨媽—「孤女孤兒。」（30）趙姨娘—「便待剪草除根。」（31）佩鳳—「打扮着特來晃。」（32）秋桐—「如何妾脫空。」（33）[illegible]—「[illegible]。」（31）瑞珠—「在心爲志。」（35）金釧—「一納頭便去憔悴死。」（36）紫鵑—「有情的都成了眷屬。」（37）平兒—「做夫人便做得過。」（38）香菱—「她若見甚詩，看甚詞，她敢顛倒費神思。」

（五四）

著作界的明星

逸梅 撰

載於《紫羅蘭》一九二六年三月二十八日第一卷第八號。作者逸梅，見一九一九年《小説瑣談》提要。本文就姚民哀、程小青、周瘦鵑、嚴獨鶴、程瞻廬、徐卓呆、張丹翁、嚴芙孫、施濟群等十四位作家（主要是小説家）的創作與生理上的某一特點，冠以某一『明星』，如云程小青爲『偵探明星』、程瞻廬爲『滑稽明星』等。

（不分先後）

姚民哀　矮子明星
嚴獨鶴　談話明星
曹綉君　典故明星
嚴芙孫　口吃明星
施濟群　黑面明星

程小青　偵探明星
李常覺　長脚明星
徐卓呆　霎眼明星
吴聞天　大頭明星
屠守拙　連珠明星

周瘦鵑　紫蘭明星
程瞻廬　滑稽明星
張丹翁　罵人明星
陳蓮痕　掌故明星

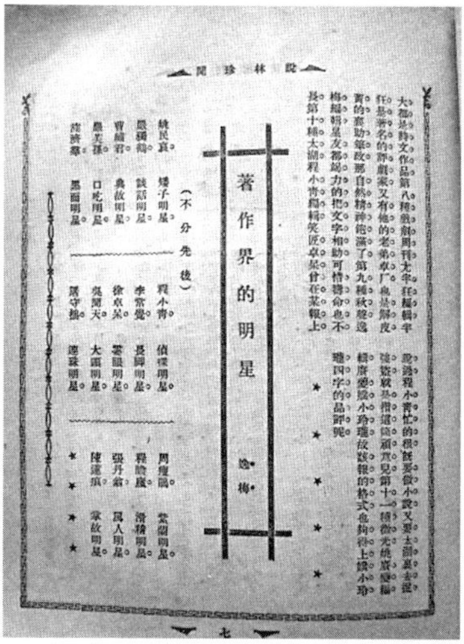
說林珍聞

著作界的明星

逸梅

（不分先後）

姚民哀　矮子明星
嚴獨鶴　談話明星
曹綉君　典故明星
嚴芙孫　口吃明星
施濟群　黑面明星

程小青　偵探明星
李常覺　長脚明星
徐卓呆　霎眼明星
吴聞天　大頭明星
屠守拙　連珠明星

周瘦鵑　紫蘭明星
程瞻廬　滑稽明星
張丹翁　罵人明星
陳蓮痕　掌故明星

七

余所愛讀之長篇説部

鄭逸梅 撰

本文載一九二六年《紫羅蘭》第一卷第五期。作者鄭逸梅，見一九一九年《小説瑣談》提要。文章歷舉了六種作者『所寓目而愛好』，且『偏於言情方面』的長篇小説，除《紅樓夢》、《花月痕》之外，另有四種爲當時的作品：《人間地獄》、《雙鬟記》、《無邊風月傳》、《玉梨魂》。作者對這四種小説在藝術上給予高度的評價，實非無根之談，或出於私阿偏好，值得引起我們對它們的再認識。

余終朝歷碌，罕有暇晷，故雖性嗜稗史，而於長篇說部，瀏覽無多。茲將余所寓目而愛好者，略舉六種如左，且所舉者，大都偏於言情方面，世之善讀稗史者，得毋嗤余管中窺豹乎！

《紅樓夢》

是言情小說之鼻祖，世有定評。蓋粉黛如雲，而能描寫各極其態，誠非聖手不辦。且其言情處細膩熨帖，打入女兒家心坎，尤見曹雪芹之才思豔發。即寶玉之瘋話，亦妙有禪機，匪信口亂道也。

《花月痕》

以韓荷生之騰達，襯韋癡珠之坎坷，讀之更覺奈何欲喚。即寫一二美人，亦妍生筆底，香溢行間。惟癡珠死，不即結束，未免蛇足耳。

《人間地獄》

是書足當得名雋豔逸四字，而於柯蓮蓀之與秋波，寫情之真摯纏綿，尤無倫比。且文心似髮，妙語如環，作者洵聰明人哉。

《雙鬟記》

具《紅樓夢》之雛形，擷其精華，而去其糟粕。且爲文言體，更覺風華富麗。

《無邊風月傳》

豔情小説最難作，往往易涉於褻，而長篇尤難着墨。吴君雙熱，獨能秉一枝生花之筆，寫閨房旖旎之情，不蕩不淫，亦諧亦趣，且情節又有神女弄珠，姿媚百出之妙。豔情小説中，可歎觀止矣。

《玉梨魂》

是書言情幽婉委曲，嫵媚入骨，加諸詞藻紛披，尤爲生色，宜乎膾炙人口，蜚聲説苑也。

這時只聽得四下裏砲聲震耳，夾着歡呼笑語聲，直打到凝秋心坎上去咧。

凝秋同漱文都已微醉了，順兒捧了一大盤水菓進來，漱文早已拾了兩個在手，遞了一個給凝秋，自己便喫了一個，向順兒道：把這裏收去，不喫了。順兒收了殘剩着出去了。凝秋取了帽子立起來要走，漱文道：怎麽你還想走嗎？凝秋道：自然要去。漱文千留萬留，都留不住，只得遣人送他走了。

凝秋回到校裏，一個人冷清清地躺在牀上，忽然寒風一過，便消釋了。聽得外面爆竹聲音，不禁嘆了一口氣，便又苦想家中好一會，朦朧睡去。

天亮了，紅日高照大千世界，路上的人熙熙攘攘，來往不絕，而凝秋倘一個人正在做他的歸家好夢。

雜俎

△余所愛讀之長篇説部　鄭逸梅

余終朝歷碌，罕有暇晷，故雖性嗜稗史，而於長篇説部，瀏覽無多。茲將余所寓目而愛好者，彙舉六種如左。且所舉者大都偏於言情方面，世之香艷稗史者，得毋嗤余管中窺豹乎。

紅樓夢　是言情小説之鼻祖，世有定評，衣粉處如茶，而能描寫各極其態，誠非率爾不辨。且其言情處細膩熨貼，打入女兒家心坎，尤見曹雪芹之才思點綴。賈寶玉之瘋話，亦殊有纖構，非信口亂道也。

花月痕　以韓荷生之飛達，襯韋癡珠之坎坷，讀之更覺奈何。欲喚卿卿一二美人，亦妍生筆底，香溢行間。惟癡珠死不即結束，未免蛇足耳。

人間地獄　是書足當得名無點逃四字，而於柯蓮孫之與秋波，寫情之真摯纏綿，尤無倫比，且文心似髮，妙語如環，作者洵聰明人哉。

雙鬟記　具紅樓夢之雛形，攝其精華，而去其糟粕，且為文言體，更覺風華富麗。

無邊風月傳　豔情小説最難作，往往易涉於褻，而

談談小報

鄭逸梅　撰

載於《紫羅蘭》一九二六年第一卷第八期。作者鄭逸梅，見一九一九年《小説瑣談》提要。本文具體介紹了三十餘種當時小報的主編、特色及刊載的若干文章，頗有史料價值。

小報中的霸王那自然要推余大雄主政的《晶報》了，出版至今已有九年之久，計八百數十期，精神貫澈，排式新穎，任你那一種報紙摹仿他，總不能似他的雅俗共賞。加之執筆者人才濟濟，如寒雲的華貴，丹翁的俏皮，海鳴的雄邁，紅蕉的靈秀，春帆的婉約，癯蝯的俊逸，天笑、倚虹的名雋，都是不可多得的，無怪要受社會的歡迎了。逸梅對於該報也是愛護的很，且又自第一期起購至今，每百期囑南紙店的工人裝釘挺厚的一册，倩范君博題簽，今已釘了八册了。在蘇州地面上，庋藏全份的《晶報》，除逸梅和眠雲外，大約没有第三份了，那是多麽可貴啊。

《晶報》之外當以《大報》爲差强人意。《大報》是步林屋主輯的，名爲《大報》，實則耶穌小報的一種，取材尚文言，一本正經，偏於文藝，但劇譚却很多，因林屋對於此道也是很有研究的。又有一篇《戊戌紀略》，是袁項城遺墨，記當年政變情形，揭發秘幕，洵是外間不經見的名稿。報已出至一百數十册，不過曲高和寡，聞銷路不十分發達哩。

偏於文藝方面的小報，尚有《針報》，是虎頭後人顧醉萸編的，爲一種周刊，撰稿者大半是吾們星社中人，長篇作品如程瞻廬的《清夜鍾》，陳蓮痕的《春痕餘墨》，都很名隽。但醉萸因辦事諸多掣肘，編至二十期，便宣告脱離，那是很可惜的。

《晶報》善駡人，因此濟群、芙孫、澹盦、大可輩，組織《金鋼鑽報》和他對壘，但駡料易窮，不久便噤唇息舌。兹又加入韋蘭史襄理編輯，期數已出不少了，内容專尚秘史、黑幕，間刊《控鶴監記》一流文字，所以銷數頗不惡呢！

《風人報》是貢少芹、芹孫父子倆編輯的，材料枯窘的很，總是他們父子倆自告奮勇，化了許多名兒連篇累牘的敷衍滿紙，幸虧他們腹笥富足，否則，早已宣告破産了。他們又辦了一張《虹報》，也没有結束。

《光報》是王抱玄編輯的，也是淫豔之文，長篇小説《活地獄》專寫韓莊情事，無怪那著作者要署名『荒唐生』了。中間曾因訟事停止，後又設法恢復，兹已出至一百餘期了。

馬鞍山樵鍾拙廬編輯一種三日刊，命名曰《曉報》，内容尚有可觀。近載有曼殊上人遺譯《贋珠案》，名貴的很。間刊星社友人調謔的文字，似什麽《黄家小妹》咧，《鐵蛇道人》咧，《喫肉和尚》咧，《看報朋友咧》，也頗有趣。

《海報》是瘦菊、佛影等編輯的，有王小逸的長篇小説，筆墨生動的是佳構圖畫。大都是百合公司的電影、照片、海報，是賡續《銚報》出版的。《銚報》共出十六期，那《銚報》又是賡續《顯微鏡報》出版的，《顯微鏡報》只出八期，就被當道禁止。

海上每一遊戲場，必發刊一種小報，如漱石生的《大世界報》、周瘦鵑的《樂園報》、王瀛洲的《天韻報》、姚民哀的《世界小報》、劉恨我的《新新日報》都是。但游戲場報大概内容不甚精究，因天天出版，資料易窮，所以對於來稿，只能去取從寬了。還有一種《新世界報》，編輯易過多人，逸梅却久未寓目了。

《鐘聲》早已停版了，是一種周刊，謝鄂常編輯，共出十七期，不了而了。有倚虹、西神、丹翁、卓呆、民哀、芙孫、廑父及星社煙橋、眠雲、賡夔、轉陶諸作品，頗有可觀。刊一長篇名《春申江畔》爲社會小説，亦未終結。

癸亥年，海上有星光出版社，每逢星期發刊，長稿有海鳴的《婦女問題》，少芹的《廣陵潮》，索隱、廑父的《淞濱三年記》，都很可誦。其時有來嵐聲者，輯《繁華報》後，以手續繁瑣爲苦，就和星光主人接洽，把《繁華》歸併，《星光》改報名爲《星華》，曾出過『梅蘭芳特號』。報上有署名天貓的，肆意謾駡，逸梅也在被駡之列，然没有理會他，他亦不再駡了。報出至二十餘期停止。

《小陽秋雲》上編輯内容偏於文藝，多詩話、筆記等稿，數期便停。

《競報》，許廑父輯。其時，廑父的遥從弟子很多，所以報中多刊著談論學藝的作品，三十期後便改刊爲單本了。

當《晶報》没有出世前，丹翁輩曾發刊《小日報》，篇幅很小，内容却很精雋，逸梅曾在范君博處瞧見過。該報刊布不多，故外間絶少流傳了。

徐枕亞曩年曾編過《小説日報》，一月便止，隔了許多年，又和廑父倆把報復活。每逢星期出一特刊，由嚴芙孫編輯，很有精彩。後來，枕亞、廑父、芙孫不問報務，讓給某君，就愈編愈糟，二百數十期停止。

張枕緑有出版癖，那是大家都知道的，他先前辦了種《良晨報》，數期後便改爲單本，單本停刊後又發行一種最小報，版式很小，中間有横格，備人裁釘成書。小説、雜作應有盡有，又曾發起偵探、奪標，很有興趣。出至一百餘期，枕緑忙於《良晨》牋事，無暇及此了。

小報有真和曇花一個樣兒，一期便止的，如《芳蘭》是杭州戴夢鷗等編輯，《鳳尾》是徐碧波等編輯，《蕉心》是王瀛洲等編輯，内容尚好，爲何一期便止，吾們局外人却不得而知了。

小報中有就取《小報》二字爲報名的，那真是道地的小報了，曾出過數十期，後來改爲單本，由錢釋雲編輯。

各地出版的小報多得難以枚舉，兹把幾種著名的記些出來。嘉興有《鴛湖》，是沈劍濡編輯，初爲單本，後改單張。常熟有《緑竹》，是俞夢花編輯，用緑色印，和命名相符。揚州的《鷗》，是韓天受編輯，内容多小隱半狂、鷓鴣等談劇文字，曾特刊『戲劇號』，頗有精彩。鎮江的《筆鐸》，是朱智光編輯，仿最小報式樣，都是不久便停。王天恨在泰縣發行《鶯花天恨》，素稿的本領大的很，所以小小的一張報，却名作如林，頗有價值。杭州蘭社發行一種旬刊，命名《蘭友》，有滑稽、偵探、湖上、非戰諸特刊，廿二期停止。無錫吴觀蠡發行《轟報》，吴觀蠡是著名的無錫張丹斧，所以筆墨也很尖刻俏皮，銷數很好。不料，後來江浙搆釁，槍炮轟然，那《轟報》便一轟無餘了。

吾們星社中人也頑過好幾種小報。第一種是《星報》，煙橋、眠雲合輯，有集錦小説《神仙夫婦》，很爲名雋，二十五期結束，諸稿皆首尾完全。第二種是静友賡夔、菊高合輯，初時爲《星報附刊》，後來《星報》結束，静友便擴大篇幅，單獨發行，曾出過『小説家號』，傳誦一時，長篇有天恨的《幻紅狂緑記》，未及終結，該報便停了。第三種是《虎林》，黄轉陶編輯，篇幅很小，數期即停。第四種是《吴報》，吴聞天編輯，材料雖好，但印刷欠佳。第五種《芳草》，也是賡夔、菊高等編輯。第六種《波光》，徐碧波編輯。碧波是崇拜朱鴛雛的，所以出過『朱鴛雛特號』，他知道逸梅處藏有鴛雛的遺書詩牋，特地借了去攝影製版，留爲紀念。第七種《癸亥》，黄若玄編輯，版式仿《小説日報》，後改爲狹長，謔者稱爲腳帶式，再後又改爲小本，該報是以商兑舊學爲宗旨，故所刊的大都是詩文作品。第八種《戲劇周刊》，尤半狂編輯，半狂是著名的評劇家，又有他的老弟卓厂，也是解皮黄的，襄助筆政，那自然精神飽滿了。第九種《秋聲》，逸梅編輯，星友都竭力的把文字相助，可惜壽命也不長。第十種《太湖》，程小青編輯，笑匠卓呆曾在某報上説過『程小青忙的很，既要做小説，又要太湖裏去捉强盗』，就是指這個頑意兒。第十一種《微光》，姚賡夔編輯，賡夔嬌小玲瓏，故該報的格式也够得上『嬌小玲瓏』四字的品評呢。

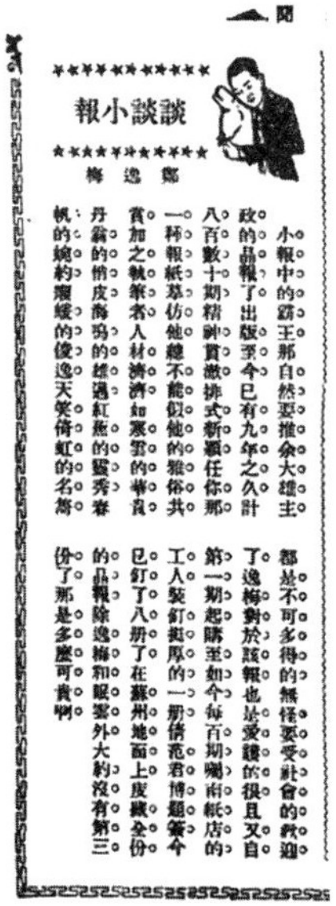
閒

談談小報

鄭逸梅

小報中的霸王那自然要推余大雄主政的晶報了出版至今已有九年之久計八百數十期精神貫澈排式新穎任你那一种報紙摹仿他總不能似他的雅俗共賞加之執筆者人材濟濟如寒雲的華貴丹翁的俏皮瘦鵑的雋逸紅蕉的靈秀春帆的婉約瘦蝶的俊逸天笑倚虹的名雋都是不可多得的無怪要受社會的歡迎了逸梅對於該報也是愛護的很且又自第一期起購至如今每百期嘱南紙店的工人裝訂挺厚的一册倩范君博題簽今已釘了八册了在蘇州地面上度藏全份的晶報除逸梅和眠雲外大約沒有第三份了那是多麼可貴啊

小說家題名趣談

蔣吟秋　撰

載於《紫羅蘭》一九二六年三月二十八日第一卷第八號。作者蔣吟秋，見一九二二年琴樓等撰《小說雜談》題解。本文將當時活躍於小說界的二十六位作家的取名，純從文字意義上作一些推想、趣談與評說。特別是有的字、號，確與作者的性格與思想等有一定的關係，但也不能拘泥於此，此文畢竟還是以逗趣爲主。

天笑

一望這兩個字，就好像『天』然在那裏對人『笑』，特不知他究竟笑些什麽呢？

天憤

好像和天笑適成相反了，一個是樂天，一個是憤世。可是他天天憤恨些什麽？

煙橋

他愛玩山水，所以取這個名嗎？ 因此日常的神游乎『煙』水畫『橋』之中，領略山色湖光嗎？

枕亞

他把『亞』洲當作『枕』頭，那末他的脚，不知要伸到什麽地方呢！

卓呆

他的思想，無奇不有，靈敏極了，滑稽家的名，早已卓著。那末他明明『卓』而不『獃』，爲什麽還要自稱『卓呆』呢？

紅蕉

他和碧梧，同在一處，倒是一『紅』一『碧』，分外艷麗，這不是藝林之美嗎？

濟群

他的名字，含有博愛主義。不知他是崇拜墨子的呢，還是信仰耶穌的？

夢癡

他的小説，便可説是『癡』人説『夢』，何等現成啊！

菊高

他愛『菊』花，是『高』人深致。不知他愛『菊』的熱度，『高』到是怎樣咧？

瞻廬

這兩個字，筆劃很多，最容易讀别字。倘然寫得小些，或是草些，碰着近視眼先生，不要讀成『膽虚』了嗎？

小青

他和《白蛇傳》中的『小青』同名，可是雷峰塔倒，白娘究在何處，可以偵探一下嗎？

半狂

他一『半』兒『狂』，那末還有一半是什麽呢？

眠雲

他『眠』在『雲』端，多麽有趣，可曾碰見雲裏觀音没有？

轉陶

他一定是『陶』淵明『轉』世，不然爲什麽叫轉陶呢？

明道

我説『明道』二字，可以做一個迷，就是『路燈』。因有了路燈，街『道』之上，不是通夜光『明』了嗎？

海鳴

『海』中逢到風浪澎湃的時候，那就要發出一種聲響了，也就不平則『鳴』的道理，所以現在借着文字爲苦『海』衆生大『鳴』不平嗎？

瘦鵑

鵑爲哀聲，『鵑』而爲瘦，益發見得凄楚。這所以他的文字，以哀艷勝嗎？

寄塵

有人説，他是天仙下凡，『寄』跡『塵』世，所以他的作品，常帶幾分神秘嗎？

蘇鳳

他嬌小玲瓏，盡人皆知。在『蘇』地小説家中，不好算得『鳳』毛麟角嗎？

釋雲

雲的爲雲，本是超然物外，來往自在的。現在『雲』而加了『釋』字，那不更見志趣高超，無所羈絆了嗎？

逸梅

梅是歲寒三友之一，本來不同凡俗。『梅』而稱『逸』，益發清高極了。這就是逸梅的所以爲逸梅嗎？

清波

嘗道說海有二波，便是『清波』和『碧波』，都可以蕩滌塵穢的，所以借着文字來洗濯社會嗎？

苕狂

『苕』有高的意思，那末他定是志趣孤高的『狂』士了，特不知他是詩狂呢，酒狂呢？

雙熱

小說的雜志和報章，逢到國慶的日子，總要有增刊。我說他應該格外幫忙，爲什麽呢？他的『雙熱』二字，不是和『雙十』二字諧聲嗎？

民哀

他常抱悲觀，愛發牢騷，仿佛代表我『民』叫『哀』，在這種國家裏，怎不好說『哀』我小『民』呢？

楓隱

他是一個懷才不遇的人，居宅在迎『楓』橋畔，所以自署楓隱嗎？我曾把他和蓴農作對，二位都是說海健將，文興却還不減咧。

以上隨筆寫來，其他漏列尚多，容俟續誌。

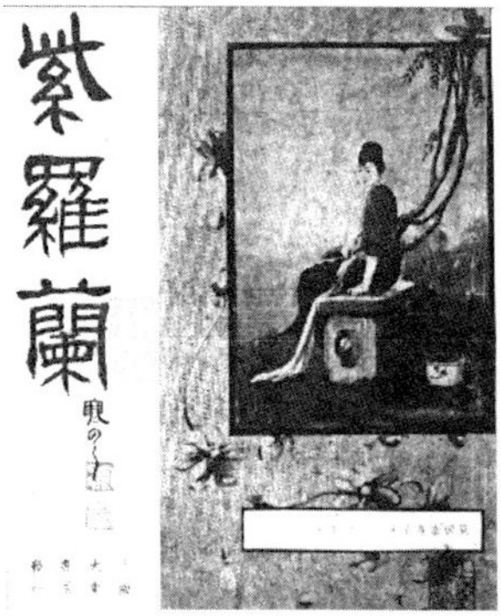

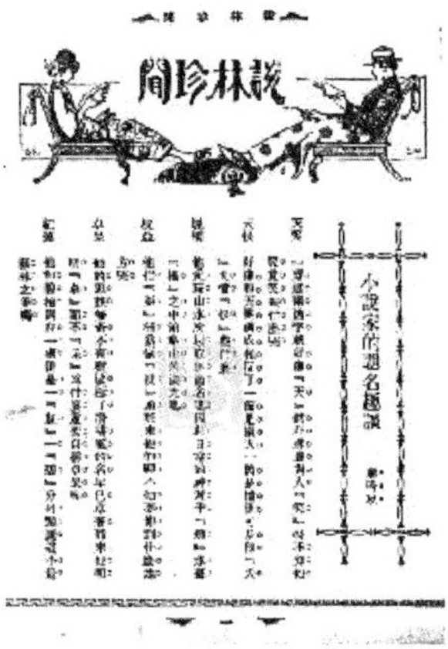
談林珍聞

小說家的題名趣談

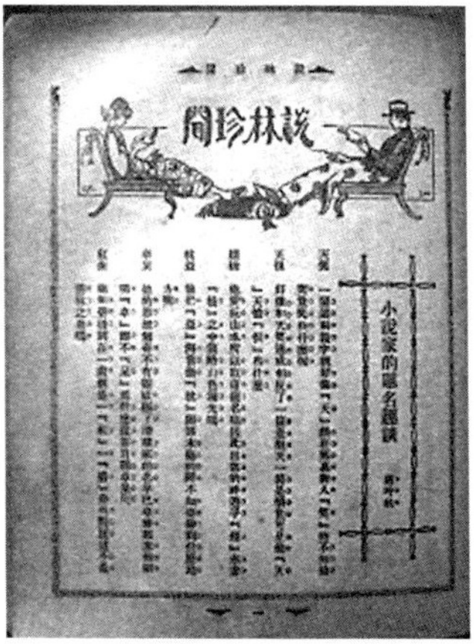
談林珍聞

小說家的題名趣談

稗苑瑣話

鄭逸梅 撰

載於《紫羅蘭》一九二六年第一卷第十三期。作者鄭逸梅，見一九一九年《小説瑣談》提要。這些瑣話，都是隨感性質，其中點評包天笑之《流芳記》、畢倚虹之《人間地獄》寫的回目『儁雅』，程小青的偵探小説名《舞場奇遇記》而有點出奇制勝，都頗有見地。有些對小説的藝術特徵的認識也有道理，如云小説中之叙事，『虚寫宜略，實寫宜詳』，『撰滑稽須具天才，撰社會需有閱歷』，『小説中羼入詩詞，多則可厭，偶著一二首，有如美女簪花，更增嫵媚』，都是經驗之談。其感慨『《紅樓夢》不得聖歎氏之評，亦一憾事』，也説出了一般讀者的心聲。

余愛讀言情小說，滑稽次之，社會又次之。吾友鴟夷室主却不然，嘗謂言情爲靡靡之音，足以頹人意志，對於哀情，惡之尤甚，故常勸人勿作是類文字。蓋春蘭秋菊，所好不能盡人而同也。

短篇小說，乃一種極精彩之片段文字，凡能演引之爲長篇者，不能算爲真正之短篇小說。此說頗有一般人主之。證此，則近來之小小說，往往爲短篇小說之雛形，似乎亦非真正之小小說矣。

章回體小說之回目，須雋雅，則足以引人入勝，天笑之《流芳記》、倚虹之《人間地獄》，皆深得此旨者。

不肖生如椽大筆，然不擅製題。其短篇小說之題目，往往病於累贅，且類似筆記。

偵探小說之題目，不外乎黨、屍、圈、印、箱……字樣，然小青有長篇《舞場奇遇記》，天憤有阿拜端偵案《春雨歸舟圖》，則出於恒軌，令人難於辨認其爲偵探小說。

小說中之叙事，有虚寫者，有實寫者。虚寫宜略，實寫宜詳。

撰滑稽須具天才，撰社會需有閱歷。

小說中羼入詩詞，多則可厭，偶著一二首，有如美女簪花，更增嫵媚。

指嚴死，掌故小說與之俱死。涵秋死，社會小說撰述者有人。故指嚴死，較之涵秋尤爲可惜。

《花月痕》之後幾回，牛鬼蛇神，足爲全書之玷。然近今坊間之刊行是書者，徒知加以新標點，而不知延通才以删易之，可謂捨本求末。

《紅樓夢》不得聖歎氏之評，亦一憾事。

雜志封面，競尚時妝美人圖，畫裏真真，呼之欲出，固足以動人注目，然鄙意用美人圖，不如代以絶嬌豔之花卉（亦須三色銅版印）。蓋花者，本是美人小影，且無時代妝束之變易也（閒翻民國初年之雜志，其美人封面，往往因妝束之變異，令人衹覺其可憎，不覺其可愛，則後之視今，亦猶今之視昔，時妝美人圖不能永久，發人之美感，明矣）。

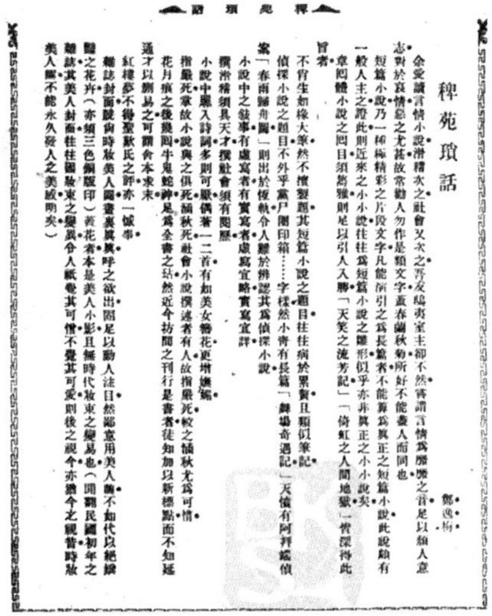

稗苑瑣話

鄭逸梅

余愛讀言情小說，滑稽次之，社會又次之。吾友鴟夷室主卻不然，嘗謂言情爲靡靡之音，足以蝕人意志，對於哀情惡之尤甚，故常勸人勿作是類文字，蓋春蘭秋菊，所好不能盡人而同也。

短篇小說乃一種極精彩之片段文字，凡能演引之爲長篇者，不能算爲真正之短篇小說，此說殆有一般人主之。證此，則近來之小小說，往往爲短篇小說之雛形，似乎亦非真正之小小說矣。

章回體小說之回目須爲雅，則足以引人入勝。「天笑之流芳記」「倚虹之人間地獄」，皆深得此旨者。

不肖生如椽大筆，然不擅製題，其短篇小說之題目往往病於累贅，且類似筆記。

偵探小說之題目不外乎黨尸閣印箱……字樣，然小青有長篇「舞場奇遇記」，天儀有阿拜鷹偵案「春雨歸舟圖」，則出於恆軌，令人難於辨認其爲偵探小說。

小說中之敍事，有虛寫者，有實寫者，虛寫宜略，實寫宜詳。

撰滑稽須具天才，撰社會須有閱歷。

小說中羼入詩詞，多則可厭，偶著一二首，有如美女簪花，更增嫵媚。

指嚴死，掌故小說與之俱死；福秋死，社會小說撰述者有人，故指嚴死，較之福秋尤爲可惜。

花月痕之後幾回牛鬼蛇神，是爲全書之玷，然近今坊間之刊行是書者，徒知加以新標點，而不知延通才以删易之，可謂舍本求末。

紅樓夢不得聖歎氏之評，亦一憾事。

雜誌封面競尚時妝美人圖，畫裏真真，呼之欲出，固足以動人注目，然鄙意用美人圖，不如代以絕嬌豔之花卉（亦須三色銅版印），蓋花者本是美人小影，且無時代妝束之變易也（閒翻民國初年之雜誌，其美人封面往往因妝束之變異，令人祇覺其可憎，不覺其可愛，則後之視今，亦猶今之視昔，時妝美人圖不能永久發人之美感明矣）

著作界之獨一無二

鄭逸梅 撰

載於《紅玫瑰》一九二六年第二卷第十五號。作者鄭逸梅，見一九一九年《小説瑣談》提要。本文記述了衆多小説家形貌、性格特點及個人嗜好，如徐卓呆之霎眼、趙苕狂之酒膽拳風、許廑父之自製牛肉、周瘦鵑之紫化、馮叔鸞之辯論等。

劉公魯之辮，徐卓呆之霎眼。姚民哀之小腳，張丹斧之罵技。趙苕狂之酒膽拳風，尤半狂之蟹字。許廑父之自製牛肉，姚賡夔之玲瓏體態。嚴芙孫之口吃，何海鳴之橫戈躍馬。周瘦鵑之紫化，馮叔鸞之辯論。吳聞天之大頭，徐碧波之豆癖。

著作界之獨一無二　一

著作界之獨一無二

鄭逸梅

劉公魯之辮。
姚民哀之小脚。
趙苕狂之瀏，雞爪風。
許厪父之自製牛肉。
嚴芙孫之口吃。
周瘦鵑之紫化。
吳聞天之大頭。
徐卓呆之鑲眼。
張丹斧之鼠技。
尤半狂之蟹字。
姚賡夔之玲瓏骰盤。
何海鳴之橫戈躍馬。
馮叔鸞之辯論。
徐碧波之豆癖。

我之小説經驗

張静廬　撰

載於《新月》一九二六年四月二十六日第二卷第一期。張静廬，見一九〇二年《周代的文學與小説》提要。本文告訴了我們，時至一九二六年，在這樣一位廣泛接觸新文學家的出版家的心目中，小説儘管還是『雕蟲小技』，但創作也并不容易；小説儘管要『加一點穿插』，但崇尚的還是傳統的『寫實』而不是『空想』。林譯小説還是當時諸小説中最『崇拜』的作品。

有許多人説我的小説頗有一點寫實的意味，因爲我的小説每篇的内容都有一樁實事做背景，雖則終不免要使用小説家的慣技加一點穿插，但自信没有一篇是完全出自空想的。所以有人這樣説我，我并不覺到有一些不合，而且還樂意的承認他是真能搔着我的痛癢。

多讀書，多遊歷，當然是十分有補於著書的涵養，關於這一層，我儘可以引用太史公遊歷名山大川得其奇氣而成千古不朽的《史記》來做例證。但稗官小説，本是雕蟲小技，不要説比不上《史記》，也自不能例於著書，在理似乎用不着什麽讀書遊歷的涵養。其實不然，不要説是做小説，便是一個人平常的談吐，也大有關係於讀書遊歷，因爲從這點便可以判分出你的文野來。所以僅僅看了一個作家一篇無關緊要的小説，便可以知道他學識思想懷抱經歷的深淺了。因此我以爲一個小説家，他至少於多讀書、多遊歷二點應得十分注意。

我所做的許多小説當然不能自標爲好的，我所讀的書當然也不能自詡爲廣博，我所經歷的地方自然更不能算爲多了。自然的小説淺陋是由於讀書和遊歷的涵養不足，但自信我在這二點上也曾加以相當的注意過來。我雖自幼失學，然而二十年來未曾廢卷，而未冠即隻身北遊燕魯，南走港粤。在此輪軌交通朝發夕至的時候，北征南遊，本是無足奇異。然以生在窮鄉僻壤的我，略無瓜蒂，便□南北浪遊，自謂頗是少年豪興，我年來所寫下的一些不成東西的小説，恐怕還是那時候所種下的根芽呢。

在我國的許多小説中，自然以林譯諸書爲最能引起我崇拜的衷心。有時候我也很高興的想學他的筆法，後來仔細一想，林氏不過文筆蒼勁而已，其中精神結構，統是外國原本所有，但觀林氏自撰的小説（如《曇花劫》即是）便毫無精彩了。所以我以爲摹仿林氏筆法，不能斤斤於章句之間，還當於其神理煥發處加以注意。我有幾篇文言的小説，便是秉有這一個思想時期的作品。

但是摹仿自摹仿，更何有於創作之精神，所以結果我終於拋棄了摹仿的觀念，進一步便開始我的寫實派小説。所以促成我劇急改變方法的緣故，也不僅是注重創造之精神。第二層理由是爲的時下一般空想派小説之淺薄，大率情調單簡，思想庸陋，不足一觀。於其憑空想而不討好，不如實事求是依老依實描寫的好。本來世間一切事，那一件不是悲歡離合，是一篇錯綜參差的佳構，俯拾即是，更何用吃力的去找尋，只消你費一番剪裁工夫就得了。這便是我爲什麼幾年來常保持我寫實的作風而不變的緣故。至於此派小説之能成功與否，雖則尚待我個人的努力，但我也還希望有幾位同志來相攜前進呢。

張靜盧

我之小說經驗

張靜廬

有許多人說我的小說頗有一點寫實的意味•因爲我的小說每篇的內容都有一樁實事做背景•雖則終不免要使用小說家的慣技加一點穿插•但自信沒有一篇是完全出自空想的•所以有人這樣說我•我並不覺到有一些不合•而且還樂意的承認他是眞能搔着我的痛癢•

多讀書•多遊歷•當然是十分有補於著書的涵養•關于這一層•我儘可以引用太史公遊歷名山大川得其奇氣而成千古不朽的史記來做例證•但稗官小說•本是雕虫小技•不要說比不上史記•也自不能例於著書•在理似乎用不着什麼讀書游歷的涵養•其實不然•不要說是做小說•便是一個人平常的談吐•也大有關係於讀書遊歷•因爲從這點便可以判分出你的文野來•所以僅僅看了一個作家一篇無關緊要的小說•便可以知道他學識思想

余之章回小說觀

漱石生　撰

載於《新月》一九二六年第二卷第二期。漱石生，見一九二五年《余之古今小說觀》提要。本文强調作章回小說之難，主要在於篇幅長，内容多，要照顧到開頭、結尾及中間的穿插，而要寫得令人『動目』，必須要在結構、脈絡、資料、事理，乃至回目等方面都注意。其說新意不多。

作小説難，作章回小説尤難。作章回小説而多至數十回、百餘回，則難之又難。譬諸浚河，書之開始，其發源也；書之結局，猶匯海也；其間港汊紛岐，潮流曲折，無一不須疏瀹之功，庶流水洋洋，源頭活潑，無壅滯及枯竭之弊，故自問無長江大河之才者，决不可率爾操觚。且章回之小説之足以動目者，以結構謹嚴、脈絡環抱、資料廣博、事理詳明也。以結構言，書中須隨處有倒插或遥應遥對之筆，斯耐人尋味；以脈絡言，伏筆之草蛇灰綫，反筆之聲東擊西，皆爲書中必不可少；以資料言，地理天時、人情風俗、九流曲藝、三教詮言，旁及詞章詩賦、酒令諧文，種種引人入勝之品，亦皆缺一不可；以事理言，離奇而不失諸誕，細密而不失諸黏，有悲感處必須有詼諧處以散其鬱，有旖旎處不可無豪邁處以暢其機。至於章回小説，必有回目，尤須平仄調和，對仗工整，作者方謂畢其能事。余之謬見若是，敢以質諸喜作章回及喜閲章回諸書者，不知以爲何如？

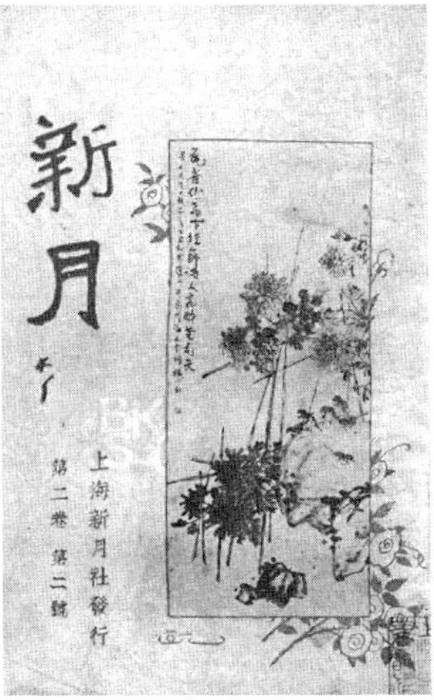

余之章回小說觀

漱石生

作小說難。作章回小說尤難。作章回小說而多至數十回百餘回。則難之又難。譬諸港河。書之開始。其發源也。書之結局。猶匯海也。其間港汊紛歧。潮流曲折。無一不須疏瀹之功。庶流水洋洋。源頭活潑。無壅滯及枯竭之弊。故自問無長江大河之才者。決不可率爾操觚。且章回之小說之足以動目者。以結構謹嚴。脈絡環抱。資料廣博。事理詳明也。以結構言。書中須隨處有倒插或遙應遙對之筆。斯耐人尋味。以脈絡言。伏筆之草蛇灰線。反筆之聲東擊西。皆爲書中必不可少。以資料言。地理天時。人情風俗。九流曲藝。三教詮言。旁及詞章詩賦。酒令諸文。種種引

小説雜評

程瞻廬　撰

載於《新月》一九二六年第二卷第二期。程瞻廬，見一九一九年《〈小説月報〉篇名雜綴》提要。本文係對《水滸傳》等古代小説的雜評，頗有獨到之見。如對《水滸傳》的王望如評點的注意、白話的運用、人物出身的統計，以及對小説中出現的個別詞語如《水滸傳》中的『鴨』、《石頭記》中的『信口開河』、《鏡花緣》中雙聲疊韻等等，都值得注意。

《水滸傳》有施耐庵序，妙絶千古，説者謂係聖歎所作，是耶非耶？吾不敢決。即使是序爲贋鼎，然除聖歎外，更無有第二人能造此贋鼎者。

今日通行之《水滸》善本，咸推同文本與商務本，爲最清晰。吾曾見醉耕堂本《水滸傳》，係清初版。聖歎外書以前，有王望如《水滸傳總論》，爲今本所無，其評語亦獨具隻眼。今録其一，則以概其餘：

世固有求官不得官，未有求盜不得盜者，如李鐵牛所殺之韓伯龍，爲盜而爲盜所殺，爲真盜而卒以假盜殺。吾甚惜之恨之者：惜之者，惜其已投梁山而不得與於天罡地煞之數；恨之者，恨其未投梁山而輒欲竄入於天罡地煞之中。憶昔崇禎朝，雅尚聲氣，一時高才生，多出詩古文詞，以要聞譽。嗣則紈絝家兒，剿襲時髦之字句，災梨仇棗，結社邀盟，未登范滂之堂，輒附李膺之黨。竊恐此輩終不免爲韓伯龍，但未遇鐵牛持板斧耳。

按：望如此論，罵盡一輩附屬風雅之紈絝兒，然此等風氣，不僅明末爲然，今之出版界亦猶是也。

《水滸傳》之文體，係白話文之最古者。近人《水滸傳考證》謂《水滸傳》之作者，當係明代中葉人，施耐庵其托名也。吾謂《水滸傳》之作者，無論是否施耐庵，然可斷其決非明代中葉人。明人所著之白話小說，如《金瓶梅》，如《隔簾花影》，如《今古奇觀》，如《禪真逸史》，均另有一種筆墨，與《水滸傳》絶不相同。《水滸傳》之文體，確係南宋人之白話文，此非吾之武斷也。但讀《宣和遺事》及《金佗粹編》卷二十四（中有白話文一篇），均與《水滸傳》之筆法相類，故曰《水滸傳》之文體，南宋人自白話文體也。

《水滸傳》一百零八人，區以别之，世裔一，書生三，方士一，醫生二，胥役十有二，平民二十有三，官吏二十有二，寇盗四十有四。

明代始諱龜，宋代則否，如楊龜山以龜爲號，即其例也。宋代不諱龜，而獨諱鴨，詈人以鴨則怫然怒。宋莊綽《雞肋編》云：『兩浙婦人皆事服飾口腹，而耻其營生，故小民有不能供其費者，皆從其私通，謂之貼夫。公然出入，不以爲怪。如近寺居人，其所貼者，皆僧行也。多至有四五焉。浙人以鴨爲名，大諱。鴨若只一雄，則雖合而無卵，須雄二三始有子。其以爲諱者，蓋爲是耳。』然則宋人之諱鴨，猶今人之諱意也。《水滸傳》第二十四回，鄆哥以鴨嘲武大，武大云：『我的老婆又不偷漢子，我如何是鴨？』此與《雞肋篇》所載『諱鴨』之説，若合符節。

今人白話中文恒用『信口開河』一語，此蓋濫觴於《石頭記》，所謂村老老信口開河也。其實，『信口開河』一語，毫無意義，只是『信口開合』之訛。按：『信口開合』一語，見於《西厢記》曲文中，此語流傳北方，遂訛爲『信口開河』。北音無入聲，其讀『合』字與『河』字相似，『河』與『合』本雙聲，同屬喉音，同屬匣母，一聲之轉，遂有此訛。吾謂今人用此四字，不妨直書爲『信口開合』。《石頭記》已誤矣，吾人何可一誤再誤耶？

《鏡花緣》著者，賣弄本領，所載雙聲疊韻之酒令，幾佔全書十分之二，世人沿於『疊韻易解，雙聲難知』之説，詢以何者爲雙聲，輒舌橋而不下，實則雙聲何嘗難知？只須細讀司馬温公之《切韻指掌》，任舉一字，能辨其隸於何音，屬於何母，則雙聲之字，上口便知。《鏡花緣》所載之酒令，殊不值一笑，只足以嚇腐鼠耳。

小說雜評

程瞻廬

水滸傳有施耐庵序。妙絕千古。說者謂係聖歎所作。是耶非耶。吾不敢決。即使是序爲贋鼎。然除聖歎外。更無有第二人能造此贋鼎者。

今日通行之水滸善本。咸推同文本與商務本。爲最清晰。吾曾見醉耕堂本水滸傳。係清初版。聖歎外書以前。有王望如水滸傳總論。爲今本所無。其評語亦獨具隻眼。今錄其一則。以概其餘。「世固有求官不得官。未有求盜不得盜者。如李鐵牛所殺之韓伯龍。爲盜而爲盜所殺。爲眞盜而卒以假盜殺。吾甚惜之。恨之。惜之者。惜其已投梁山。而不得與於天罡地煞之數。恨之者。恨其未投梁山。而輒欲竄入於天罡地煞之

讀書偶記

阿　淑等　撰

載於《新月》一九二六年第二卷第三期。兩篇署名分别爲阿淑、淑琴，恐爲一人，具體不詳。上一篇因閲讀到羅曼羅蘭的小説中有描寫兒童生活的内容後，作者指出中國小説中『概不多見』這種現象，這是由於作者雖年老耄而『猶有童子心』的緣故。後一篇實事求是地評判了林紓創作小説的短長，覺得惟《技擊餘聞》一種有生氣，并指出之所以如此，是因爲『年老之人，缺乏新穎思想故』。兩人相較，則可知年老的作者持有新穎、年輕的思想的重要性。

一

小説之描寫兒童生活者，中國概不多見。即在西洋，捨童話外，小説中叙記兒童生活，亦偶有發見耳。近見敬隱漁所譯法國羅曼羅蘭小説《若望克利司朵夫》，第一部《黎明》，於兒童生活描寫備極傳神，讀之使人每易回想及一己之兒童生涯，覺與羅曼羅蘭之所述極易起同情之感。若羅曼羅蘭雖年老耄，殆猶有童子心者乎？何其巧於寫人之天真時代也！

二

林畏廬先生所自撰之小説，都遠不及其所譯小説之佳，大抵年老之人，缺乏新穎思想故。我嘗讀其所撰《畏廬短篇小説》，文情均無可取，體裁并似《聊齋》，較諸所譯小説，幾疑出諸兩人手矣。唯《技擊餘聞》一種，所録武俠事數十則，均虎虎有生氣，讀之使人神往，此中悉係畏廬所親聞見者，故述之能傳神至此。筆法效《史記》，亦得神似，此殆爲畏廬自撰諸作之最佳者矣。又《京華碧血録》一書，聞人言内容亦佳，惜我未見也。

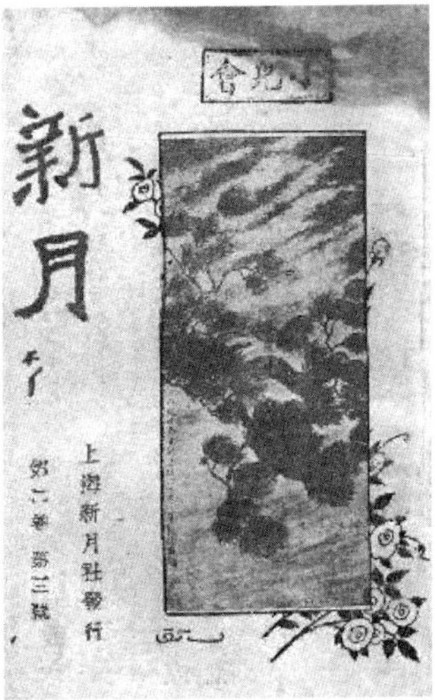

讀書偶記（一）

阿淑

小說之描寫兒童生活者。中國既不多見。卽在西洋。含童話外。小說中敍記兒童生活。亦偶有發見耳。近見敬隱漁所譯法國羅曼羅蘭小說『若望克利司朵夫』。第一部『黎明』。於兒童生活。描寫備極傳神。讀之使人每易迴想及一己之兒童生涯。覺與羅曼羅蘭之所述。極易起同情之感。若羅曼羅蘭。雖年已老耄。殆猶有童子心者乎。何其巧於寫人之天眞時代也。

讀書偶記（二）

淑琴

林畏廬先生所自撰之小說。都遠不及其所譯小說之佳。大抵年老之人。缺乏新穎思想故。我嘗讀其所撰『畏廬短篇小說』。文情均無可取。體裁並似聊齋。較諸所譯小說。幾疑出諸兩人手矣。唯『技擊餘聞』一種。所錄武俠事數十則。均虎虎有生氣。讀之使人神王。此中悉係畏廬所親聞見者。故述之能傳神至此。筆法敹史記。亦得神似。此殆爲畏廬自撰諸作之最佳者矣。又『京華碧血錄』一書。聞人言。內容亦佳。惜我未見也。

小説瑣談

顧醉萸　撰

載於《新月》一九二六年第二卷第三期。作者顧醉萸，於一九二五年九月在上海創辦《鍼報》周刊，不到半年即停刊。於十二月至一九二八年二月，與徐碧波、范佩萸一起編輯過友聯影片公司的宣傳刊物《友聯特刊》。當時在《紫羅蘭》、《良友畫報》、《珊瑚》等雜志上發表過一些小説、雜記等作品。同時參與電影活動，製作過一些電影，并寫過一些理論文字。小説在作者心目中十分崇高，認爲『小説家實爲萬物之畫師』，『非讀破萬卷，行遍大地』是難以勝任的，因此對當時小説家一爲『逐利』，二因『趨時』，既不嫻『章法』，又不重『立意』，甚爲憂慮。作者所欣賞的還是林紓一派的小説，他爲此梳理了這一派的傳人：『私淑者有姚鵷雛、聞野鶴、沈禹鐘、吴靈園輩及已故之朱鴛雛』，後繼者有『寒翠、釋雲、碧波、明霞數子，尚能守林文粲矱，而尤以異軍突起之慧劍爲中流砥柱』。這實際上勾勒了一條林派文言小説家的承繼脈絡。最後他提出學習林派小説的途徑是：『當先從《左傳》、《史記》入手，然後瀏覽《唐人説薈》，兼致力於林譯之精警。』不過，後來真正走這條路的人是很少很少的。

頻年來説小説之學者毋慮千百人，隱然於百業之外别樹一幟，甚有譏爲小説閥者，非諱言也。然小説而成業，則如商場之逐利，尚有何價值研究之可言哉？古人之治小説，無非出其緒餘，採取可歌可泣之事，或足以諷世勵俗者，遂加以渲染，經之營之，往往窮年累月而成，於是一編問世，萬人傳誦，雖數百年後，而其名不替。是蓋其結構、用筆在在由磨煉而來，縱欲點竄只字而不可得。始足藏之名山，傳之後世，豈可與時下汗牛充棟之説部相提并論哉？邇者國勢不振，文風日薄，炎黄之靈，漫漶殆盡，譃者至謂將來或有聘外人教授中文之一日。言固近譃，然傷心語也。小説雖小道，而衆生萬象包羅至廣，嚴格以論，小説家實爲萬物之畫師，苟非讀破萬卷，行遍大地，曷克勝此？不寧惟是，即下迨遊藝飲博，以及釋道卜筮之術亦必躬自涉歷，一有不工便如刻鵠類鶩，徒貽識者之譏。不得已而求其次，亦須枕經葄史，博覽群書，淹貫古今，洞曉物理，於是下筆爲文，進退有據。史遷之列小説家爲一流，可知其見重於世，詎能倖致歟？今則後學小生厚顔好名，并造句練字之法而不知，遑論其他？乃亦沾沾自喜，濡毫爲文。一篇之中枝蔓轇轕，釘了滿紙，既無所謂章法，更何言乎立意？偶讀一過輒不知所云，惟見『的』字、『呀』字拼湊成篇，可謂『的字派』之小説。昔金聖歎批《西厢》，謂臭而至於糞極矣，今乃有臭於糞者，吾於此等小説亦作如是云。

林畏廬先生文章詩詞爲一代宗匠，迻譯説部不下數百種，《茶花女遺事》、《紅礁畫槳録》等數種尤膾炙人口。余獨愛讀其《黑奴籲天録》一書。是書原著者爲美人，憫黑奴之國破家亡，宛轉淫威之下髡髮爲奴。而又輾轉流徙，卒不得其死。用筆伏脈簡練，處處合乎我國古文筆法，得畏廬譯之，遂相得益彰。寫意裏賽挾子出亡，與夫湯姆之忠事其主，行文極悲惋悽愴之至，真天下至性文字。讀之每爲之掩卷不怡。自林譯説部流傳後，小説界乃有所謂林派者，一如古文有桐城、陽湖之分。私淑者有姚鵷雛、聞野鶴、沈禹鐘、吴靈園輩及已故之朱鴛雛。鵷雛爲林入室弟子，足傳衣鉢，嘗讀其所譯《青衫淚》及《二雛餘墨》中之某篇，與林文曾不少異，不特形似，抑且神韻俱絶。鴛雛又爲鵷雛之門人，然其文流於纖，仿佛齊梁之詩，無復漢魏遺音。而吾友碧波獨傾倒於鵷雛之文，以朱黨自命，時仿其體作札記。禹鐘爲文出入史漢，大氣磅礴，一如其詩，堪與鵷雛頡頏。靈園不常作，偶一爲之，而清俊靈秀别饒嫵媚。晚近白話小説盛行，趨時之徒不屑爲此。陽春之曲和者漸寡，顧嗜痂者猶復不少。如寒翠、釋雲、碧波、明霞數子，尚能守林文桀矱，而尤以異軍突起之慧劍爲中流砥柱。其作品以經史爲骨，以唐人詞藻爲表，復攻林文，故樸茂鏗雅，如渾金璞玉，鏗鏘有聲。吾謂學林文當先從《左傳》、《史記》入手，然後瀏覽《唐人説薈》，兼致力於林譯之精警，則下筆可免陋俗枯窘之弊，毋如小學生之描紅，祇求葫蘆畫成，即以爲畢其能事也。

小說瑣談

顧醉萸

頻年來說小說之學者毋慮千百人。隱然於百業之外。別樹一幟。甚有識爲小說閱者。非諱言也。然小說而成業。則如商場之逐利。尙有何價值研究之可言哉。古人之治小說。無非由其緒餘。採取可歌可泣之事。或足以諷世勵俗者。羼加以渲染。經之營之。往往窮年累月而成。於是一編問世。萬人傳誦。雖數百年後。而其名不替。是蓋其結構用筆。在在由磨鍊而來。縱欲點竄隻字而不可得。始足藏之名山。傳之後世。豈可與時下汗牛充棟之說部相提並論哉。邇者國勢不振。文風日薄。炎黃之裔。淪殆盡。說者至謂將來或有聘外人教授中文之一日。言固近謔。然傷心語也。小說雖小道。而衆生萬象。包羅至廣。嚴格以論。小說家實爲萬物之畫師。苟非讀破萬卷。行徧大地。曷克勝此。不寧惟是。即下迨遊藝飲博以及釋道卜筮之術。亦必躬自涉歷。一有不工。便如刻鵠類鶩。徒貽識者之譏。不得已而求其次。亦須枕

小說瑣談

一

余之章節小説觀

漱石生 撰

載於《新月》一九二六年第二卷第四期。作者漱石生，見一九二五年《余之古今小説觀》提要。本文提出了一種與『章回小説』不同的『章節小説』。所謂『章節小説』，即以每篇爲題的短篇小説集。其特點是每節叙一事爲主，各不相續，當時以文言爲多。他指出，章回小説與章節小説之不同，大抵章回小説『以煉局勝』，即重在布局，而章節小説『以煉意勝』，每篇要寫得『意旨真摯』。

作章節小說，與章回小說異。蓋體裁既別，爐錘自是不同也。大抵章回小說以煉局勝，章節小說以煉意勝。煉局者取局勢開展，斯隨處有見長之地；煉意者取意旨真摯，斯落筆無失當自詞。且章回小說鮮文言，而章節小說以文言爲多。章回小說全書不止一事，章節者於一事外每不涉及他事，故章回小說爲放言體，章節小說爲叙事體，二者不可得兼，亦斷不可相混也。今章回小說風行於時，於是有以章節小說蒙頭改面易作章回者，是烏乎可？其實章節小說自有章節之價值，在不必以章回而彰。竊願作者宜每節標題，篤守前人章法，或以兩字抉一節之要，或用一句包括此節大綱，切勿强題就我，亂及體裁，致章回不成章回，而章節反不類章節，既貽識者之譏，并覺畫蛇添足也。

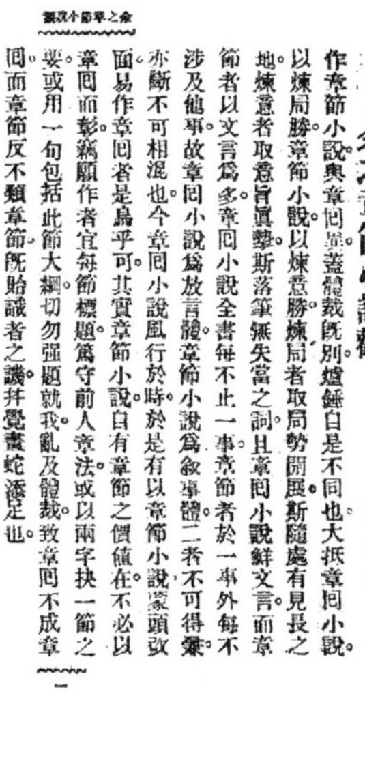

余之章節小說觀

漱石生

作章節小說與章回小說異。蓋體裁既別。爐錘自是不同也。大抵章回小說以煉局勝。章節小說以煉意勝。煉局者取局勢開展。斯隨處有見長之地。煉意者取意旨眞摯。斯落筆無失當之詞。且章回小說鮮文言。而章節者以文言爲多。章回小說全書每不止一事。章節者於一事外每不涉及他事。故章回小說爲放言體。章節小說爲叙事體。二者不可得兼。亦斷不可相混也。今章回小說風行於時。於是有以章節小說蒙頭改面易作章回者。是烏乎可。其實章節小說自有章節之價值。在不必以章回而彰。竊願作者宜每節標題。篤守前人章法。或以兩字抉一節之要。或用一句包括此節大綱。切勿强題就我。亂及體裁。致章回不成章回。而章節反不類章節。既貽識者之譏。并覺畫蛇添足也。

小說裏的女子

范佩萸　撰

載於《新月》一九二六年第二卷第四期。作者范佩萸，肄業於東吴大學，星社社員，常在《聯益之友》、《紫羅蘭》、《新月》、《新上海》等刊物上發表小説、譯作及其他文字。本文就中西譯作與創作、長篇與短篇小説中的女性描寫進行了比較，關係到對象選擇、容貌服飾、情節内容等多種角度，但由於例證不够豐富，略顯單薄。

平均計算起來，每篇小説裏大都有一個女子的位置，好像新近所出的國産影片，一本中至少有一個女主角點綴點綴，演員一方面多少起勁些，觀衆也以爲有了女主角，增加了不少精彩。小説裏的女子所處的地位，差不多也是這樣，社會、言情等小説中，幾於全缺不了女子。在下這篇東西，將在下自己所讀過的創作、譯文兩類小説中的女子，約略來講幾句，挂一漏萬之譏，當然是不能避免的啊。

（一）長篇譯文

長篇譯文小説裏的女子，不是形容面貌，便是形容服式，這是講上等女子；至於下等貧苦的女子，總是形容一副苦境。所以看到一篇愛情小説，描寫一個女子怎樣美麗，一定是這篇中的主要人物了。好像美國小説家梅麻藤爾司夫人撰的《家庭秘密》，他講到密司李娜的時候，描寫李娜全身的美麗，差不多連肉體上的美，都要描寫出來了，讀者就可以想像到李娜美的程度了。因爲西洋小説裏的女子，佔着重要位置，所以有過分的描寫。但是有一件事，很有趣的，就是一個國裏的小説，裏面所寫的女子，隨地而異，好像倫敦和紐約的雜志，所載小説裏的女子，大都是高貴階級的。至於説到法國去呢，不是説旅行家、音樂家，便是跳舞家或女伶。但是在美國西部的各大雜志，其中所載的小説，和上面所説又大大不同，不是探險故事，便是俠義故事，對於純粹的言情，并不十分歡迎的。

（二）長篇創作

長篇創作，可以分爲兩種，一種是新派，一種是舊派。新派長篇小説裏的女子，絶少十分描寫的；舊派長篇小説裏的女子，所佔位置很重要，人物又極複雜，描寫也很細膩了。好像《紅樓夢》、《鏡花緣》二書，講到女子的事，《紅樓夢》的全篇差不多是一個女子世界，上自天仙、王妃，下至使婢、妓女，描寫各不同，一人有一人的舉動性情，雖有主身和射影，大體上看是差不多，實際上看描寫又不同了。《鏡花緣》中從唐敖、隱仙之後，開始描寫女子，倒也很熱鬧，這種描寫又是别成一格，以女子爲主體，寫以滑稽含諷刺之筆，文情確很特别。

（三）短篇譯文

短篇小説裏的女子，和長篇裏的差不多，不過人數少一些，範圍縮小些，當然所描寫的段落也很少。好像法國的莫柏桑，他所做小説裏面的女子，大都説是鄉村裏的女子，間或説及都會裏的女子，然描寫得很少，如讀他的《一條繩》和《一隻手》，就知道我説的話不差了。他所描寫女子的性情，都含蓄在問答中間，怎樣的女子，説怎樣的話，所以西洋有人批評他説留心小事，有人説他是小題大做。有些西洋小説裏的女子是黑人，大都是做傭工的，用七不搭八的談話，形容他的智識、性情，差不多佔滑稽性質的多。還有一件事，就是愛情小説裏的女子，大都愛上兩個男子，或者是兩個男子愛一個女子，結果總是一失敗一得勝。照外國人的眼光看起來，這是很合情理的，不知道我們中國人看來怎樣。美國小說大王歐亨利做的短篇很出名，他對於小說裏的女子，有的是充分的描寫，有的也惟略表而已。他的專集裏，有一篇名《女郎》，這是他盡力描寫女子的一篇小説。

（四）短篇創作

短篇創作，也可以分新、舊兩派。新派小說裏的女子，所佔位置不是十分重要的；舊派小說裏的女子，是占重要位置的。有的是一個醉心歐化的女子，嫁到舊家庭去，因種種環境，就生出許多事來；有的起初是良家女，後來不知怎樣做了妓女，那麽又生了許多事來；有的是中年婦人或是老婦，說他們虐待媳婦或溺愛子女；最多的女子，要推女學生了。的確，現在的女學生，是婦女界的中心，所以很值得做他們小說裏主人的。但是有一個西洋小說和中國小說絕然不同之點，就是寫小說裏的女子或男子，西洋很少自生至死記一生的事，好像行述一般；中國這類的小說，却是很多，倒是一種特點。

小說裏的女子

范佩萸

平均計算起來每篇小說裏大都有一個女子的位置。好像新近所出的國產影片。一本中至少有一個女主角。點綴點綴演員。一方面多少起勁些。觀衆也以爲有了女主角增加了不少精彩。小說裏的女子所處的地位。差不多也是這樣。社會言情等小說中。幾于全缺不了女子。在下這篇東西。將在下自巳所讀過的創作譯文兩類小說中的女子。約略來講幾句。掛一漏萬之譏。當然是不能避免的啊。

（一）長篇釋文　長篇譯文小說裏的女子。不是形容面貌。便是形容服式。這是講上等女子。至于下等貧苦的女子。總是形容一副苦境。所以看到一篇愛情小說描寫一個女子怎樣美麗。一定是這篇中的主要人物了。好像美國小說家梅麻藤爾司夫人譔的「家庭祕密。」他講到密司李娜的時候。描寫李娜全身的美麗。差不多連肉體上的美。都要描寫

分的描寫。有的也惟略表而已。他的專集裏。有一篇名「女郎。」這是他盡力描寫女子的一篇小說。

（四）短篇創作　短篇創作。也可以分新舊兩派。新派小說裏的女子。所占位置不是十分重要的。舊派小說裏的女子。是占重要位置的。有的是一個醉心歐化的女子。嫁到舊家庭去。因種種環境。就生出許多事來。有的起初是良家女。後來不知怎樣做了妓女。那麼又生了許多事來。有的是中年婦人或是老婦。說他們虐待媳婦或溺愛子女。最多的女子要推女學生了。的確現在的女學生。是婦女界的中心。所以很值得做他們小說裏主人的。但是有一個西洋小說和中國小說。絕然不同之點。就是寫小說裏的女子或男子。西洋很少自生至死記一世的事。好像行述一般。中國這類的小說。却是很多。倒是一種特點。

新月詩鐘

（飄樂園）

人海浮沉新春屆

情天歌舞月團圞

稗苑趣話

鄭逸梅　撰

載於《紫羅蘭》一九二六年五月第一卷卷第十一號與《紅玫瑰》一九二六年第四十期。作者鄭逸梅，見一九一九年鳩拙《小説瑣談》提要。本文記了小説家蔣吟秋（鏡寰）、金季鶴（芳雄）、吴聞天、俞天憤、徐碧波、范菊高、程瞻廬、張枕緑等人的一些逸聞趣事。

蔣吟秋沉静端穆，樂琴書而參禪悦，很有逸士的氣派。但他從前在白門高等師範讀書時，却喜歡運動，網球尤所愛玩。有一年，蘇省開聯合運動會，兵式操中，他竟充了隊長，戎裝佩刀，雄武的很。以視今日的氣派，竟判若兩人了。又他在讀書時，恰和校長同姓。校長治校，是取嚴格主義的，學生們見了，莫不肅然敬畏。吟秋的體態行動，又和校長差不多，學生們往往有虎賁中郎之誤。某日，他所御的衣服，尤酷類校長。會某級同學在教室中和教員滋鬧，正在不得開交的時候，吟秋適因無課，徘徊廊下，同學自玻璃窗内窺見，驚爲校長到了，遂寂然不敢做聲。不一刻，鐘鳴下課，吟秋尚在那兒徘徊，一經審視，始知誤認，不覺大家都笑了。吟秋不近麯櫱，雖逢宴會，也是涓滴不飲的。夜眠有定時，臨眠每喜擁衾觀書，和逸梅有同嗜。所以他居室中懸有一聯：『體倦常憑書引睡，心安不假酒攻愁。』集放翁句自行篆書，大約也是他自己寫真呢。

金季鶴也是吾們星社中的趣人，他家本住醋庫巷，後來遷居混堂巷中。有一次，他飲醉了酒，雇車還家，這時他的腦經已模糊了，竟誤至醋庫巷去。但桃花依舊，人面已非，他亦自知鬧了笑話，急由原車折還混堂巷，多多的給了車錢，引得那車夫很爲納罕。他頗有幾分名士氣，喜作冶游，北里中時有他的足迹。一天，他忽發奇想，邀了幾個友人，各換了一身很土氣的服裝，光降到胥門外一家最糟的花煙間裏去，藉以一擴眼界，還來撰了《煙花一瞬》的小説紀其事。

（一九二六年五月十二日《紫羅蘭》第一卷第十一號）

吴大頭聞天是《星社》中的趣人，他一天向逸梅借閱《晶報》，戲草一借報據：『立借報據：吴聞天爲因亟欲一讀《晶報》，央范煙橋向鄭補王處借得《晶報》全份。一月爲期，務須歸還。如有遺誤等情，自當負賠償之責。恐後無憑，立此存照。中華民國丙寅五月十七日立，借報據人吴聞天十，中范煙橋十，證明律師黄覺十。』借報立據，真是從來未有的事。

俞天憤年屆大衍，但是尚有童心，有一年臘尾春初的時候，他和幾個小朋友在海虞市上合夥開了一家春聯店，他知道蘇州有一種鏤花的鴨卵，很是精緻好頑，就寫了一封信來託逸梅代辦。後來因爲價錢不合算，且這種冷僻的耍貨，一時要幾十百個，又難於購覓，所以又作罷了。

星友中除徐碧波爲豆王，范菊高爲瓜子將軍外，尚有一位冰其令大少，你道是誰？原來就是著《十帝演義》的陳蓮痕，他素喜飲冰，能連飲七杯，所以北里中人都稱他爲『七少』，實則他并非行七哩。

有一次星社雅集，爲賡夔、佩萸、菊高三人當值，發了柬帖出去，程瞻廬適爲事阻，就寫了一封回信來辭謝，那信尾標着『三星高照』，社友見了，莫不爲之粲然。

張枕綠來蘇，轉陶、碧波、聞天約於某日造金昌旅邸敘譚。碧波先到，不一刻天上忽然散起瓊花來，頓時間大地披素。碧波知道他們定爲滕六君阻駕了，正在没趣的當兒，忽想到逸梅近日正勾留在七里山山塘間，離此不遠，就寫了一封便札，遣侍者送來。逸梅接得了，立詣旅邸談天，碧波却大大的得意道：『今天真可謂踏雪尋梅了。』

（一九二六年《紅玫瑰》第二卷第四十號）

稗苑趣話

鄭逸梅

吳大頭聞天是星社中的趣人他一天向逸梅借閱晶報戲弁一借報據「立借報據吳聞天爲因亟欲一讀晶報央中范烟橋向鄭補王處借得晶報全份一月爲期務須歸還如有遺誤等情自當負賠償之責恐後無憑立此存照中華民國丙寅五月十七日立借報據人吳聞天十中范烟橋十證明律師黃覺十」借報立據眞是從來未有的事

俞天憤年屆大衍但是尚有童心有一年臘尾春初的時候他和幾個小朋友在海虞市上合夥開了一家春聯店他知道蘇州有一種鑲花的鴨卵很是精緻好頑就寫了一封信來託逸梅代辦後來因爲價錢不合算且這種冷僻的貨一時要幾十百個又難於購覓所以又作罷了

說林珍聞

稗苑趣話

鄭逸梅

蔣吟秋沉靜恬穆樂群書而慕鍊悅很有逸士的氣概但他從前在白門高等師範讀書時卻喜歡運動對球尤所愛玩有一年蘇省開聯合運動會兵式操中他竟充了隊長戎裝佩刀雄武的很以視今日的氣概立判若兩人了又他在讀書時恰和校長同姓校長治校是取嚴格主義的學生們見了莫不肅然敬畏吟秋的體態行動又和校長差不多學生們往往有虎賁中郎之誤某日他所御的衣服尤酷肖校長會某師倜學在教室中和教員滋謔正在不得開交的時候吟秋適因無課背個腿下同學自窗隙內窺見某爲校長到了遽寂然不敢做聲不一時鈴響下課吟秋偶存那兒徘徊一經審視始知誤認不覺大家都笑了吟秋不近麯蘖宴會也是涓滴不飲的夜間有定時臨睡俾寤寐友觀書知逸梅有同嗜所以他居室中懸有一聯「體得常閒書引睡心安不寐酒攻愁」集放翁句自行篆書大約也是他自己寫眞呢

金季鶴也是吾們星社中的趣人他家本住閶門後來遷居混堂巷

記惲鐵樵先生

程小青　撰

載於《紅玫瑰》一九二六年第二卷第四十號。作者程小青，見一九一九年余青心《説小説應列入學校國文課程中及其教授方法》提要。本文回憶了惲鐵樵早年編輯《小説月報》時的若干情況，讚揚了惲自己的文章『渾厚而古樸，譯筆條暢，雅達兼臻。其記叙之文，簡潔高古，直逼史漢』，并指出其小説作品中『《説薈》及《蓬門畫眉録》諸作，皆其生平最得意者』。但本文主要是高度肯定了惲鐵樵作爲一個編輯的優良品質，能做到『編製既精，選材尤嚴，凡入選之作，命意而外，琢句遣詞，亦三復注意』，特別在選稿方面，十分嚴格，能做到『不騖虛名，悉以作品之高下爲斷，故於投寄之稿一視同仁，稿佳無名者亦得厚酧，不則雖名家亦在割愛之例』，甚至有人以手槍炸彈恫嚇，也不畏懼。這種精神十分難得。同時，作者以自己的經歷，切身感受到惲鐵樵作爲一個編輯，『提攜後進爲懷，且富責任心，熱腸古道』，就更受人尊敬。這一切，根本在於惲鐵樵對小説這門藝術的熱愛，惲説：『蓋小説之名詞别於經史而言，既係文藝品之一，則固不能以小字而輕之也。』另外，本文記載了惲鐵樵『最服膺畏廬先生，謂畏翁文字已臻化境，信手拈來，都成妙諦』。這一點也可見林紓在當時文學界的影響與地位。

武進惲鐵樵先生，今已爲名醫師矣。杏林春滿，譽溢海内，與小説界似已稍稍疏隔。然先生固爲小説界之前輩，當十年以前，以小説文字與社會周旋，亦嘗雄視儕輩者。今《紅玫瑰》出『小説家特號』，爰就記憶所及，得先生從事小説時代之軼事若干則，録述如次，藉以見先生之道德文章焉。

先生名樹珏，主《小説月報》編輯多年，編製既精，選材尤嚴，凡入選之作，命意而外，琢句遣詞，亦三復注意，以故頗爲識者所稱賞，而反對之者亦夥，或謂如是嚴格，小説當成大説。先生聞之夷然，曰：『此非譏我，直譽我太甚耳。蓋小説之名詞别於經史而言，既係文藝品之一，則固不能以小字而輕之也。』先生之文渾厚而古樸，譯筆條暢，雅達兼臻。其記叙之文，簡潔高古，直逼史漢。若《説薈》及《蓬門畫眉録》諸作，皆其生平最得意者。惟早年之《豆蔻葩》、《黑衣娘》數種，先生之名雖以是而著，然先生自視殊不㥦意。謂其失諸纖麗，遠不逮其後諸作之火候純青也。先生除譯作外，所撰之短篇小說甚多，散見於《小說時報》及《小說月報》。然自脱離小説生活以後，乃移其如椽之筆，奮力於醫學一途，專心爲壽世之著述矣。

先生最服膺畏廬先生，謂畏翁文字已臻化境，信手拈來，都成妙諦。其次，於西神先生，亦推崇備至。西翁多才多藝，先生自謂弗如，即此可見先生之虚衷。先生之學既由攻苦而致，故常以提攜後進爲懷，且富責任心，熱腸古道，彌復可敬。曾憶予初次見先生時，即以曾研攻何書爲詢，嗣即囑予温讀《孟子》、《戴禮》、《史記》等篇，先生復爲之鈎玄抉微，指授評點，其殷殷教誨之熱忱，實使人感不能忘。時予年雖稚而爲家境所累，不能不恃秃筆爲活，心頗苦之。先生譎予狀，恒作鼓勵語曰：『汝第致力學殖，不患無騰達，眼前之境遇，惟以堅忍持之而已。』然先生於公私之間，界别綦嚴，予每投稿，佳則稱譽有加，不佳則擯退不録。初不以私而害公，蓋先生之評衡，實絲毫不苟者也。民三、四年間，先生除主編《小説月報》外，兼理《小說海》筆政，化名黄山民。而於兩誌之選稿，不鶩虚名，悉以作品之高下爲斷，故於投寄之稿一視同仁，稿佳無名者亦得厚酧，不則雖名家亦在割愛之例。先生曾刊瞻廬先生之彈詞一種，既致酧而刊行矣，先生取而讀之，亟賞其佳，因憶前致之報酧太菲，乃補潤若干，復附書道歉，其斤斤不苟如此，然因此而開罪於同文者，亦匪尠。尤有人以投稿不録，而以手槍炸彈恫嚇者，先生輒一笑置之。嘗戲謂予曰：『我能以選稿謹嚴而遭怨，或竟以此犧牲，我之幸也。』於此亦可見先生人格一斑矣。

惲鐵樵

記惲鉄樵先生

程小青

武進惲鉄樵先生今已爲名醫師夾杏林春滿譽溢海內與小說界似已稍稍疏隔然先生固爲小說界之前輩當十年前以小說文字與社會周旋亦嘗雄視儕輩者今紅玫瑰出小說家特號爰就記憶所及得先生從事小說時代之軼事若干則錄述如次藉以見先生之道德文章焉

先生名樹珏主小說月報編輯多年編制既精選材尤嚴凡入選之作命意而外硃句遣詞亦三復注意以故頗爲識者所稱賞而反對之者亦夥或謂如是嚴格小說將成大說先生聞之爽然曰「此非譏我直譽我太甚耳蓋小說之名詞別於經史而言既係文藝品之一則固不能以小字而輕之也」

先生之文渾厚而古樸譯筆條暢雅達兼臻其記敍之文簡潔高古直逼史漢若「說薈」及「蓬門畫眉錄」諸作皆其生平最得意者惟早年之「豆蔻葩」「黑衣孃」數種先生之名雖以是而著然先生自視殊不愜意謂其失諸纖麗遠不逮其後諸作之火候純青也先生除譯作外所撰之短篇小說甚多散見於小說時報及小說月報然自脫離小說生活以後乃移其如椽之筆奮力於醫學一途專心爲壽世之著述矣

記惲鐵樵先生　一

小說家的畫

鄭逸梅　撰

載於《紅玫瑰》一九二六年第二卷第四十號。作者鄭逸梅，見一九一九年《小說瑣談》提要。本文記載了范煙橋、李涵秋、黄轉陶、林琴南、陳小蝶、王鈍根、陳蓮痕等能作畫的小說家畫作與特點。

小說家中善書法的很多，能繪事的尚屬少數，如今把在下所知道的幾位，記在下面。

范煙橋的折枝墨梅很有幾分逸致，加著他工書善詩，『三絶』才名，正不讓他的族叔范君博。

李涵秋能作設色花卉，筆意清妍，似出閨秀之手，但他不大肯畫，故外間罕有所見。乙丑的夏天，俞天憤繪了一個便面郵貽在下，那畫是仿高澹游本，并録有近句『萬山突兀勢迴環，寂寞無人雲往還。此境不知何處有，願除塵俗聽潺潺。』他的潤例是自定的標題，爲『怕人山水』，滑稽的很。

黄轉陶能作仕女，不過是新派畫，不是國粹畫。

林琴南的山水是很有聲譽的，在下曾見他爲瘦鵑所作的《紫羅蘭盦圖》和爲石予所作的《近遊圖》，一以澹静勝，一以高古勝，俱爲佳構。及他既歸道山，有人爲他開一遺畫展覽會在上海，蘇、滬睽隔，未能一睹其名作，至今引爲憾事。

陳小蝶的山水也有聲譽於藝林，他有時和翠娜女士合作，人物雋雅極了。他曾著有《醉靈軒讀畫記》，刊在《自由譚》上，爲一時所傳誦。

偶閲《上海畫報》，見刊有王鈍根所作的《緑葉成陰子滿枝圖》，蒼幹怪石，有如丹青老手所作的一般，這真奇了。

陳蓮痕能畫山水，而諱莫如深。後來被吴大頭聞天知道了，說給程小青聽，小青正在收羅小

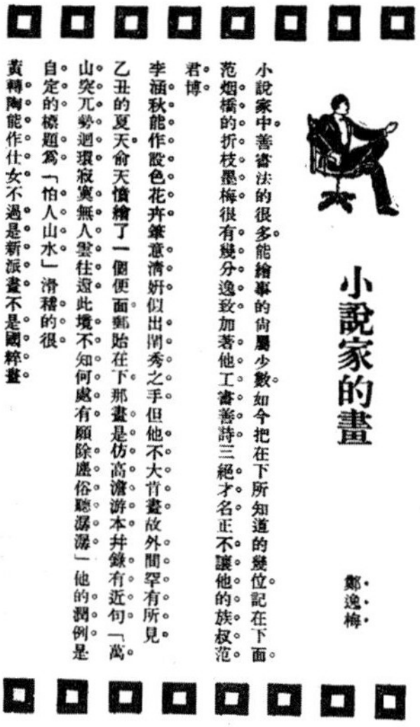

小說家的畫

鄭逸梅

小說家中善書法的很多能繪事的尚屬少數如今把在下所知道的幾位記在下面

范烟橋的折枝墨梅很有幾分逸致加著他工書善詩三絕才名正不讓他的族叔范君博

李涵秋能作設色花卉筆意清妍似出閨秀之手但他不大肯畫故外間罕有所見

乙丑的夏天俞天憤繪了一個便面郵貽在下那畫是仿高澹游本并錄有近句「萬山突兀勢迴環寂寞無人雲往還此境不知何處有願除塵俗聽潺潺」他的潤例是自定的標題爲「怕人山水」滑稽的很

黃轉陶能作仕女不過是新派畫不是國粹畫

小說家的畫 一

册頁，就請他繪了四幅。在下曾在小青處見過，意境高超，不落恒蹊，頗足耐人欣賞。

餘如袁寒雲、童愛樓、蘇玄瑛、餘天遂、劉公魯……都能作畫，但他們是文學家，不是小説家，所以不列在這裏頭。

星友之綽號表

逸梅 撰

載於《紅玫瑰》一九二六年第二卷第四十五號。作者逸梅，即鄭逸梅，見一九一九年《小説瑣談》提要。本文記載了姚賡夔、范菊高、黄轉陶、范煙橋等十五位星社小説家的綽號。

姚賡夔，鳳韲親王。范菊高，瓜子將軍。

黄轉陶，小妹妹。陳蓮痕，冰其令大少。

范煙橋，騷女眷（殆以其面麻耶）。黄若玄，長毛。

尤半狂，模特兒。程小青，畫癡。程瞻廬，十全老人。金季鶴，花蝴蝶。徐碧波，豆王。顧明道，酒令顧問。吴聞天，謡言博士。范佩萸，洋人。鄭逸梅，補王（此係苕狂代者，諸君幸弗誤會）。

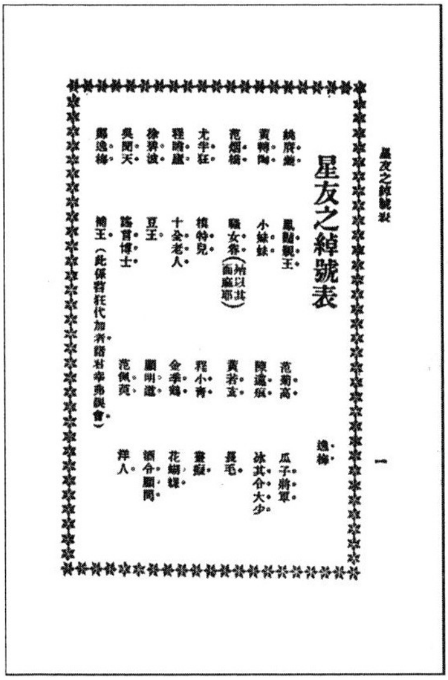

星友之綽號表

逸梅

趙眠雲，鳳髓親王。范菊高，瓜子將軍。
黃轉陶，小妹妹。陳蓮痕，冰其合大少。
范烟橋，驕女春（所以其面麻耶）。黃若玄，長毛。
尤半狂，模特兒。程小青，畫癡。
程瞻廬，十全老人。金季鶴，花蝴蝶。
徐碧波，豆王。顧明道，酒令顧問。
吳聞天，謡言博士。范佩萸，洋人。
鄭逸梅，補王（此係苕狂代加者，諸君幸弗誤會）。

談社會小説

秋山 撰

載《小説世界》一九二六年五月七日第十三卷第十九期、五月十四日第二十期。秋山，即胡懷琛，見一九一九年《小説管見》提要。本文認爲社會小説『比那些紀國家大事的正史，更有價值』，而寫社會小説，『最要緊的就是所叙的事實要實在，不可以向壁虛造』。但它不同於新聞，關鍵在於要『細細的描寫』和『揀曲折而有趣味的實事做材料』。最後文章就寫社會小説易犯的一些毛病談了自己的看法，他認爲要避免這些弊病，關鍵在於作者要有健全的『心理和品格』，要有社會責任，在藝術表現上要注意細節的真實。

近二十年來，喜歡讀社會小說的人很多。而幾部著名的長篇白話小說，大概都是社會小說。可見社會小說的發達了。

有人把中國的小說，分爲三類：一是神話，二是寓言，三是野史。神話是信口亂說的，如《封神傳》、《西遊記》之類都是。寓言雖不是實事，却是有一種寄托。寓言在《莊子》、《列子》中最多，也就是古代的小說。後來的長篇寓言小說却很少；就是《鏡花緣》，也不能說是純然的寓言小說。野史的『野』字，是以前帝制時代對於所謂朝廷而言的。國家大事，謂之正史。社會上的瑣事，謂之野史。或雖是國家大事，而終非正式的歷史，也謂之野史。野史二字，本來是一個現成的名詞。在現代没有所謂『朝』，也就没有所謂『野』。然我們不妨把『野』字當着『社會』二字解釋。野史就是社會史，也就是社會小説。社會史當然以實爲貴，憑空造出來的，就没有價值了。在今日看，社會史比那些紀國家大事的正史，更有價值。所以寫社會現狀的小說，也就佔了很重要的位置。

我們既然明白了社會小説的性質，那麽做社會小説，怎樣做，就可以知道了。最要緊的，就是所叙的事要實在，不可以向壁虛造。然實實在在的記一二件事，往往又變了報章上的新聞，而不是小說。我們要做成和新聞不同的小說，只有兩條路。其一，是把他來細細的描寫。雖然是一件平常的事，用寫生的筆法，把他寫下來，將各個人的神情態度，寫得栩栩如生。結果就和新聞不同。其二，是揀曲折而趣味的實事做材料，也可以和普通的新聞不同。照第二條路走，當然不甚高明。照第一條路走，好是好，但的確不容易做。没有善於寫生的一枝筆，固然不行。就是有了一枝善於寫生的筆，而各種的社會，不是親身去混過，也不能寫，寫出來就不免有外行話。然而社會這樣的複雜，一個人無論如何，決不能各種社會裏都去混過。（假使爲著做小說，臨時去參觀一下，或托他人調查一下，也是無用。）所以作社會小說，就很困難了。不得已，把範圍縮小，專做一種社會。譬如《海上繁華夢》，專做堂子裏的事，而且專做上海堂子裏的事。範圍一小，就容易得多。或雖不限於一種社會，一個地方，而以作者爲主體，把自己所經歷的事，拿來做材料，這也是一個法子。譬如《二十年目睹之怪現狀》、《老殘游記》，就是用這法子了。

有了寫生的妙筆，根據親身經歷的事，去做社會小說，當然可以成功了。但是還有疑問。何以呢？譬如某種小說，好是好，但是他的結果，是成了一部嫖堂子的教科書。也許作者是意在警世，而在讀者，百人中就有九十九人，誤作《嫖堂子的教科書》讀，真未免辜負了作者的一番苦心了。雖然作小說與所謂世道人心有益無益，是一個問題，小說做得好不好，又是一個問題；但是終不能不說他們有連帶的關係。

我說到這裏，就有人要問道：如此說來，凡是關於嫖賭及一切不正當的事，一字不提，極力避去，纔算是好的社會小說麼？我道：斷有這個道理。嫖、賭、作賊、做騙子，那一件事不可以寫入社會小說裏，只要看如何寫法，只要看寫者的心理和品格如何。社會小說對於社會的利和害，就跟着作者的心理品格轉移，一分一毫，不空假借的。如此說來，做社會小說，就真不容易。

最近出版的幾部長篇大幅的小說，幾乎没有一部不是社會小說。他們的價值，社會上自有相當的批評，不容我的毀和譽。不過作社會小説者和社會的關係，很爲密切。作者自己的責任也很重。這是我要説明的。

做社會小説，最容易患的毛病，就是所記的事，和實事不符。十個作社會小説的人，就有九個要患這病。譬如『騎驢子從武昌到漢口』，『坐馬車遊虎邱』，『前清時打官司請律師辯護』等話，大家都知道是社會小説中的趣談了。

其實細細一看，同樣的毛病，差不多隨處可以發現。也許讀者的能力，不能發現，因爲特殊的社會，讀者亦未嘗親身去混過。所以嚴格的話，那就很不容易没有錯。然而在相當的限度以内，就是有些小錯，也算不得什麽。决不能因爲有了一點小錯，就把全體的好處也取消了。倘然故意的吹毛求疵，那也不必。

因爲這種小疵，不但是近人有的，就是中國最好的小説《紅樓》、《水滸》中也是有的。一個人的學問無論怎樣博，見聞無論怎樣廣，終免不了有錯。就是那總纂《四庫全書》的紀曉嵐先生，他所做的《閲微草堂筆記》，引用古書，也有錯誤的地方。所以大體好，小疵是不必去苛責他。

做社會小説，也有一種地方，明知和事實不符，却是因爲行文便利起見，不得不和事差池的。

譬如有一段社會小説，記一個人家的家庭狀况，大約説道：妻子帶了二百元，往百貨商店裏去買東西，停了一回，買來了。所買的是絲襪、皮鞋、嗶嘰衣料、布紋信箋、餅乾、火腿、洋傘、金手錶……許多東西。拿給他丈夫看，他丈夫慢慢的問道，共用了多少錢？妻子不做聲，只從衣袋裏摸出一張發票來，給他丈夫看。他丈夫看了一看，很吃驚的説道：一百九十六元四角。纔説了這一句，就没有下文。他的心裏，難過極了。

這一段記載，有和事實不符的地方。因爲在百貨商店裏買這許多不同類的東西，決不是在一個部分裏買，決不是共開一張發票。倘然照事實説，應該是妻子摸出一大把發票來，給丈夫看。某張幾元，某張幾十元，丈夫把他合計起來，纔得到總數一百九十六元四角。如此一筆一筆的賬計算起來，是不勝其煩的。把他寫在紙上，讀的人一定要覺着可厭。所以只説一張發票。在文字上，比較爽快得多。但是和事實不符合了。這是無可如何的事。我想讀者決不會要求和事實相符，而喜歡在這裏看一筆帳。

就是作者不開細賬，只説『拿一把發票總計起來……』也要多寫許多字，令讀者覺得沉悶。不若照這樣説爽快得多。這是我的見解。不知一般作社會小説和讀社會小説者，以爲如何。

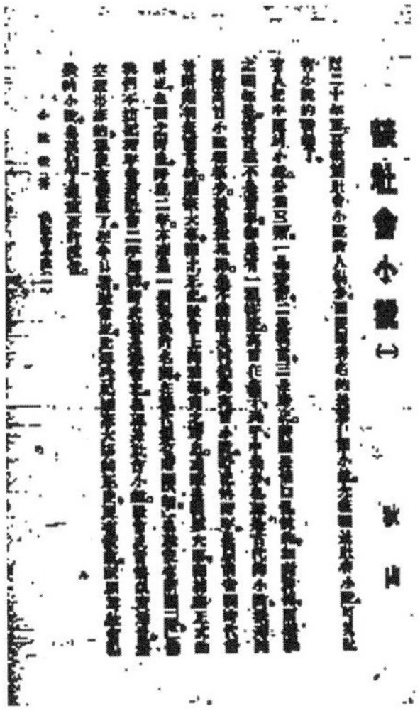
談社會小說（一）

紅樓夢人名表

陳存仁　撰

載於《紫羅蘭》一九二六年七月十日第一卷十五號。作者陳存仁，生平不詳。本文是將《紅樓夢》中的人物，以清單的方式加以統理。用這種形式的梳理人物，早在㦛紅盦主人的《紅樓夢史表》中已有嘗試，但本表的製作略有不同，更覺簡晰。同時，文中提到光緒年間尚有壽芝公子的一部《紅樓夢譜》，今未見。

《紅樓夢》在中國文學史上佔着重大的地位，但是《紅樓夢》上滿紙賈珍、賈政，已難了了。又有林黛玉、薛寶釵、史湘雲、邢岫煙、李紋、李綺一大疊外親，更加了鴛鴦、襲人、晴雯數十名丫環，真是麻煩，那裏纏的清呢！　於是我便做了一張《紅樓夢》人名表，供自己看《紅樓夢》時查考之用。

豈意這《紅樓夢》人名表朋友們視爲讀《紅樓夢》的利器，一再慫恿着發表。我説：『前清有位壽芝公子已做過一部《紅樓夢譜》，今實無發表之必要。』熱心的朋友們説：『壽芝舊作，體例不明，又多誤處，况是光緒初年的出版品，什麼書坊都買不到的。』我這纔厚着臉發表了，但有人能發現我表中的差誤，或再换一體例，使成一篇更完滿的東西，那末我是最希望的。

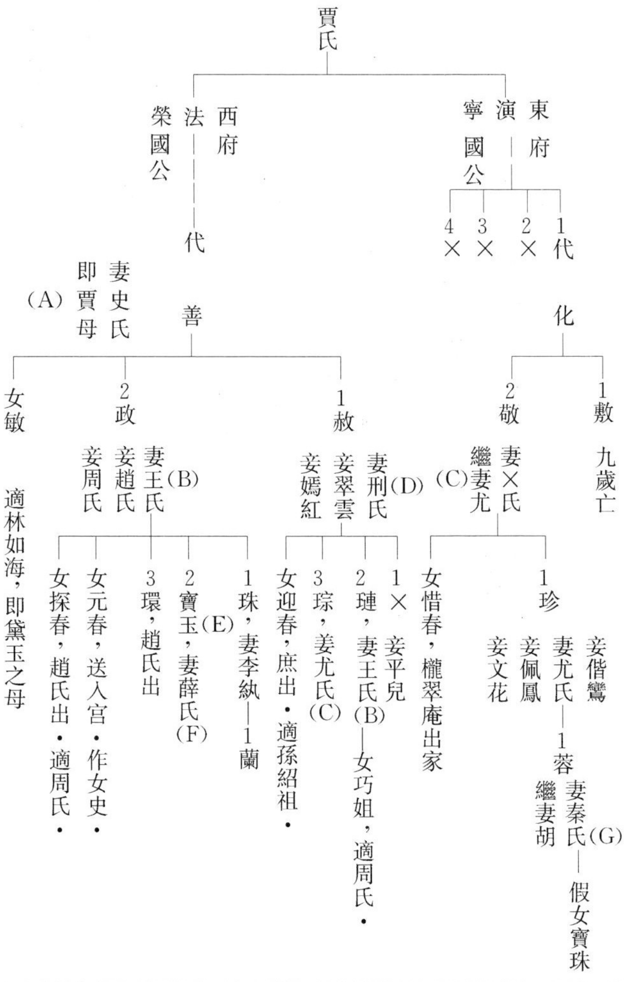

△表内注有(A)(B)(C)者，即有外親，另參看後(A)(B)(C)各表。×者，其名無考。

賈氏外親

(A) 史侯
- 女 ×（即賈母）適賈代善
- 子 ×——孫 史鼎——曾孫女 史湘雲

(B) 王氏
- 子 王子騰
  - 子 王仁
  - 子 王熙鳳（適賈璉）
- 子 王子勝
- 女 ×（即寶玉之母王夫人）適賈政
- 女 ×（即寶釵之母薛姨娘）適薛×
- 其遠族王成——子 狗兒，妻 劉氏，岳母 劉老老
  - 子 板兒
  - 女 青兒

(C) 尤老娘 重婚婦
- 長女適賈敬（即尤氏）
- 次女原適張華・後與賈璉作妾・吞金死・（即尤二姐）
- 三女許嫁柳湘蓮・後柳疑其不貞・忿而自刎・（即尤三姐）

(D) 邢——女×（即邢夫人）適賈赦
- 子 邢忠（即傻大哥）——孫女 邢岫烟（適薛蝌）

(E) 李守忠
- 長女 李紈（適賈珠）
- 次女 李紋
- 三女 李綺（適甄寶玉）

(F) 薛氏
- ×妻王氏
  - 子 薛蟠 妻夏金桂 繼妻甄香菱
  - 女 薛寶釵適賈寶玉
- ×
  - 子 薛蝌 妻邢岫烟
  - 女 薛寶琴

(G) 秦業
- 女 可卿適賈蓉
- 子 秦鐘

賈氏族人一覽

賈雨村非賈氏族人，賈雨村自言係榮國一支，但賈政後會説明。（見九十二回）雨村之言實誇口。

（代字輩）代修　代儒　充家塾師，有孫瑞，爲鳳姐而死。

(文字輩)赦　效　敦
(王字輩)⿰王扁　珩　珖　瓔　瑶　女四姊　璜　妻金氏，内侄金榮，舅嫂胡氏。　琛　璘　瓚　瑞　代儒孫，爲鳳姐而死。
(草字輩)芝　蓁　萍　藻　荷　薔　芹　母周氏。　薔
芸　父行立，母卜氏，母舅卜世仁，表妹銀姐。　蘭　母婁氏。　菌　母胡氏。　芬　菖　菱　荇　芷　蘅

賈府婢僕家人一欄

寶玉名下
(乳母)李嬷嬷　尚有三乳母，存數。
(丫環)花襲人　原在賈母房中，名珍珠，有兄花自芳。寶玉出家後，嫁蔣玉函。
麝月　晴雯　本賴大家所買，十歲時入賈母房，後入寶玉名下。有姑表兄吴貴，吴貴家的亦在寶玉房。晴雯以招冤，被攆出，即病没。
蕙香　原名芸香，又名四兒，與晴雯同攆出。　春燕　秋紋　碧痕
小紅　林之孝女，鳳姐要去，原名紅兒。　五兒　鳳姐要去小紅，即補入五兒。
檀云　茜雪　爲吃茶被逐。　綺霞　定兒　良兒　偷於被逐。
佳蕙　墜兒　被晴雯攆出。

(家人)李貴　乳母李嬷嬷子。　王和榮　張若錦　錢啓　周瑞　趙亦花

(小廝)茗煙　姓叶，改名焙茗。　掃紅　鋤藥　墨雨　引泉　掃花　挑云　伴鶴　雙瑞

跟往馮子英家。　壽兒

賈母房

(丫環)　鴛鴦　金彩女，殉死　鸚鵡　翡翠　玻璃　琥珀　珊瑚　可人(早死)　傻大姐　有母管漿洗。　珍珠　與襲人同名。

王夫人房

(丫環)金釧　姓白，投井死，母白老媳婦。　玉釧　金釧兒妹。

彩鸞　彩鳳　彩雲　彩霞　配來旺子，有妹小霞。　綉鸞　綉鳳

(陪房)周瑞　周瑞媳婦　吴興家　鄭華家　來旺　來旺媳婦　來喜家

趙姨娘房

(丫環)小吉祥兒　小鵲

李紈房

(丫環)素云　碧月

鳳姐房

(丫環)平兒　從嫁。　豐兒　彩明　小紅　先在寶玉房。　善姐　派尤二姐用。

尤氏房

（丫環）銀蝶兒

秦可卿房

（丫環）瑞珠　殉死。　寶珠　後爲假女。

元春名下

（丫環）抱琴　帶入宮，省親同來

迎春名下

（丫環）司棋　王善保家外孫女，秦顯家侄女。與姑表兄潘又安約爲夫婦，贈以十錦春意香帶。事發擲出碰死，潘同殉。　綉橘　蓮花兒

探春名下

（丫環）侍書　翠墨

惜春名下

（丫環）入畫　因蒑被逐，歸寧府。　彩屏　彩兒

黛玉名下

（丫環）紫鵑　後伴惜春出家。　鸚哥

（奶媽）王嬷嬷　金陵帶來，扶柩回去。

薛姨媽名下
（丫環）同喜　同貴
寶釵名下
（丫環）鶯兒　姓王原名金鶯　文杏
寶琴名下
（丫環）小螺
夏金桂名下
（丫環）寶蟾　從嫁爲薛蟠妾。　小捨兒
香菱名下
（丫環）臻兒　叶兒
史湘雲名下
（丫環）翠縷
（奶媽）周媽媽
邢岫煙名下
（丫環）笑兒　篆兒
邢夫人名下

（陪房）王善保家　費大娘

賈珍名下

（小廝）喜兒　壽兒　興兒

賈璉名下

（乳母）趙嬤嬤 有子天樑、天棟。

（小廝）慶兒　昭兒　興兒　隆兒　雙瑞　住兒

賈政名下

（小廝）周二　李十兒

賈環名下

（小廝）趙國基　錢槐

家人媳婦

焦大　賴二　賴大 母賴嬤嬤，子尚榮任知縣，并有次子。　賴大家　吴新登　吴新登家

林之孝　林之孝家　賴昇　賴昇媳婦　余信　余信家　戴良　錢華　鄭好時　鄭好時媳婦

張材家　秦顯家　來升　來升媳婦　李德　飽二　鮑二家的　多官人　多姑娘　金彩　金

文翔　吴貴夫婦　王興媳婦　玉柱兒媳婦　包勇　烏進孝　單大娘　吴大娘　老田媽　老叶

媽　老祝媽　何媽　夏婆子　宋嬤嬤　柳嫂子　張媽　老王媽　張媽媽　劉媽媽

女尼及道姑

櫳翠庵
妙玉　有老嬷嬷二人，小丫頭一人，後爲盗劫去，不知所終。
水月盦　善製饅頭，改名饅頭盦。
净虚　與鳳姐勾通拆散人婚姻事。　智善　智通　智能　與秦鍾偷期，入城覓秦鍾，被逐。
地藏庵
圓信
散花寺
大了
達摩庵
沁香　又有十一名無名，存數，後歸水月庵。
玉皇廟　道姑
鶴仙　又有十一名無名，存數，後歸水月庵。
鐵檻寺
色空　住持。

清虛觀

　張道人

天齊廟

　王道士　渾號王一貼。

玉皇閣

　張道士

葫蘆庵

　小沙彌　火燒後還俗，爲應天府門子。

女伶　記十二名

文官　後入賈母房。　芳官　充正旦，後入寶玉房，後至水月庵出家。　玉官　充正旦，自去。　蘂官　充小旦，早死。　蕊官　充藥官死後缺，後入寶玉房，後爲地藏庵圓信徒。　寶官　後入賈母房　齡官　充小旦，屬意賈薔。　藕官　充小生，後入黛玉房，後爲地藏庵圓信徒。　茄官　充老旦，後入尤大姐房。　葵官　充大净，分湘雲房。　艾官　充老外，後入探春房。　荳官　充小丑，後分寶琴。

門下清客

詹光　單聘仁　王作梅　胡斯來　程日興　稽好古　卜固修

醫生

張友士　王濟仁　胡君榮　張太醫　劉大夫　鮑太醫　畢知庵

來往世交賓客

東平郡王穆蒔　西寧郡王　南安郡王　北静郡王世榮　以上號稱四王。

鎮國公牛清孫繼宗　理國公柳彪孫芳　齊國公陳翼孫瑞文　治國公馬魁孫尚　繕國公石玉孫光珠　修國公侯曉名孫孝康　以上與榮寧二府號稱八公。

平原侯孫蔣子寧　定城侯孫謝鯤　川寧侯　襄城侯孫戚建輝　景田侯孫裘良　錦鄉伯子韓奇　壽山伯

甄應嘉子寶玉　神武將軍馮康子紫英　陳也俊　衛若蘭　通判傅試（有妹秋芳）　永昌駙馬

樂善郡王　侍郎趙　巡撫吴　慶國公　翰林海　侍郎楊　員外李　提督楊　粵海將軍鄔

來往誥命

忠靖侯夫人　臨安伯老太太　楊提督太太　繕國公誥命　南安太妃　北静王妃　臨昌伯誥命　錦鄉侯誥命

來往太監

戴權　夏秉忠　周太監　裘世安

寶玉好友

柳湘蓮　蔣玉函　唱小旦，班名琪官。寶玉出家後，襲人嫁之。　秦鍾

寶玉意中人

傅秋芳　二丫頭　紅衣女　若玉小姊

家塾中

塾師　賈代儒孫瑞

學生　秦鍾　薛蟠　寶玉　金榮　賈薔　賈藍　賈菌　香憐　玉愛

閒雜人等

賈雨村　妻×，繼妻嬌杏（即甄士隱家婢女）。門生賈寶玉、林黛玉，同事張如圭。　甄士隱　妻封氏，岳父封肅，女英蓮被拐，後名香菱，歸薛蟠作妾。薛蟠妻没後，香菱扶正。家人霍啓，丫環嬌杏歸賈雨村作二房，後扶正生子。　冷子興　岳母周瑞家的，供職榮國府。　馮淵　爲賈英蓮被薛蟠打死。　吴良　薛蟠酒友。　張三　爲薛蟠打死。　張金哥　李衙内　張華　倪二　何二　石獃子　潘三保　馬道婆　李仙兒　劉鐵嘴　永興節度使馮胖子　毛半仙　户部堂官老趙　銅香院妓女云兒　官媒婆朱婆子　稅官女　南詔道張女　張德輝　道紀司叶生　僧録司萬虚　忠順親王　仇太尉兒子　馬販子王短腿　周貴妃父　錦衣尉趙全　吴貴妃父吴大佑　李御史　襄陽侯兄弟老三　曹雪芹

太虛幻境

警幻仙姑　空空道人　癡夢仙姑　鍾情大士　可卿小字兼美。　引愁金女　度恨菩提

（冰津）茫茫大士　渺渺真人

（赤霞宮）神瑛侍者

（絳珠宮）絳珠仙子

紅樓夢人名表

紅樓夢人名表

陳存仁

紅樓夢在中國文學史上占着重大的地位但是紅樓夢上滿紙賈

十五・六・十六・脫稿

一

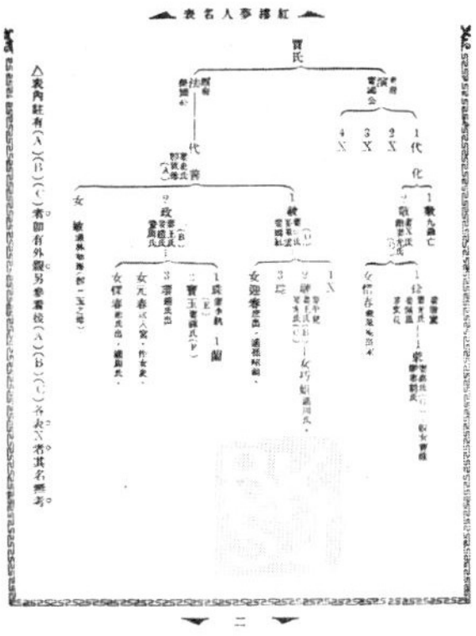
紅樓夢人名表

二

小説漫談

程涵中 環島 撰

載於《聖公會報》一九二六年第十九卷第十六期。聖公會，英文：Church of England。這是英國十六世紀亨利八世發起宗教改革，脱離羅馬教會後建立的民族教會。後世界各地建立了相應的宗教組織。一八四四年，由美國聖分會文惠廉主教傳入中國。一八七九年在上海創刊《聖公會報》，由張祖紳編輯。本文作者程涵中、環島，均不詳。這兩則篇幅不長的漫談，實際上想概括中國小説史上的一些基本問題，諸如小説起源、分類，歷史上的名著，以及小説的意義與作小説的條件等等。這與當時已經出版了的張静廬、魯迅、徐敬修、劉永濟等有關中國小説史的著作相比，顯然是過於簡略，更何況還有許多常識性的錯誤（如云《雜事祕辛》是漢代作品等），但對於當時普及中國小說的常識而言，也不是毫無價值的。

一　程涵中

小說者流，蓋出於稗官，街譚巷語，道聽塗說之所造也（《漢書·藝文志》）。稗官周代已有之。秦始皇好神仙，漢武帝亦好神仙，其他行軍遣使於域外者，漢唐之間亦甚繁盛，而《神仙記》、《異聞瑣語》，自此出焉。若《遊俠》、《滑稽》諸傳，載夫正史，莊生寓言，皆似小說家言。張平子《兩京賦》云『稗官小說，肇自虞初』，則小說於宋前久已有之。然此類小說，體例不與今同。今之小說，其殆出於宋天聖禧祐間乎！按《七修類稿》云，宋仁宗時，國家閒暇，朝臣日進一奇怪事以娛之，故如《今古奇觀》等書，開端即云話說趙宋某年云云。宋代小說之盛，於此可見一般矣。兹列舉漢以來之著名小說如左：

漢：《洞冥記》（郭憲）、《十洲記》（東方朔）、《神異經》（東方朔）、《飛燕外傳》（伶元）、《雜事秘辛》（楊慎）、《吴越春秋》（趙煜）；

三國：《笑林》（邯鄲淳）、《録異記》（杜光庭）、《物異考》（方鳳）；

晉：《枕中書》（葛洪）、《拾遺記》（王嘉）、《搜神記》（干寶）、《搜神後記》（陶潛）；

北齊：《還魂記》（顔之推）；

梁：《述異記》（任昉）、《冥關記》（陶弘）；

唐：《博異記》（鄭還古）、《北里志》（孫棨）、《教坊記》（崔令欽）、《劇談録》（唐駢）、《酉陽雜俎》（段成式）、《集異録》（薛用弱）、《大唐奇事》（馬總）、《會昌解頤録》（包湑）、《大唐新語》（劉肅）、《玉泉子》（盧仝）、《瀟湘録》（李隱）、《甘澤謡》（袁郊）；

宋：《異苑》（劉敬叔）、《江淮異人録》（吴淑）、《太平廣記》（李昉）、《括異記》（魯應龍）、《焚椒録》（王鼎）、《趙後遺事》（秦醇）、《侈兒小名録》（洪遂）、《齊諧記》（東陽無疑）、《清尊録》（廉宣）；

元：《就日録》（耐得翁）、《青樓集》（黄雪簑）；

明：《水滸》（施耐庵）、《元氏掖庭記》（陶宗儀）、《語怪》（祝允明）、《剪燈餘語》（李昌祺）、《今古奇觀》（笑花主人）、《三國演義》（羅貫中）；

清：《侍兒小名録》（李調元）、《聊齋志異》（蒲松齡）、《續齊諧》（袁枚）、《虞初新志》（張潮）、《岳傳》（銭彩）、《紅樓夢》（曹雪芹）、《兒女英雄傳》（燕北閒人）、《蕩寇志》（俞仲華）、《緑野仙蹤》、《野叟曝言》、《品花寶鑑》、《過墟志》、《海上花列傳》、《閲微草堂筆記》（紀昀）。

小説浩如煙海，汗牛充棟，不可紀極。不學如余，欲言稗塵，譚何容易。然小説乃文學之別宗，其潛勢力足以轉移風化，而怡情悦性，棒喝癡頑，既資考證，復寓勸戒，其有功於世道人心，視高文典册，實無多讓。孔子所謂雖小道，必有可觀者，不其然乎！

據《四庫全書總目》，舊小説分爲三派：（一）敘述雜事；（二）記録異聞；（三）綴輯瑣語。

新小説得分類如下：

（一）文學上之分類：①文言體；②白話體；③韻文體。

（二）體制上之分類：①筆記體；②章回體；③自叙體；④他叙體。

（三）性質上之分類：①武事小説；②豔情小説；③哀情小説；④偵探小説；⑤神怪小説；⑥社會小説；⑦歷史小説；⑧科學小説；⑨滑稽小説；⑩哲理小説；⑪教育小説；⑫倫理小説；⑬冒險小説；⑭理想小説；⑮醒世小説；⑯寓言小説；⑰諷世小説。

二　環島

一、小説之淵源　《漢書·藝文志》説：『小説家者流，蓋出於稗官，爲街談巷語道聽塗説者之所造也。』（程君既言之矣，姑從略）

二、小説之意義　（一）爲個人人生之表現，發表自己一生遭際不遇的牢騷；（二）爲一時代人類生活之過程，使改造社會一種習慣，而收潛化之功效；（三）爲高壓力之下的人民訴痛苦；（四）發表一種哲學或主義，使普遍於上中下三流社會；（五）假構一種事實或寓言引人入勝，爲茶餘酒後的解悶；（六）演繹高深學説或他國之風俗、文化、生活等等，使普遍於我們社會；（七）宣布大奸巨滑的秘密罪狀；（八）見聞所及筆之於書，以備遺忘，并藉助歷史家、社會學家、經濟學家、倫理學家，與教育家之參考。

三、作小説之條件——包含白話與文言——（一）定意。須不空泛，不支吾，有概括全局之力，無人盡可用之病。（二）結構。活動而不獃滯，處處字字，均有相應之勢，且巧合天然，不露蛛絲馬跡。（三）變化。抑揚有法，曲折分明，能收能放，不黏不脱，痛中忽樂，絶處逢生，使讀者不能預測，且使墜入五里霧中。（四）筆法。有明寫，有暗伏，寫風景如披圖畫，寫人物各有面目，寫風俗如身歷其境，寫社會如親見其人。虚者實之，實者虚之，强中有弱，弱中生强，操縱自如，有遊刃有餘之勢。（五）修辭。樸實其裏，美麗其表，富沉思之潛力，有濃厚之想像。嗅之而芬，味之而雋，善善惡惡，悉隨著者之字而變也。

四、小説介紹　（一）軍事——《三國志》；（二）言情——《紅樓夢》、《桃花扇》；（三）神怪——《西遊記》；（四）社會——《水滸傳》、《儒林外史》；（五）寓言——《鏡花緣》、《兒女英雄傳》；（六）偵探——《福爾摩斯偵探小説》；（七）近人——《老殘遊記》、《廣陵潮》、《二十年目睹之怪現象》；（八）雜録——《聊齋志異》、《今古奇觀》。

年的工夫，又生了一個男孩，[illegible]，鄰舍看見沒有不稱讚他愛情的結晶，他家中的開支用度，都有一定的預算表，這保每月所賺的薪水，總保存回家裏，[illegible]無從費，他們夫子何氏，每日在家內多是勤儉做勞，手足不停的勞動一家之中，相親相愛，第一樣快樂的景象，真[illegible]的藝術家，本篇只好結寫，（[illegible]結婚的家庭，做有如此良果。）

再說[illegible]自從父親故出家門以後，[illegible]，其中相隔已有五年，沒有與父親通訊，[illegible]，這生本[illegible]「[illegible]」，[illegible]，有一天，約當中午，那生正在[illegible]，但有一個用人，[illegible]的跑到那生面前，報告說，大令[illegible]，不好了，我們老爺自從臥病在床，到現在已經有兩禮拜了，現在病勢異常沉重，危在頃刻，我們太太命我來打電話給孩家，請大少爺回家去走一趟[illegible]。那生[illegible]，他轉身向後面一[illegible]，[illegible]的跑了。（未完）

徐濟

小說漫談

（一）

（[illegible]）

小說者流，蓋出於稗官，街談巷語，道聽塗說者之所造也。（漢書藝文志）稗官即代代有之，秦始皇[illegible]神仙，漢武帝好神仙，其[illegible]行實[illegible]於域外者，漢唐之間亦[illegible]，[illegible]，自是出矣，[illegible]，[illegible]，[illegible]小說[illegible]，[illegible]，稗官小說[illegible]。則今小說於宋有人已有之，然長篇小說，[illegible]例不與今同，今之小說，其始出於宋[illegible]，[illegible]，宋仁宗時，[illegible]之，故如今之奇[illegible]，[illegible]宋某年云云，宋代小說之繁，於是可見一斑矣，茲將漢以來之著名小說如左，

（漢）洞冥記（郭憲），十洲記（東方朔），神異經（東方朔），漢武內傳（[illegible]），[illegible]。

（三國）笑林（[illegible]），[illegible]。

（晉）[illegible]，[illegible]，搜神記（干寶），[illegible]。

（[illegible]）[illegible]。

（唐）[illegible]。

（宋）[illegible]，太平廣記（[illegible]）。

（元）[illegible]。

（明）水滸（[illegible]），[illegible]，三國演義（[illegible]）。

（清）[illegible]。

《紅樓夢》評

鐵雪 撰

載於《益世報》一九二六年六月二十一日至七月一日，未完。作者鐵雪，待考。本文綜合了當時對《紅樓夢》的一些評論意見，傾向於『自傳説』，認爲賈寶玉是作者曹雪芹『自寓身影』，對於一些索隱派的意見也加以採納，對於小説在藝術表現上的一些精彩之處與叙述過程中的疏忽之點都有所揭示。總體上觀點比較平允，并無十分突出的見解。

一　作者動機與本書之關係

《紅樓夢》爲清曹雪芹所著，然因中途病故，以至功至垂成。原書僅八十回，自流傳後，補者甚衆，皆狗尾續貂，較佳者，爲高、戚二本。今所通行者，一百二十回，即高本也。

歷來小説家，皆以自身所歷之事，爲小説資材，或境遇，或身世之經歷，或悲國事，或見社會之污蔑……《儒林外史》中之杜少卿，亦作者吴敬梓之自寓身影也。曹氏著此，亦不外乎此理，書中之賈寶玉亦曹氏之自寓身影也。證明如下：

賈寶玉

情性：性怪僻。

境遇：先成後衰，一百零五回查抄榮國府。

地點：第五回寶玉遊太虚幻境，看見大橱，只揀自己家鄉，只見金陵十二釵……警幻道貴省……

才學：有僻才。雖一百十九回中七名舉人，然非曹氏本意，乃補者高氏之誤會。

曹　氏

情性：僻静。

境遇：曹父江寧卸任時，家世中落。曹氏居西郊時，友人贈曹詩『環堵蓬蒿屯』句，可見曹氏之家境矣。……（未完）

（一九二六年六月二十一日《益世報》）

地點：江寧即金陵。

才學：才高氣傲，不肯寄人籬下。

第一回上説今風塵碌碌，一事無成，忽念及當日所有之女子，一一細細考較去，覺其行止見識皆出我之上。……則可見其著書之起因矣。實内并無假托：寶玉處曰怡紅院，曹氏自居處題曰悼紅軒，亦可想見其日後，春盡花飛，憑今吊昔之無限感慨也。王雪香評曰：……寶黛相逢，千苦萬緒。……細等纖塵，明如通犀。……以此觀之，似亦不可信矣。然仍有言爲空中樓閣者，謬甚。蓋因叙事如神，我故疑有所托焉。

（一九二六年六月二十二日《益世報》）

二　價值及索隱

《紅樓夢》一書，久已膾炙人口，筆意輕利，詞句新穎，描寫人物舉動口吻無不畢肖，真水銀瀉地，無微不至也，價值與《三國》、《西厢》相埒，上乘之小説也。此書爲言情而懺情之小説。讀者或愛其繁華富麗，或愛其纏綿不盡，各有所好。當其流行時，人争趨若狂。然觀者雖衆，而窺得深旨者甚鮮，正如江順怡言：『不知者徒豔其紛華靡麗，有心人視之皆縷縷血痕也。』

（一）述他人之事者

順治董小宛事。小宛，清名士冒辟疆愛妾，被清帝順治以强力奪去，封董鄂妃後，以病終，帝因此出家。而寶玉因黛玉死出家。小宛二十七歲入宫，黛玉十三歲入榮國府。……（未完）

（一九二六年六月二十三日《益世報》）

嚴嵩家事：嚴之美妾，與某門客私通，後事發，客被逐，因懼嚴之威勢，故托詞著此。

明珠家事：十二金釵即侍御之上客也。

和珅家事：寶玉影和少子，襲人影襲姬，和妾也。和内嬖如夫人二十四，即《紅樓》中正副十二金釵。

（二）述自己事者

或謂曹氏有十二姊妹，因有所感，故著此。

或謂因己負才高選，而無人賞識，故著此，以洩胸中磊塊也。

（三）述政治事者

或謂鼓吹種族主義之小説，因時常大興文字獄時，故借兒女私情，以寄託漢人之感慨耳。因書中時有題到回南去，因清初南方尚未降清，而又言十二金釵，即降清之一般名士。

或謂此書因憤國家之不幸，爲異族所統治，故著此，實内含革命思想也，并舉例以明之。

紅隱朱字。

朱，明天子之姓。

寶玉云，『男子的骨是土做的，女子的骨是水做的』，蓋『漢』字爲『水』旁，故女子皆隱指漢人，明初喚滿人爲達子，『達』字起筆爲土，故男子隱指爲滿人。書中女子多聰慧，男子多粗，而腹内皆草莽。……（未完）

（一九二六年六月二十五日《益世報》）

三　精彩及魔力

《紅樓夢》一書之深淺，隨人所近。粗粗觀之則微淺無不可解，細細觀之則深不可測。初讀平淡，愈讀則趣愈濃，如嚼橄欖，愈嚼愈有味，能令茶不思飯，不想鎮日醉心於此。文筆之精細，無有出其右者。陸務觀之『山窮水盡疑無路，柳暗花明又一村』詩，可爲天然此書之加設詞也。

《紅樓夢》一書，魔力之巨，爲小説之冠，讀之者能令人魂馳神往，腦中莫不有寶黛之影像。其動人之處，大率如此。

商人有某女，幼工詩詞，性明慧，好讀《石頭記》。嘗讀寶黛相逢，便欣然忘餐，揣測竟日，後染病不起，奄奄一息，久不起床。其父恐爲《石頭記》之故，乃焚之。女在床上高呼曰：『不要燒壞我的寶玉！』尋病卒。（見《庸閒齋筆記》）

清湘西賀耕耦制府，爲良吏，品學兼優。幼時於家塾中讀書，一日課畢，忽伏案不起，大哭不止。師驚詢其故，公拭淚曰：『先生，先生，林妹妹死了。』蓋公正偷看《紅樓夢》焉。

全書精彩處甚多，略記於下。

第六回——『劉老老一進榮國府』，將一個未見世故的鄉婦，描寫得活躍紙上，真是文人妙筆。……（未完）

（一九二六年六月二十六日《益世報》）

第十九回——『意綿綿竟日意生香』，叙香閨兒女之癡態，細膩之極，真是傳神阿睹。

第廿三回——『《西厢記》妙詞通戲語，《牡丹亭》豔曲警芳心』：『……三月上浣，早飯後，寶玉攜了一套《會真記》，走到沁芳閘橋邊，桃花底下一塊石頭上。……正看到「落紅成陣」，風過樹上，桃花吹下一大斗來，落得滿書滿身，都是恐怕脚步踐踏了，只得兜了那花瓣，來到河邊，抖在河裏……』

這一段是寫美人黄土的意思，與泣紅詩是一樣的意義。文筆且情景交寫，思理優遊。

『黛玉正欲回房……聽見簫聲響亮。……「奼紫嫣紅紅開遍，似這般都付與斷井頹垣。……如花美眷，似水流年」』。

此段述紅顔薄命。林黛玉如此一個女子，冰清玉潔的，自己父母雙亡，寄人籬下，想起自己的終身，正同這暮春的花，零落紛飛了，所謂傷心人偏聽傷心語也。

第廿七回——『滴翠亭寶釵撲彩蝶』：『倒引的寶釵躡手躡脚』。

寫寶釵撲蝶一段，神情活躍，且一『躡』字，用得格外有神。

黛玉泣紅詩，是寫自己的身影，也是全書最精彩的一部分，所以作者亦極力描寫，詩亦多半爲抒情語。

小紅給鳳姐拿荷包等物回來時，站在山坡上，看見司棋從山洞裏出來，繫裙子。此段只以數語撇開，却是伏後潘又安與司棋事，是好筆法，靈活之至。……（未完）

（一九二六年六月二十七日《益世報》）

第四十一回——『劉老老二進榮國府』，醉卧怡紅院。

文中寫得枯窘之際，忽插入一劉老老，詼諧百出，怡趣横生，文章所謂調和法。醉卧怡紅院一段，寫鄉婦不知世故，使人可憐亦可笑，是好筆法。

『襲人向劉老老道，你只説醉倒在山石子上，打個盹兒。』後來見了衆人，説在草地睡著了，却不是誤筆，而文筆格外靈活。

第四十八回——香菱學詩：

香菱學詩，初步自寶釵口内説出道，茶飯無心，坐卧不定。……第二步自衆人眼中看來，只是池邊樹下，或坐在山石上出神。……第三次自寶釵聽見，晚間對燈出了回神，至三更已後，纔上床躺下。……

寫出一個苦志學詩的人，而用三樣筆法，均不雷同，文筆生動之至。

第六十二回——湘雲醉卧：

『……湘雲卧於山石僻處一個石板凳上，睡得香夢沉酣，四面芍藥花飛了一身。……扇子落在地上。……又用鮫帕包了一包芍藥花瓣枕着。』

此段陪襯得體，描寫嬌態，又是一種筆法。

以上諸節，皆有獨到之處，虚字傳神，實字寫真，作者可謂善用矣。

四　札記五則

甲

寶釵隨母兄入榮國府，原因入宫闈候選，後久未提起，似乎輕忽。

乙

六十六回——柳湘蓮對寶玉。……『你們東府裏，除了兩個石頭獅子乾净罷了。』於此可見寧府之不治。其淫聲外溢，諒外人多已知矣。

『寶玉入秦可卿房，見有……壽昌公主於含章殿下卧的寶榻，懸的是同昌公主製的連珠帳。……秦氏又親自展開西施浣過的紗衾，移了紅娘抱過的鴛枕。……』這明明指清床、衾、枕，非閒筆，

爲作者深意。（未完）

（一九二六年六月三十日《益世報》）

寶玉既然是夢，襲人問時，寶玉說一言難盡，又細說給襲人，何必又央求他別告訴人，是文筆□寫法。

又十三回，寶玉聞可卿死吐血，亦一例也。

鳳姐與賈蓉兄弟私通：

賈蓉向鳳姐借玻璃屏，何必寫眉目、身材、衣服？ 是作者深意。 後鳳姐不允，蓉跪求，說話舉動閃爍可疑。

賈瑞向鳳姐說話時，先談賈璉不回來，後來鳳姐道：『你是個明白人，比賈蓉兄弟強遠了。我看他那樣清秀，只當心裏明白，誰知竟是兩糊塗東西，一點不知人心。』鳳姐說此話，是使賈瑞入港，而賈氏兄弟與鳳姐之曖昧，亦可見矣。

秦氏與賈珍私通：

第七回焦大叫道：『爬灰的爬灰，養小叔子的養小叔子。』爬灰是說秦氏與翁公事，養小叔子句是說賈寶玉與秦氏事。

丙

第四十一回——賈母等來到妙玉庵中，妙玉拿出許多古瓷茶杯。雖上文說是宦家小姐，然太輕忽，似乎可疑。

丁

黛玉對王夫人說，寶玉比自己大一歲。後來寶玉十九娶妻，黛玉十七病故。娶妻與病故，爲一年事。觀此，似前後稍有矛盾。

戊

第二回冷子興說，賈府正月初一生了元春，次年便生了寶玉。元春省親時，又云長寶玉二十二歲。前後矛盾，似係誤筆。（未完）

（一九二六年七月一日《益世報》）

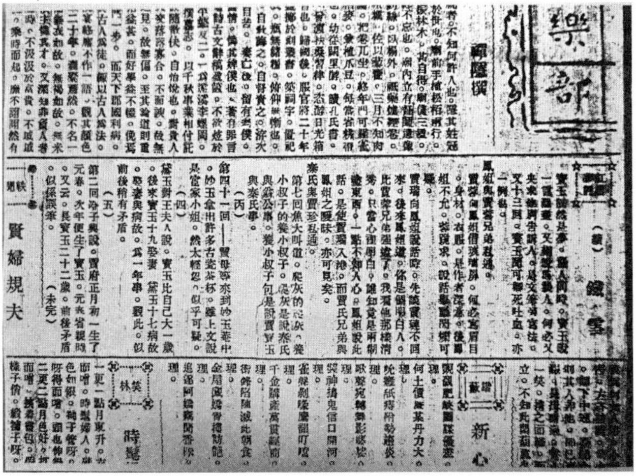

隨談小説

陸逕鳥　撰

載於《聯益之友》一九二六年第十九期。《聯益之友》創刊於一九二五年，至一九三一年停刊，由鄭逸主編，主要發表『有興味』的圖片與『有趣味』的小説、筆記、瑣聞等。作者陸逕鳥，不詳。本文主要强調『小説不在乎長，而貴乎短』，認爲作長篇，只要『具識廣、見多、心細、意留四者足矣』，而短篇則『貴乎言短意長』，更難創作。作者特别痛恨當時的俗流『以金錢爲目的物』，而無端將文章『生長』，因此必須『打破舊制度』，不以字數付酬，而倡以篇論價，以促進佳作的出現。

小説不在乎長，而貴乎短。或曰：『君言謬矣，豈凡小説屬長者盡劣，而短者都佳歟？』余則當致罪而退，曰：『非也，非也，余謂之小説者，非長篇鉅製也。乃云短篇小説耳。』雖然，其近代長篇小説之佳者，屈指算之，亦寥寥無幾焉。蓋長篇小説難在疏略二字，一旦前言後語矛盾，則必貽笑大方，識者嗤鼻。故余嘗謂諸友朋曰：『欲作長篇巨帙，具識廣、見多、心細、意留四者足矣。而短篇則否，蓋此貴乎言短意長也。非恒作短篇者，雖才大如斗，學富五車之輩亦不克耳。譬之近代小説大家包天笑、何海鳴諸先生等，其長篇及短長篇（約在萬言上下者也）固佳極矣，苟請彼輩著作千字不滿之短篇者，雖難非如勢之登天，亦庶幾乎近焉。此非余之故甚其詞，拍躍稱善者當不在如辰星之希罕也歟。其短篇精在意在言外，詞短情長，方稱傑作。彼無痛呻吟、氣俗冗長者不足道焉。此短篇小説者，爲闡發人心所欲言，觸景生情，遇事起感而作也，故著短篇艱難非易事也。

輓近小説家言，每況愈下，惟趨臻惡，殊可歎哉。著作者以金錢爲目的物，何況又以字數計值，爲能多得孔方老兄計，無怪其無端生長，語非緊要之話，在在見於小説中。故邇來真稱傑作者，欲覓難如海底撈月矣。余不知書坊中之以字計價惡習，何日得克廢止耶！藉此不才，將欲供獻諸書坊報館曰：『依依舊例，而欲得傑著者，以後恐不能矣。宜打破舊制度，以篇論價，以竟計值，則不時妙妙佳著，當能呈眼簾必矣。』

聯益之友

全國書畫家

聯益

隨談小說

小說不在乎長。而貴乎短。

我之現代研究小説方針觀

張君晃　撰

載於《國大周刊》一九二六年第十五期。《國大周刊》，係上海國民大學所編輯，一九二五年創刊，多載學術論文，也刊詩文、通訊等。作者張君晃，具體不詳。本文的價值首先在於强調小説也需『研究』。他指出，『在過去，作者、讀者多視爲消遣怡情的東西』，將『消遣怡情』與嚴肅的研究對立起來（實際上作者也未跳出這一框框，包括當時的『新文學家』），所以不對小説『作系統的研究』。他在認爲小説是『尊嚴』而不是『消遣』（實際上小説既是『尊嚴』的，同時也是『消遣』的）的基礎上，强調了也要注重研究。於是，他提出了需研究的幾個方面。尤可注意的是，他首先强調了『個性』。這明顯與當時主張『發展個性本能』的

『新思潮澎湃』有關。至於其他如『背景』、『寫真』、『取材』、『描寫』、『修辭』等問題，并無太多新見。

我們要研究小説，必先要明白小説的由來，甚麽叫做小説，小説是什麽。但是要在别的，找到一個明顯的考證，很不易得；若因此糊裏糊塗的研究下去，未免隔靴搔癢，終不切實際。依《漢書·藝文志》上有幾句話説：『小説家者流，蓋出於稗官，街談巷語，道聽途説者之所造。』我們現在可以曉得，小説的由來，是記街談巷語道聽途説者的瑣語，描寫社會的結晶，吾人要研究小説的範圍，誠不能走出這個的圈套。然而，小説是一個社會文學者，在過去的社會中，已成過去的陳跡；在新社會中，凡百事物新陳代謝，都換過一切面具。舊社會中的一切創作，不能奉爲天經地義，金科玉律。故本題之研究小説一文，以現代爲界限，以適合現代爲依歸，過去和未來的事實，非本篇所欲論，總之萬不能離社會描寫之外，致失社會狀况的真精神，那就没有小説的價值和意味了。

個性。現代教育的提倡個性，是抽象式的，是施以個别的，吾人無論有受過教育與否，都有個别的天生本能。我的思想意志是這樣，他的思想意志是那樣，完全是不同的。子産説得好：『人心不同如其面。』换言之，無論是何人，是不能相像的。可惜在過去的社會中，不能普遍實施個性本能。在現代，新思潮澎湃，對於發展個性本能，視爲弩弘弓張之勢，急不容緩。况小説是一種純浄的社會文學，描寫社會的一切語言和風俗，有革新社會的可能。近世視爲文學上的明星，他的職任何等的重大，萬不能隨隨便便的寫了幾篇無聊文字，可算了嗎？安有文藝的價值呢？故創作中描寫個人底事情，應各有各的個性，甲的語言行爲，切不可移用於乙，致失個性的面目，那就没有文藝的價值了。古今來有價值的小説如《西遊記》、《水滸傳》二部來説，《西遊記》裏面所説甚麼妖怪，甚麼魔王，各有各的法術，并無有相同的地方，《水滸傳》裏的百幾十個好漢，他的技能和情性，亦無一相同的地方，蓋創作者的注重個性，故認爲有價值的小説哩。

背景。我們依照了《漢書·藝文志》上所説的幾句話，來作小説的途徑，『街談巷語，道聽途説』豈不是在社會上作出發點麼？吾人無論如何，要研究小説必須深知社會底情況，風俗文化，至如何程度，亦必須比别的人更了解而明悉。反之，不得其門而入，何能配稱研究小説呢？故創作家應對於社會背景，作深刻精密的觀察，方能切合社會情況，纔不白冤了社會文學的頭銜呵！

寫真。創作一篇小説中，無論描寫事實的或寄意的，必使人看作真的事實，不是寄意的事實，纔有價值。可是天下事定無有許多事實，來適合小説體裁，被小説家的描寫。小説家自有小説家的手腕，每假一事實來描寫，果然神奇奥妙，栩栩欲動，看不出假的在何方了。但這是在意義委曲，描寫懇切，精彩奪人，纔得到這様的結果。

取材。無論在何種文藝中，取材很爲重要，不作無病的呻吟，避免繁雜的弊病，故取材應當注意最精警扼要的一個或一片段，然後用優美的詞句，作精密的描寫，斷不能作空泛的議論，成爲無病的呻吟。

描寫。創作家描寫創作情景時,應竭力描寫内在的真際,不作皮相的描寫,不作無聊的描寫,吸取精華的部分。胡適之論短篇小説裏面有道:『短篇小説,應描寫事實中最精彩之一段或一方面。』我們現在憑着胡先生所説的作根據,來論小説的全部分,我想無論長篇短篇,都要有精彩,若無精彩,就不能引起讀者的感動了。

修辭。創作家應知修辭學,用最美麗的句調,來實現人生的動作,引起讀者有感覺一種興味和注意,若用了粗淺的言詞和無文法的句子,萬不能表現思想上的美觀。

最後再説幾句:小説在過去歷史時期中,有多大的厄運,作者、讀者多視爲消遣怡情的東西,不了解職位的尊嚴,無作系統的研究,到了現代,在文學上已佔一重大的位置了。學校亦編入正式功課了,因此人們多喜歡研究他,况現代中西文化時期,歐化的輸入,在小説研究上,作我們參考的資料不少,創作家得有多大的助手,益能發展其所長。

中華民國十四年一月十四日

國大週刊

National Weekly

上海國民大學國大週刊社編

第十五號目錄

校訊

教職員學生募捐隊成立

本大學於星期三（本月十二日）下午一時正在第二院大會堂舉行教職員學生募捐隊成立大會，到會者除學生全體外，教職員到者有殷芝齡胡樸安何炳松李石岑胡子美錢寅鼎王獨三等百餘人，由殷芝齡主席，首由主席報告組織募捐及推舉許傍人方教伯爲正副總隊長情形畢，次胡樸安李石岑林東海胡子美等相繼演說，俾會者鼓勵協力進行之道，再次推舉胡樸安赴北京何炳松陳德徵赴杭州李石岑赴長沙胡子美王獨三赴南京分頭接洽組隊接續進行，再次由主席報告推舉教職員胡樸安李石岑何炳松張俊崩陳德徵殷芝齡青朱如棠王選胡子美杜定夜等爲隊長，每人各組一隊，報告畢，教職員學生退席，由學生會繼續開會，組織學生募捐隊，結果議決凡畢業生至少限度每人担任捐集一百元，在校同學每人至少限度担任募集三十元，估計約可捐集二萬元之譜，俟寒假期內學生實行，茲將募捐隊組織大綱附錄如左：

一 本隊由本校募捐委員會邀請全國各省會及各大商埠軍政商學界領袖組織之
一 本隊設總隊長一人統轄全國各地組隊募捐事宜
一 本隊設副總隊長二人輔助總隊長統轄各地組隊募捐事宜
一 本隊設參謀長二人承管正副隊長辦理全國各地募捐事宜
一 本隊設副參謀長二人輔助參謀長辦理全國各地募捐事宜
一 於全國各省會及各大商埠邀請軍政商學界領袖各以號數爲次序組織若干隊分頭擔任募集
一 每隊募集捐款以一千至五千元爲目的
一 每隊設隊長一人及參謀一人
一 總部設於上海戈登路九十號國民大學第一院

……沒有法律，卽不成國。法理學家說：『國家是政治的大綱，國家的要素第四種說：『必受治。』可知一國對於法律很重要的。故凡無論一切行爲，總要遵守國法，而官長尤須注意，……令不從。』的話，可知官長不服從國法，……，世界所公認的原則之道理。質言之，卽凡無論那一級的國民，皆要服從公權。如斷不可因親友情誼的關係有所偏袒，總須一理，事明是非，大道一軌，這樣纔是人……國家的主人翁，凡治國者，宜重視之。孟子說：『民爲貴，社稷次之，君爲輕。』可知民衆不可不服從。故須視民意爲一切行政的軌道。柳子厚說：『吏於土者，蓋民之役，非以役民而已也。』這話……至於人民之間，也要尊視衆意，不可忽略……者，衆心歸一，則事無偏頗，所謂萬衆一……所以亂者，是國民沒有主義可信仰。設有主義信仰，才弄到這個地步。質言之，實是一般國民無信仰，而一般國民也不曉得主義是何物，而一般黨員往往違背黨義，致內亂日甚一日，又甚然而起，堂堂五千餘年大國，有弄到……是沒有主義的緣故。故我以爲政府當局必須尤須得國民的信仰，然後我中國前途方有……

研究

我之現代研究小說方針觀

張君寵

我們要研究小說，必先要明白小說的由來，甚麼叫做小說！小說是甚麼？但是要在別的，找到一個明顯的界說，很不易得；若因此細瑣煩擾的研究下去，未免隔靴搔癢，終不切實際。依據藝文志上有幾句話說：『小說家者流，蓋出于稗官，街談巷語，道聽塗說者之所造。』我們現在可以曉得，小說的由來，是記街談巷語道聽塗說者的瑣語，描模社會的結晶，吾人要研究小說的範圍，誠不能走出這個的圈套，然而，小說是一個社會文學者，在過去的社會中，已成過去的陳迹，在新社會中，凡百事物，新陳代謝，都換過一切面具；舊社會中的一切創作，不能奉爲天經地義，金科玉律，故本題之研究小說一文，以現代爲界限，以適合現代爲依歸，過去和未來的事實，非本篇所欲論。總之，萬不能離社會描寫之外，致失社會狀況的真精神，那就沒有小說的價值和意味了，

▲個性　現代教育的提倡個性，是抽相式的，是施以個別的，吾人無論有受過教育與否，都有個別的天生本能；我的思想意志是這樣，他的思想意志是那樣，完全是不同的，子產說得好：「人心不同如其面」，換言之，無論是何人，是不能相像的，可惜在過去的社會中，不能普遍實施個性本能，在現代新思潮澎湃，對于發展個性本能，歸爲特弘日新之勢，然不容緩，況小說是一種淨的社會文學，描寫社會的一切語言和風俗，有革新社會的可能，近世觀爲文學上的明星，他的職任何等的重大，萬不能隨隨便便的寫了幾篇無聊文字，可算了嗎？安有文學的價值呢？故創作中描寫個人底事情，應各有各的個性，甲的語言行爲，切不可移

小説家的滑稽話

尤棲冰　撰

載於《紫羅蘭畫報》一九二六年六月十日第一卷第十二期。《紫羅蘭畫報》是《紫羅蘭》文學期刊的的專欄插頁。一九二五年十二月十六日《紫羅蘭》在上海創刊，周瘦鵑主編，大東書局出版發行。一九三〇年四月一日，出至四卷九十六期停刊。主要欄目有小説筆記、長篇連載、偵探之友、説林珍聞、婦女與裝飾、小天地等，内容與形式都貼近都市化過程中上海百姓的生活與愛好，十分暢銷。該刊卷首即用銅版紙精印一頁《紫羅蘭畫報》，圖文并重，標新立異，頗有創意。開始是折疊式的，至第三卷改爲插頁，固定在每期的第四頁。一九四三年四月復刊，由半月刊改爲月刊，仍由周瘦鵑主編，改由上海商社出版社出版，紫羅蘭月刊社發行，至一九四五年三月終刊，共出十八期。尤棲冰，曾在《紫羅蘭》上發表若干文字，餘不詳。本文著録了十二位小説家的『滑稽話』，頗能顯示各位的個性特點。

程小青曰：余不知偵探小説爲何物，更不知霍桑與包朗爲何許人。

徐卓呆曰：余生性莊嚴不喜滑稽。體瘦，尤不喜電影。

周瘦鵑曰：余素不作哀情小説，尤惡紫羅蘭花，恒往劇場聽戲。

趙苕狂曰：余不嗜飲，見酒輒欲嘔。

鄭逸梅曰：余出筆千言，不喜作小品文字，而好賭博，常徹夜不休。

張丹斧曰：余膽怯，不敢罵人，所爲文字必細閲有罵人處否。如無之，始敢付刊。

范煙橋曰：余最喜言情小説，恨不能詩，不能飲。

俞天憤曰：余性最奢華，非綢緞不服，入冬且喜擁裘。

嚴笑孫曰：余發語甚速，與人語，流利如瀉瓶水。

程瞻廬曰：余喜高談闊論，厭讀《廣陵潮》，尤不願作遊戲文章。

江紅蕉曰：無論春夏秋冬，扇不去吾手。

范君博曰：余每出必乘人力車。

紫羅蘭
第一卷
第十號
上海
大東
書局
發行

小説界趣聞

吴聞天　撰

載於《紅玫瑰》一九二六年七月第二卷第四十期。作者吴聞天（一九〇四——一九四七），字鶴年，江蘇吴縣（今蘇州）人。星社成員，早年寫作不少小説與雜著，一八二八年去美國哥倫比亞大學經濟系學習，獲碩士學位。一九三五年回國後長期在政府有關部位工作，一九四六年當選爲當遷國民代表大會代表、立法委員。本文記載了范煙橋、姚賡夔、江紅焦、顧明道、徐卓呆、張枕緑等人的一些『趣聞』，反映了當時這批小説家的生活情況與社會風貌。

模特兒觸范煙橋的霉頭

滿面籠罩着道學氣的范煙橋，聽説上海有種女人不穿褲子供人觀覽，叫做模特兒。他便興匆匆束裝就道，溜到上海，跑進神仙的世界，爬上新新的花園，專把模特兒上上下下看一個仔細。回到旅館中休息一宵，想明天去繼續再看。誰曉得這輩赤條條的娘兒們，隔夜裏被范先生的道學氣觸了霉頭，那天被巡捕房裏的印度阿三逼令穿好了褲子，帶去審問了。

姚賡夔的情書劫

近年來，姚賡夔躲在情世界裏過情生活。那夾袋裏的情人，等於趙苕狂的酒友；秘篋中的情書，多於紅倌人的局票。情場馳騁，得意非常，自然樂而忘返。如今却要和東海女士行正式婚禮。女士忽向他提出要求，教他把從前某小姐某女士等寫給他的情書，須要付之一炬。他奉此綸音後，覺得從又不是，違又不敢，只苦了一雙眼圈兒，不知紅了幾十次，纔擠出一篇凄凉動人的文字，和所有的情書訣别。可憐這個味道兒，正不知他是甜是苦咧。

江紅蕉當選國會議員

紅蕉醉後，上護龍街肉店裏去買肉，爲着出骨問題，大鬧特鬧，誰知肉店裏的醉屠夫乘興擎着一把大肉斧趕過來，手起斧落，拍的一聲，劈個正着。不過，并没有砍在紅蕉身上，倒把警廳督察長的一根司的克幾乎分作兩段。事後紅蕉講及此事，總説險些兒做了屠夫斧下的豬仔。我們却還要取笑他，説那屠夫的請你嘗這肉斧風味，實因你已當選了隨選的國會議員。

嫁兮願明道

明道嫁後，纔做小説，然後和海内同文通信，待到星社成立，夫婦倆相繼加入。嫁的是誰？鹿城陳蓮痕。結婚的時期，至今快滿二十年。結婚的地點，高小學校的草場上。結婚的次數，一百回以上。看官們如不信，可問伴娘鄭逸梅。

徐卓呆不如挑戲法擔的

卓呆一心想卜牛眠地於虎邱山麓。據他説，虎阜的風水，那是最好也没有的了。那千是一方硯瓦，蓮花池是一個硯池，虎邱塔是一枝筆，所以葬身其間，後世子孫，必多文傳小説業，最少可傳十七八廿二三代哩。誰知他願與心違，没有成功。今年蘇州大火，一個挑戲法擔的史金奎，在火警時觸電而死，於是缺乏義士的蘇州，便拉攏來充數，把做一個驚天動地的好漢子看，把他公葬於虎邱的鴛鴦壙畔，如今快將入土，卓呆恐嘆不如咧。

張枕緑的司令官

枕緑和夫人到蘇州來遊覽。在第三天的晚上，轉陶和我出城去訪他。他住在三新旅樓上，房間不甚寬大，他的夫人也很大方，和我們談天，枕緑則碌碌招待，殷勤異常。我無意中看出了張夫人的暗示，原來枕緑的敬茶，敬煙，敬西瓜子，一切舉動，都是由他在旁使個眼色，做個表示，他便遵命而行的。哈哈，好一個張家的司令官。

小說界趣聞　一

小說界趣聞

吳聞天

★模特兒觸范烟橋的霉頭

滿面籠罩着道學氣的范烟橋聽說上海有種女人不穿褲子供人觀覽呼做模特兒他便興匆匆束裝就道溜到上海鑽進神仙的世界爬上新新的花園專把模特兒上上下下看一個仔細回到旅館中休息一宵想明天去趟繪再看誰曉得這樣赤條條的娘兒們隔夜裏被范先生的道學氣觸了霉頭那天被巡捕房裏的印度阿三逼令穿好了褲子眷去審問了

★姚賡夔的情書刧

近年來姚賡夔躲在情世界裏過情生活那夾袋裏的情人等於趙容狂的酒友綠簋中的情書多於紅信人的局票情場馳騁得意非常自然樂而忘返如今却要和東海女士行正式婚禮女士忽向他提出要求敎他把從前某小姐某女士等寫給他的情書須要付之一

我作小說之經過

求幸福齋主　撰

載於《紅玫瑰》一九二六年七月第二卷第四十期。作者求幸福齋主即何海鳴，見一九一九年《古今小説評林》提要。本文較爲詳細地叙述了作者本人自幼嗜讀小説及寫作小説的經過，可見何海鳴能寫出《古今小説評林》這樣的批評文字及創作了一些有影響的小説并非是空中樓閣，而是有相當積累的。其中談及他在民國前以志士自許，『崇拜社會主義思想，爲勞動界鳴不平』，寫過《劃子中人》等篇，值得注意。發表在《公論報》、《消閒録》的小説或許較難尋覓，然在民初發表在《民權素》之類上的小説或許還能找到一二。最後談及被人視爲『倡門派小説家』的無奈，實際上是『頗思於社會小説上多費氣力，間及於軍事、言情、偵探諸作』。看來，早年的作者是一個比較關注現實的小說家。寫倡門，只是寫現實不平的一隅而已。

欲談我生平作小說之經過，當先自我嗜讀小說之時代談起。我自幼從先父在粵，三四歲即能識字千餘，皆先母所口授。先母通文墨，喜閱小說，初以《三國志》、《列國志》小說上之石印繡象與我觀之，我即覺興味不淺，屢請先母爲我解説書中故事，及圖中人物之簡單歷史，我之小說迷即種於斯時矣。及九歲回湘，我已能由聽小說而進於自閱小說，然所最喜閱者僅一《三國志》耳。《列國志》事實太不貫串，我腦力不充，雖勉强閱之，亦不甚記憶。他如《再生緣》、《天雨花》諸彈詞小說，先母雖常自閱，并□與我聽，而我依依膝下，所喜者僅先母唸誦彈詞之和善聲音，對於原書故實，亦尚不甚了解也。舟過上海，先父復親至書肆購《西遊記》一部餉我。我喜其神怪，頗移其嗜《三國志》者之癖而嗜《西遊記》，亦猶今之兒童嗜神話小說及童話也。猶憶舟過洞庭，我取《西遊記》一本於艙中細閱，終日勿倦。船中晚餐甚早，約在下午四時，我飯後又閱《西遊記》數回，日方西落，我已神游於西天界上，遽忘是日之已經晚餐，忽向先母索飯食，先父母均大笑，謂是兒中小說迷也。歸湘後，先父母恒以是爲笑談，鄉人多聞之，遂常尼我講《西遊記》與《三國志》。我亦自矜其能，孫行者、諸葛亮之事，滔滔不絕於口，竟博得鄉中神童之譽。及十一歲，學爲論說，第一次試筆，由我自擬文題，即大書諸葛武侯論五字於草稿上。小説迷之本色也。

後在塾中及縣城高等小學内，雖功課至繁，而暇時仍嗜閲小説如故。我有一姑丈石公子瑞，家藏説部不少，我一一借而瀏覽，於是《前唐》、《後唐》、《東漢》、《西漢》、《飛龍傳》、《封神榜》、《粉粧樓》、《小五義》、《彭公案》、《施公案》、《包公案》一類之舊小説，我殆瀏覽幾徧，同學中人於此小説一道，殆無人可望我項背者矣。先父母既去世，我流落江湖，十五歲至武昌，得讀《新民叢報》中之新小説，如《十五小豪傑》、《新羅馬》等，喜其思想新穎，遂猛覺舊小説實不足貴，亟欲專求新小説徧閲之，以增我新知識，於是又得閲商務印書館出版之《案中案》等小説，知小説中另有偵探小説一種。

自此我遂非常崇拜偵探小説，以爲小説中之上乘，莫偵探小説若也。苦無多錢，不能盡購此類價昂之鉛印本小説，多方向朋輩中訪求借閲，亦頗閲得不少。後閲及《茶花女》，我思想又爲一變，覺言情小説價值又在偵探小説之上也，而欣賞林譯小説之筆墨，亦自此時始。時林譯小説尚不多，我因喜閲言情小説故，乃因是類推而閲及《紅樓夢》、《金瓶梅》、《西厢記》、《花月痕》諸舊小説。又其時我亦喜閲報紙，得間即作文試投之武漢間之報館。易報紙閲之，乃又得閲及胡石庵之《新儒林外史》李涵秋之《過渡鏡》（即《廣陵潮》），而并得交其人。此爲我接近小説家之始，及獲入報界爲記者之始也。

時李涵秋及胡石庵均爲武漢間著名之小説家，其出品文言白話均備，兼工詩詞。我頗喜石庵之文言小説與林琴南體相近，李涵秋之詩詞大有性靈，乃當就石庵處學爲小説，并以詩稿寄涵秋請改正。石庵有徒曰高楚觀，年與我相若，爲石庵書記。石庵每作小說，則高卧煙榻上口授楚觀書之，我因是頗羡楚觀之能。及楚觀亦有小説作品登報，我自愧弗及，雖亦有心學步，而終不敢冒昧嘗試。故其時，我雖有學作小説之心，而迄未以稿貽人，僅以論説詩詞充數耳。後又因我加入革命團體，以志士自許，愈致力於論説文字，以爲宣傳資料，遂暫置小説於腦後，不欲輕作貽譏矣，然在《公論報》中、《消閒録》上，亦曾變名作短篇小説數種，專描寫武漢間之勞動界生活，如《劃子中人》等篇，皆白話體，蓋我是時又已崇拜社會主義，思爲勞動界鳴其不平也。其文今已無稿，究竟我之小説處女作是否可觀，我亦不自知矣。

民國元二年間，我先後爲《大江報》、《民權報》記者，仍從論説中致力，故小説亦不常作。《大江報》、《民權報》之附張上，雖偶有二三篇短篇小説，係我之作品，亦仍是描寫勞動界辛苦一類之作，頗帶社會主義之色彩。今《民權素》書中似尚刊有一二篇，惜我已不能記其篇名，要皆無甚精采可言也。癸丑金陵戰役既竟，我亡命滬濱，賃小樓一間，匿居勿出。日聞額苦岑寂，乃遣人盡購林譯諸小説閲之，如迭更司、司各德諸名作，均皆於斯時始閲及，我後來對於小説上之技能，殆皆在斯時養成。及游日本，益將商務、中華各書館及時報館各小説雜志盡購攜往，雖在此時期中未嘗握筆學作，然對小説上之章法結構等，以目中究曾多見之故，胸中殆有成竹，自信可以操筆爲之，不似從前之幼穉也。

民國四年，自日本返，仍匿居上海，時《禮拜六》等小説雜志已盛行，我適苦窮，而我弟叔明，就學滬上，學膳費均不易籌，我乃變名爲余行樂，嘗以短篇小説投之《禮拜六》雜志。每一稿成，叔明必先展誦而後付郵，蓋彼亦一小説迷矣。及雜志上刊出，亦叔明往取稿費，由其自由支用。其刊出者，約得二十篇左右，文言爲多，白話體間亦有之。又有一小單行本曰《奇童縱囚記》，則歸中華書局出版。又一種曰《舉嫣小傳》，則歸民權出版部出版。惟均係初作，又未用真名，佳者殊少，亦未惹起世人之注意也。

民國五年入京，自辦《寸心》雜志，其中闢有小説一欄，我遂自行擔任，此可謂我生平以真名正式作小説之始期。所作數種，如《赤子》、《麵包》諸篇，民權出版部後曾彙刊爲一册，名《海鳴説集》，惟皆爲文言體，頗不易工，故亦未能暢消，然我頗覺此中諸作，每篇皆具有意義，要亦間有可取也。

民國九年以後，我仍居京，但已厭倦政治，間爲小文，寄諸《晶報》及瘦鵑之《半月》雜志出。海上小説報又復興行，且浸染新潮，均重白話體，我昔作《求幸福齋隨筆》即文言白話兼用，有如吴稚輝之筆致，自信我之文墨與白話體較近，且作文言小説已數次，總不易求工，不如白話體之易於揮寫，乃試作《老琴師》一篇寄諸瘦鵑。不意此篇既刊出，頗得閲者稱許，即新文學家亦有贊可者，我遂决心爲小説家矣。

《老琴師》發刊之後，我又曾爲天笑先生之《星期》雜志撰《倡門送嫁》、《嫁後》諸篇，均描寫倡門疾苦者，無端遂博得倡門派小説家之頭銜。顧我實不欲居此美名，且亦不願自囿於此倡門派範圍之内，及爲《小説世界》（商務出版）、《小説新報》（國華出版）、《紅雜志》（世界出版）撰稿，頗思於社會小說上多費氣力，間及於軍事、言情、偵探諸作。如倡門小説，惟於主編者指定徵集時，始一爲之。然世人始終以倡門派小説家目我，我亦無如之何也。

賣小説數載，至於民國十五年，究得作品若干，獲代價幾許，我向無統計，均不記憶。即各雜志之已刊各稿；我亦向不留存，惟覺頻年所獲稿資，於生活上實不無小補，即我苦心支持之《華僑旬報》，亦賴是而得維持，然我之精力則漸不如前矣。當民國九十年初作小説時，每一短篇小説約四五千字者，在半日内可一揮而就，從不覺苦。及最近一二年，則無論何稿，决不能一日立成，且初下筆時非常艱澀，若非我心所顯爲者，及撰好上半段，有時興至，固不難，又復揮灑自如，然作成之後，腦脹神疲，非卧床一二小時，不能使神經安静。内子知我病腦，輒勸我勿復爲此，以自珍攝，今年所以遠游東魯，卜居於青島風景清佳之地，亦即爲療養此腦病而來。然世亂如是，我人除賣小説外，更有何事可爲，更有何生計可恃？此小説家三字心血染成之頭銜，誠恐非旦夕間所能擺脱也。

我作小說之經過

求幸福齋主

欲談我生平作小說之經過。當先自我嗜讀小說之時代談起。我自幼從先父在粵。三四歲即能識字千餘。皆先母所口授。先母通文墨。喜閱小說。初以三國志列國志小說上之石印繡象與我觀之。我即覺興味不淺。屢請先母爲我解說書中故事及圖中人物之簡單歷史。我之小說迷。即種於斯時矣。及九歲回湘。我已能由聽小說而進於自閱小說。然所最喜閱者。僅一「三國志」耳。列國志事實太不貫串。我腦力不充。縱勉强閱之。亦不甚記憶。他如再生緣天雨花諸彈詞小說。先母雖常自閱。幷誦與我聽。而我依依膝下。所喜者僅先母吟誦彈詞之和諧聲音。對于原書故實。亦尚不甚了解也。舟過上海。先父復親至書肆購西游記一部餉我。我喜其神怪。頗移其嗜三國志者之癖而嗜西游記。亦猶今之兒童嗜神話小說及童話也。猶憶舟過洞庭。我取西游記一本。于艙中細閱。終

李涵秋三十年前之情史

朱春鶯　撰

載於《紅玫瑰》一九二六年七月第二卷第四十期。作者朱春鶯，具體不詳。此文所述乃是據其友人所言，當有一定的可信度。其價值在於可知李涵秋撰寫《廣陵潮》及《雙花記》、《瑶瑟夫人》、《雌蝶影》等小說，都與這一段情史有關，借以訴衷腸情，洩憤鬱。

吾友淮揚張子潤生由津莅滬，同儕讌之於一品香，舊雨相逢，樂何如之。潤生與小說家李涵秋締交殊深。涵秋卒於癸亥，潤生慟之深，爲文以悼。此次有提及北京紫羅蘭者，潤生如有所觸，於席間爲述涵秋三十年前情史，其事可泣可歌。噫，世人惟知李涵秋爲一代小説家，孰知乃千古多情人耶！

涵秋少即賦情，好詞章，復有纏綿氣。辛酉，潤生歸自漢皋，往《小説時報》社訪焉。涵秋值醉後，乃縱談其生平失意史云。憶光緒十六年，余年纔十七，初不解情之爲何物。吾鄰有小家女玲香者，及笄之年，貌雖不如王嬙、西子，而絳唇一點，蓮痕三寸，已□夠檀奴魂銷矣。余見而愛之，情乃於是乎種。余雖不知玲香之愛余否，顧伊每相睹，輒以秋水作煙視，若不能自已者。余嗜小説，至此幾疑其爲《紅樓》中人，深以不通欵曲爲恨事。值吾揚舉行燈會，萬人空巷，群趨城北而觀。余方躑躅街頭，偶窺玲香亦攜婢行。急尾其後，玲香似覺，頗羞澀，避入尼菴中。余躊躇有頃，亦追蹤而進，則伊人方與緑鬟并倚杏樹上，仰望杏實纍纍；欲取不得。余心不期爲動，拾磚擲樹巔，椏枝摇蕩，有杏三枚墮於地，因以二授其婢。玲香嚶嚀道謝，余亦謙遜，始得喁喁交語，情更款洽。從此一日不見玲香，心即抑鬱悵惘若有疾。先母秦太夫人探得其事，往請朱二小姐執柯，奈玲香之父以余家貧甚，拒焉。余聞息大悲，覺金錢能壓迫愛情至於是，憤而力攻寒窗，二十入邑庠，宿儒側目，鄉里始稍稍交譽，有求婚者必力拒之。蓋余心塚中祇知有玲香也。

余雖少與玲香訴情曲，然於夜闌人静，輒作癡想，境亦因心而異，如豆一燈，幽然欲黯，往往以爲伊人之影，撲之則空，硯田觸余首，腫如胡桃，或流血，然弗覺痛，以此余頰常留深創，雖治終不愈也。余此時已好稗史野言，乃草《雙花記》自訴悲苦，所謂井生，即自道也。又知小説可泄憤鬱，迺益發奮此道，先後著《瑶瑟夫人》、《雌蝶影》二書。直隸高澤畬欲聘余爲幕僚，余以官場非吾素志，併辭李石泉，離鄂南歸，首即關心玲香消息，則其父已亡，爲人鬻入平康，張幟某班，現已鶯遷金閶么鳳院中，不勝惋嘆，淚亦涔涔下，不自覺襟袖之濕透也。翌日，即促裝就道，獨赴吴門，輾轉訪問，竟遇之於可憐筵上，相對無涕，低訴分離之狀，蓋不知座上客多少矣。席終，玲香復邀余至其家，私詢伊名已改韻花。回憶疇昔，真覺不堪。余以不諳柳巷行徑，每爲所誆，床頭之金，已所賸無幾。玲香探知之，向余苦諫，余卒不聽，玲香乃暗以金釧相贈。顧院中已下逐客之令，玲香亦泣囑暫離。琵琶遮面，從此長別。嗟夫，鎩羽情場，能不痛哉！時光緒三十年也。園草《琵琶記》説部，略泄一分惆悵而已。

余既不得已歸故鄉，深居簡出，日以著作爲事。丙午，隨鄉里老儒何召甫蔣同午輩，赴京就試，夜泊一河，終宵不寐。遠聞窗外水聲淙淙，乃披襟而起。獨立船頭，秋水一色，愁月當空，凄對半截人影，心潮有不能自抑者。而鄰舟隱約有嗚咽聲起，燈光濛蹤，少頃有女子挽纜出視，觸目驚喜，疑是夢中，蓋即朝夕縈念之玲香也。斷腸相對，久不成聲，既泣訴離情。兩船人皆驚起，余因認玲香作表妹，問其何由至此？玲香曰：『自君去後，妾自傷命薄，日惟毁容啼泣，所受之苦一夕難訴。今爲李某量珠聘去，一帆抵廣陵，從此已矣。』余驟聞此言，失色幾仆。蓋李某爲遜清大臣，將令余起韓退之『章臺柳』之感矣。詣旦，舟已遠去，悵惘赴京，小遊數日，意返揚覓玲香寓，不獲。或云李某已作海上寓公，再抵春江，又不遇，空抱悲切，時在清末。宣統初繼神器，革命之潮烈如荼火，余亦久成室，緑葉成陰矣。然心中目中，固無時無刻不有玲香之倩影縈繞也。

及後，益復無聊，著作之餘，仰空零涕，而攬鏡照容，則頰上已□□多髭矣。乃自題所居曰『韻花舊館』，又改『沁香閣』，均對懷憶玲香而言焉。思之莫遏，乃著《廣陵潮》八集，後又續出二集。書中之紅珠，蓋即玲香之幻影。寫與紅珠相愛數節，雖不免太露色相，然亦情之所趨有不能自已者。民國以來，任省立第五師範等校教授之職，旋以腦枯，一一辭去，日撰述小說二小時。某夕一媪來余家，直呼『李涵秋』。余應之，即曳余出，奔走數里，抵一茅舍，余驚愕不知所措，詢其何由。媪但手指榻上，知有異，趨視則玲香仰卧於上，蓋病甚，容顏顦顇，已三四十老婦矣。余不禁淚如雨下，急扶之起。玲香嗚咽自訴顛末。蓋李某作庽滬上，忽於今春抱疾卒，妻妾飄散，玲香因念余故，折道來揚州，於途積勞成疾，自知不起，故遣媪謀最後一會。余此時初不以其已老衰而改一分之愛，立延名醫高鏡石診治，冀了夙願。奈疾根已深，終屬罔效，三日竟卒。彌留際，猶似有無限凄楚者。秋聲破窗，若摧吾心欲斷，從兹背人洗淚，日漸瘦羸，此可憐之軀壳，將終爲剩餘之情絲所縛矣。嗚呼，痛哉！

李涵秋三十年前之情史

朱春鶯

吾友濮揚張子澗生由津莅邕同儕讌之於一品香舊雨相逢樂何如之澗生與小說家李涵秋締交殊深涵秋卒於癸亥澗生衡之深爲文以悼此次有提及北京紫羅蘭者澗生如有所觸於席間爲述涵秋三十年前情史其事可泣可歌噫世人惟知李涵秋爲一代小說家孰知乃千古多情人耶

涵秋少卽賦情好詞章復有纏綿氣辛酉劉生歸自滬晏往小說時報社訪得涵秋值醉後乃縱談其生平失意史云德光緒十六年余年纔十七初不解情之爲何物吾鄰有小家女玲香者及笄之年貌雖不如王嬙西子而蘇脣一點蓮瓣三寸已儘夠擅奴魂銷矣余見面愛之情乃於是乎種余雖不知玲香之愛余否顧伊每相覷輒以秋水作

李涵秋三十年前之情史　一

說林濡染譚

姚民哀　撰

載於《紅玫瑰》一九二六年七月二十八日第二卷第四十期。作者姚民哀，見一九一九年《息廬小説談》提要。本文就二十世紀初滬蘇一帶造就、組織小説家隊伍的關鍵人物作了紹介，指出于右任、錢芥塵、周少衡、包天笑及嚴獨鶴等，分别通過辦報、辦學等途徑，汲引人才，提攜新進，各自團結與造就了一批名小説家及各方人才。這對於研究近現代小説家隊伍的形成與不同流派都很有價值。

當世文人學子，率爾操觚月旦人者，但知評騭曾有著作傳世者，謂之小説家，殊不知能汲引後學，拔通儒於草茅，使其成一家言，傳誦當世，厥功尤偉，據余廿五年聞見所及，則得四人。

一、三原于右任（騷心）。當其初創《神州日報》，因以成名者，則有何宇塵（雯）、鍾朴存、黄朴人、王無生等諸前輩，而無生在小説界上，『天僇生』三字，尤占一重要位置，至今談揚州五虎將者，猶及王先生也。（方地山、澤山昆仲，黄叶翁宣古愚，周今覺并王五人，當時有廣陵五虎之目。）繼又先後創辦《民呼》、《民籲》、《民立》三報，則造就林力山、宋漁父、吕次伊、馬君武、范鴻仙、楊千里、景帝召、邵力子、談善吾、徐血兒、鄭正秋、朱宗良、李浩然、孫臞蝯等諸先生。（騷心所造就之人才，不僅限於文藝界，如陳英士、朱少屏以及三友實業社中堅分子之尤惜陰等等，皆曾經先生陶熔者； 其間傑出人才，後多擢入政界，功在社稷者有之，遭世唾棄者有之，息影蟄伏者有之，固又當別論也。）今于先生雖年過知非，仍不忘爲國造材，求賢若渴。三原解甲歸來，復樹立上海大學，三數年後，新文化旗幟之下，又必有陝於翼庇之人才輩出矣。

二、揚州錢芥塵（炯炯）。其於小説界，建功更偉，若張丹斧、馮叔鸞、余大雄、貢少芹諸先生，皆得錢力以成今日名，即現代小説界上推爲巨擘之《廣陵潮》作者李涵秋，身後猶能負今日盛名，推溯源流，亦出錢先生之力也。

三、周少衡（浩）。其爲自由黨創立《民權報》也，於其本省辦報同志汪破園、張揮孫、江季子諸人，力爲東南士林介紹外，復廣求新進人才，如李定夷、徐枕亞、蔣箸超、吴雙熱、劉鐵冷、胡儀鄉、沈東訥、倪灝森、陳無我、沈肝若、張冥飛、管義華、楊塵因諸先生，皆爲周之《民權報》所造成，即現在國民右黨要人之戴季陶（天仇），小說界上以專撰倡門小說而著名之何一雁（海鳴），其能卓然見於當世，亦屬周君提攜之力。迨後鄧家彦辦《中華民報》，招汪破園（洋）往助，於是間接而引胡韞玉（朴庵）、懷琛（寄塵）昆仲以及劉民畏、牛霹生諸人出山，更後，張冥飛、楊塵因介紹向愷然（不肖生）、宋癡萍（懺紅）、仇冥鴻諸人於民權出版社。洪憲時代，谷鍾秀辦《中華民報》，以張季鸞、陳虛白綜其成，張、陳復招冥飛塵因贊襄其事，於是小說界上，復有張海漚、王無爲諸人出，追源求本，皆屬於周之一系。而李定夷君辦《小說新報》，若劉哲廬、黄花奴、潁川秋水、顧明道、吴綺緣以及其師許指嚴先生，盡由是著名。徐枕亞創《小說叢報》，如范煙橋、許廑父、駱無涯、張慶霖、陳蓮痕輩，次第露頭角，亦皆可歸功於《民權》之周也。

四、吴門包天笑（朗生）。廿餘年來，所汲引之人才，雖不過徐卓呆、畢倚虹、張毅漢、江紅蕉等三數人，而皆成小說巨子，即周瘦鵑之名震一時，雖首得天虚我生、王鈍根之助，而天笑生亦與有力焉。今海內作手，宗周者實夥，而朱鴛雛、張舍我、張枕綠、程小青諸君，又得周之表章，得急起直追陳（蝶仙）系之小蝶、常覺、瘦蝶、拜花諸人，不特可以齊驅并駕，且有突出一頭地者，此則周之力焉，亦即可云包、陳之力，蓋有嬗變替承之轍迹可按也。至若邇來東南作者，幾盡法瘦鵑或倚虹，余則私衷仍皆認爲包門之再傳衣鉢，未諗讀者其許我爲知言乎？

余於上述四人，認爲廣大教主之外，復念及嚴獨鶴先生，年來造就人才亦不尠矣。如李東埜、程瞻廬、施濟群、陳達哉、何心冷、繆賊菌、徐耻痕、夏耐庵、朱楓隱諸君，及其介弟諤聲、天臺山農、朱大可甥舅等，皆得其力爲援助，遂負時譽。要之得主小品筆政一二年，已必能得一二新進異材，若包若嚴、若周若陳（蝶仙）、若王（鈍根）諸先生，均執牛耳有年，則次第揄揚，後進賴以成名者必多，固亦宜矣。

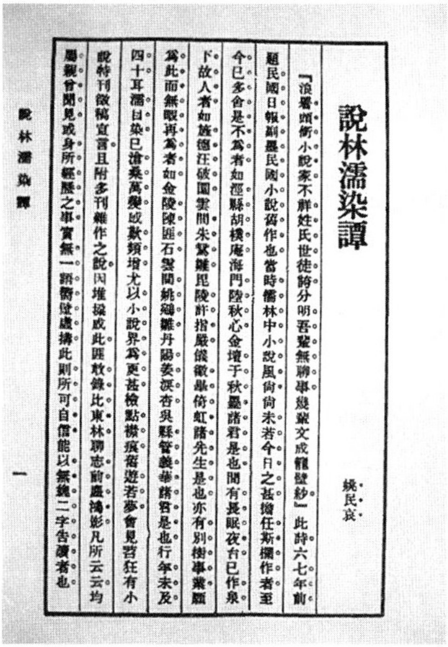

說林濡染譚

姚民哀

「浪署頭銜小說家不群姓氏世徒誇分明吾輩無聊事幾篇文成龍壁紗」此詩六七年前題民國日報副墨民國小說家作也當時儒林中小說風尚尚未若今日之甚擔任斯欄作者至今已多舍是不爲者如涇縣胡樸庵海門陸秋心金壇于秋墨諸君是也間有長眠夜台已作泉下故人者如旌德汪破園雲間朱鴛雛毘陵許指嚴儀徵畢倚虹諸先生是也亦有別樹事業願爲此而無暇再爲者如金陵陳匪石雲間姚鵷雛丹陽姜濟杏吳縣管義華諸君是也行年未及四十耳濡目染已滄桑萬變感歎頻增尤以小說界爲更甚檢點襟痕宿遊若夢會見若狂有小說特刊徵稿宣言且附多刊雜作之說因堆操成此匪敢錄比東林聊志前塵鴻影凡所云云均屬親曾聞見或身所經歷之事實無一語僞造虛搆此則所可自信能以無愧二字告讀者也

說林濡染譚　一

記徐卓呆之膽

春鶯 撰

載於《紅玫瑰》一九二六年第二卷七月第四十期。作者春鶯，不詳。本文具體記録了徐卓呆遭遇一次訛詐而泰然處之之事。徐卓呆素以寫滑稽小說有名，不知此事以證其膽大，還是說他滑稽。

徐卓呆，於說界頗負盛譽。去載賃居閘北某路，前居停亦姓徐，擁有巨資，爲匪所覬覦，乃遷去。及卓呆探知租約已定，則亦安之。如斯一月，忽獲恫嚇之函：令出若干供充黨費之用，否則必遇危險云云。卓呆一笑置之，其夫人湯劍我、女孟素，均係弱女子，殊爲惶恐，擬報警署。又弗許，且曰：『吾何懼哉？』翌日，無動静。又次日，又一函由郵遞至，語益脅迫，謂於此數日間，將有相當之對付。同居復有二宅，均駭極，即夕避遁他所。卓呆殊不以爲然，劍我則涕泣婉勸，卓呆曰：『匪蓋誤矣！吾一介貧士，當不至爲彼輩矢的，其誤爲前居斯宅者明矣。吾何懼哉！』朋輩聞其言，亦以爲頗近理。顧爲匪者泰半不近人情，懼卓呆或遇不測，則又頗爲惴惴。劍我孟素亦私揣此無妄之災必將實現，終日憔悴，偈促不安。某日，果有一粗暴之不速客至，謂須求見徐先生。劍我擬遣僕絶之，其時卓呆適在樓上，不許，毅然親蒞客室，揖之，且詢何事。客自言胡某，問前事如何矣。卓呆狂笑曰：『若不識我徐卓呆耶？卓呆文匄，一楹之外，别無長物，所以育妻孥者，專恃一支羊毫，君苟云欲，則攜之去可耳。若云銅幣，敢請以一易二。』胡某聞言，頗現疑訝之色，不禁俛首躊躇。卓呆又曰：『苟不信，儘可詢之四鄰。』胡某始知其不僞，急遜謝不已，且自承誤會而退。此事，乃惲鐵樵君語余者，且謂卓呆之膽亦云大矣。

記徐卓呆之膽

春警

徐卓呆於說界頗負盛譽。去歲賃居閘北某路。前居停亦姓徐。擁有巨貲。爲匪所覬覦。乃遷去。及卓呆探知。租約已定。則亦姑之如斯。一月。忽接恫嚇之函。令出若干。供充黨費之用。否則必遭危險云云。卓呆一笑置之。其夫人湯劍我女士。素均係弱女子。殊爲憂恐。擬報警署。又弗許。且曰。吾何懼哉。翌日。無動靜。又次日。又一函由郵遞至。語益脅迫。謂於此數日間。將有相當之對付。同居復有二宅。均駭極。卽夕遷避他所。卓呆殊不以爲然。劍我則淚泣婉勸。卓呆曰。匪蓋誤矣。

記徐卓呆之膽　一

小説家的脾氣

非小説家 撰

載於《紅玫瑰》一九二六年七月第二卷第四十期。作者的具體情況不詳。本文就他熟悉的包天笑、程瞻廬等十位小説家，點出每個人的一個愛好或習性，其中不少是與他們的小説創作直接相關的，如程瞻廬在小説中好用『四書』、『五經』，程小青愛好福爾摩斯，尤半狂熟悉風俗人情，俞天憤富有研究精神等等。有些雖非直接與小説有關，但也可見其精神風貌之一斑。

記得《家庭》雜志，曾經出過一回『脾氣號』，都是理想或是理論上的脾氣，不是事實的脾氣。我今所説的『小説家的脾氣』乃是朋友們偶然流露出來，平時積蓄在腦袋裏，如今都倒了出來，盡放在《紅玫瑰》的花籃裏。賣花狂郎留意著，不要從籃眼裏漏了出去，老官的脾氣不好惹的。閒話少叙，且看下文。

（甲）包天笑的女性署名

包先生是小説家的班首。他在小品文字上所署的化名，都帶些女性，也是他特别的脾氣。最著的是釧影，索性題名釧影樓。不知道這釧影在愛而近路一五九號的樓上呢，還是在望平街一六一號的樓上，還是在……倒是一個問題。此外像『曼妙』、『拈花』等等，都覺得香豔非凡。

（乙）程瞻廬的四書五經

程先生到底是老夫子，所以肚子裏四書五經藏得很多。不要説做遊戲文章時常要搬出來，就是小説中間，也要用用的。在五經以外，還有一經，也是他讀得爛熟，叫做『奶奶經』，這本『奶奶經』，不是普通博雅君子所能見到的，程先生可稱獨得之秘。一部《新舊家庭》裏採用得最多。

（丙）程小青的福爾摩斯熱

程先生佩服福爾摩斯，可算達乎極點了。他的創作偵探小説，就稱《東方福爾摩斯探案》。最近又把柯南道爾的《福爾摩斯探案》，已經到中國而譯印過的，重新整理過，没有譯印過的，再介紹過來。這個工程可不小啊。他很想編一本《東方福爾摩斯》的電影劇，怎奈人材難得，所以一時難成事實。可是他的福爾摩斯熱，起碼有100度了。

（丁）江紅蕉的筆頭

江先生不慣用鋼筆，和周瘦鵑、程小青兩先生的脾氣，恰恰相反。并且他用的筆，越尖越好，倘然鋒芒已挫，就不高興用了。所以他的筆，都是根部雪白如新，便抛棄在字紙簍裏了。他時常説：『筆頭最容易寫斷，不得法時，寫不到數千字，已經壞了。往年到蘇州來，總要買一大把去的，如今却都作成上海的筆店了。』

（戊）周瘦鵑的美感

周先生處處要顯出他的美術思想來，紫羅蘭庵裏的希臘石像，雜志上的裸畫，便是很有力的證據。不要説這些冥頑不靈的東西了，連神仙世界的活色生香，也要去領略一番，并且形諸筆墨，自比登仙，可見他對於曲綫美，有特别的好感呢。

（己）趙茗狂的酒興

趙先生酒量雖未必超群出衆，可是酒興却非常之好。尤其是勸酒功夫，有時硬，有時軟，包管座客一一入彀，三杯下肚，説話便像開了留聲機一般。所以和他同席十九要拚一醉，否則勢必不歡而散。聽説他無論如何公私兼迫，忙得不可開交，那酒是不能不喝的，人家請他喝酒，他無有不樂從的。

（庚）徐卓呆的調皮

徐先生在上海各種社會上，都經歷過，所以一肚皮上海指南。我們和他商量，他無有不忠實地告訴我們。可是他素性滑稽，一樣一句話，從他嘴裏説出來，或是紙上寫出來，總不肯直直落落的。或者反話，或者給你一個啞謎，或者説幾句笑話，倘然笨一點，一時轉不轉念頭，一定要説他『調皮』。

（辛）嚴獨鶴的笑話

嚴先生最喜歡説笑話，談興之好，無以復加。并且他所説的笑話，都是根據事實的，和他逐天在《快活林》裏所談話的一樣，一副面團團的神氣，已經充滿了笑料咧。但是他寫的信，却一本正經，絶不戲言的。

（壬）尤半狂的刻畫入微

尤先生的小説，别有風味，雖做得不多，然而多數認爲有價值的作品了。他是一個公子哥兒，所以一切應酬場中的格局勢派，他知之甚詳。家庭間飲食男女之道，參之極透。凡是有集會，遇到了他，聽他的妙論，大概是屬於刻畫世情的精理。他做的小説也是這一派筆墨。

（癸）俞天憤的研究性

俞先生擅長純粹中國式的偵探小説，并且事實多於理想。目爲他凡事都要研究個透徹，方肯甘休。最近他到一個小鎮上避暑，恰巧那距鎮不遠的湖面上，出了盜案。他對人説，前幾天有幾個形跡可疑的人，在鎮上逗留，出事那天，就不見了，一定就是他們幹的。後來破了案，據供確是預先到鎮上來窺伺的。此外小事件費他心，經過研究而得有結果的，很多。

小説家不止這十位，可是我認得而曉得他們脾氣的，却只有此數。請其他小説家，勿以名落孫山爲憾，幸甚幸甚。

小說家的脾氣

非·小·說·家

記得家庭雜誌曾經出過一回『脾氣號』都是理想或是理論上的脾氣不是寫實的脾氣我今所說的『小說家的脾氣』乃是朋友們偶然流露出來平時積蓄在腦袋裏如今都倒了出來盡放在紅玫瑰的花籃裏貢花玩郎留官看不要從腦膜裏溜了出去老官的脾氣不好惹的閑話少敘且看下文

（甲）包天笑的女性筆名

包先生是小說家的班首寫得一手簪花妙格他在小品文字上所署的化名都帶些女性化是他特別的脾氣最著的是釧影發表在上海畫報的筆記條性題名釧影樓不知道這釧影在愛而近路一五九號的樓上呢還是在貴平街一六一號的樓上還是在……倒是一個問題此外像是紗拈花等等都覺得香豔非凡

（乙）程瞻廬的四書五經

程先生到底是老夫子所以肚子裏四書五經藏得很多不要說做那戲文章時常要搬出來就是小說中間也要用用的在五經以外還有一種急

小說家的脾氣　一

談談小説家

徐國楨　撰

載於《紅玫瑰》一九二六年七月第二卷第四十期。作者徐國楨，江蘇吴江人，曾任世界書局編輯，在《申報》、《紫羅蘭》、《紅玫瑰》、《新上海》、《春秋》等報刊上發表了不少小説和雜著，出版過《臨流》、《禦日血戰大畫史》、《近百年外交失敗史》等小説與著作。一九四八年，在《宇宙》上發表《還珠樓主及其作品的研究》。本文談了小説家應有的責任、道德、人格、個性、能力，以及與讀者之間的互動關係等多方面問題，并説：『小説家當一篇作品發表以後，他的志願，斷不是專供人家消遣而已。』可見，所謂『舊派』小説家對待文學作品的『消遣』功能還是有比較清醒的認識的。

小說家是社會上的一面顯微鏡，世途的崎嶇不平，人心的奸僞騙詐，都由小說家的筆尖下，很顯明地暴露出來。

小說家是民群的安慰者，他揮灑他自己的心血，來濕潤著一般人們乾燥的心苗。

小說家怕成名，因爲享了盛名，就容易退化；小說家怕不成名，因爲無名者製造出來的小說，雖精妙絶頂，很難得一般普通讀者的欣賞。

小說家要以冷静的頭腦去觀察一切，而以熱烈的手腕描寫一切。

有許多在小報上做幾篇罵街式的評論，記幾段《金瓶梅》、《肉蒲團》式的記事的朋友，也居然自以爲小說大家。『小説家』三字的範圍，似乎尚不至如此氾濫。

小說家必須自重人格，小說家而没有人格，受他影響的，斷不止他自己的親戚朋友而已。

小說家的聲名，都是自己的心血换來，靠賣小說度日，簡直在那裏吃自己的血液。

有一部分小說家，很有些像説書先生。因爲他所做的小說，與説書先生一樣的情節熱鬧，聳人聽聞。有一部分小說家，很有些像小熱昏，因爲他所做的小說，與小熱昏嘴裏唱的一樣的油腔滑調，另一家派。

小說家的一支筆，好似《西遊記》裏的齊天大聖，有千變萬化的能力。

小說家的個性，在他自己的作品裏，往往很不經意地流露出來。

小說家當一篇作品發表以後，他的志願，斷不是專供人家消遣而已。

讀者要看愜意的小說，很難。小說家要找尋幾個愜意的讀者，也很難。

談談小說家

徐蘭楨

小說家是社會上的一面顯微鏡世態的綺麗不平人心的奸僞醜詐都由小說家的筆尖下很顯明地暴露出來

小說家是民衆的安慰者他揮洒他自己的心血來滋潤着一般人們乾燥的心苗

小說家怕成名因爲享了盛名就容易退化小說家怕不成名因爲無名者製造出來的小說雖精妙絕頂很難得一般普通讀者的欣賞

小說家要以冷靜的頭腦去觀察一切而以熱烈的手腕描寫一切

有許多在小報上做幾篇覽街式的評論記幾段金瓶梅肉蒲團式的記事的朋友也

談談小說家　一